Robin Dix

TIGERHERZ

Weitere Titel des Autors:

Tigerherz – Der Prinz des Dschungels

Tigerherz – Die Insel der Schatten

Robin Dix

TIGERHERZ

DER BERG DES FEUERS

Band 3

Mit Illustrationen von Fabian Erlinghäuser

Baumhaus

MIX
Papier aus verantwortungsvollen Quellen
FSC www.fsc.org FSC® C083411

Dieser Titel ist auch als E-Book erschienen

Originalausgabe

Die Veröffentlichung dieses Werkes erfolgt auf Vermittlung der literarischen Agentur Peter Molden, Köln.

Text- und Bildredaktion: Lisa Engels, Mathias Siebel
Covergestaltung: © Johannes Wiebel | punchdesign, München unter Verwendung von Motiven von shutterstock: Fona; MANSILIYA YURY; Julie Dreamcatcher; Ammit Jack; Petrovic Igor; Dudarev Mikhail
Satz und Innengestaltung: Götz Rohloff – Die Buchmacher, Köln
Gesetzt aus der Averia
Druck und Einband: CPI books GmbH, Leck – Germany

Printed in Germany
ISBN 978-3-8339-0542-1
5 4 3 2 1

Sie finden uns im Internet unter www.baumhaus-verlag.de
Bitte beachten Sie auch www.luebbe.de

What the hammer? What the chain?
In what furnace was thy brain?
What the anvil? What dread grasp
Dare its deadly terrors clasp!

Welche Kett' und Hammer fand
In welch' Esse den Verstand?
Welcher Amboss, welche Welt
Deine Todesschrecken hält?

William Blake
Tyger, Tyger

Prolog

Ein Schrei gellte durch die Stille.

Die Vögel in den Baumkronen, welche sich über dem alten Palast von Astana in den grauen Himmel reckten, flatterten kreischend auf. Die Ratten in den Gängen und Stollen suchten quiekend das Weite.

Einst, vor langer Zeit, war der Palast die Heimat der Takrambuti gewesen, der kahlen Affen. Keines der Tiere, die im Dschungel lebten, hatte die Takrambuti jemals mit eigenen Augen gesehen. Doch die uralten Bilder, die an die Wände des verfallenen Palastes gemalt waren, ließen erahnen, wie sie ausgesehen hatten: aufrecht auf zwei Beinen gehend, fast völlig nackt, nur ein Büschel Fell auf dem Kopf. Und sie mussten mächtige Zauberer gewesen sein, denn sie hatten leblosem Stein die Form von Tieren gegeben: Affen, riesige Elefanten und sogar ein Abbild des Großen Drachen bewachten die Eingänge des alten Palastes, der sich inmitten des Dschungels auf einer Felsplattform erhob. Von den vielen Türmen, die er einst gehabt haben musste, waren nur fünf geblieben, und auch ihr Gestein war brüchig und von Wurzeln und Flechten überwuchert.

In glücklicheren Zeiten war der Palast von Astana der Herrschersitz großer Könige gewesen – mächtiger Tiger, die von hier aus den Dschungel regiert und über das Gleichgewicht der Natur gewacht hatten; doch dann war die Dunkelheit in den Palast von Astana zurückgekehrt.

In einer sturmgepeitschten Nacht hatte der grausame Tiger Eisenkralle den königlichen Palast überfallen. Mithilfe der hinterhältigen Kobra Bahaya hatte er den rechtmäßigen König Eisfell getötet und sich selbst zum Herrscher gekrönt. Seither herrschte Eisenkralle mit grausamer Macht und versetzte den Dschungel in Angst und Schrecken …

Erneut zerriss ein Schrei die Stille, gefolgt von einem gequälten Jaulen. Die Makaken-Affen, die den Palast bevölkerten und Eisenkralles Hofstaat bildeten, lachten schadenfroh. Denn jeder von ihnen wusste, wer da so erbärmlich schrie: der Schüler, den Eisenkralle vor Kurzem bei sich aufgenommen hatte und dem er nun seine ersten schmerzhaften Lektionen erteilte …

»War das alles?«

Die vor Hohn triefende Stimme Eisenkralles scholl durch die

alten Gänge. Einige Makaken huschten los, um zu sehen, was dort vor sich ging. Sie fanden ihren Herrscher in einem Gewölbe, dessen Decke teils eingebrochen war. Im Lichtschein, der durch die Öffnung fiel, lag ein junger Tiger. Sein Gesicht war schmerzverzerrt, und er blutete aus einer Wunde an der linken Schulter. Den Schwanz hatte er eingerollt und zwischen die Beine gezogen.

Über ihm, im Halbschatten, stand ein ebenso großer wie hagerer Tiger. Sein Fell hatte die Farbe von Eiter, mit roten Einsprengseln am Rücken. Die Streifen, die seinen sehnigen Körper überzogen, waren gezackt wie die Blitze, die zur Zeit des Monsuns die Nacht erleuchteten. Dies war Eisenkralle, der Herr von Astana und König des Dschungels.

Seine gelben Augen leuchteten in wilder Glut. Hochmütig blickten sie auf den jüngeren Tiger hinab, der sich winselnd am Boden wand.

»War das alles?«, fragte er noch einmal und schüttelte mitleidig das kantige Haupt. »Dann wundert es mich nicht, dass die Bayangai dich nicht mehr unter ihresgleichen haben wollten. Du bist ein lausiger Kämpfer, Streifling.«

»Nennt ... mich nicht so«, stieß der andere hervor, sich die blutende Schulterwunde leckend.

»Wie soll ich dich sonst nennen? Bei deinem Jägernamen? Ich wüsste nicht, dass du dir schon einen verdient hättest!«

»Kipas«, stieß der Jüngere hervor. Mit zusammengebissenen Zähnen raffte er sich auf die Beine. »Das ist mein Name«, erklärte er im Bemühen, einen letzten Rest Würde zu bewahren. »Und es ist nicht so, dass sie mich auf der Insel nicht mehr haben wollten. Ich bin freiwillig gegangen.«

»Weil sie dich sowieso verjagt hätten.« Eisenkralle bleckte die Zähne zu einem freudlosen Grinsen. »Früher oder später mussten ja selbst diese dämlichen Bayangai erkennen, dass du in Wahrheit nicht auf ihrer Seite stehst, sondern für mich arbeitest.«

»Sie hätten es niemals gemerkt«, versicherte Kipas bitter. »Weder Senjata, dieser alte Wichtigtuer, noch Kahaya«, fügte er hinzu und senkte den Blick.

»Deine Schwester«, meinte Eisenkralle und grinste genüsslich. »Vermisst du sie?«

»Nein«, behauptete Kipas schnell. »Weder sie noch sonst jemanden. Sie alle haben sich von mir abgewandt – und das nur seinetwegen.«

»Ah.« Eisenkralles Grinsen wurde noch breiter. »Nun kommen wir zum Kern der Sache.«

»Tigerherz ist schuld an allem«, war Kipas überzeugt. »Wäre er nicht gewesen, wäre ich noch immer Senjatas Liebling und könnte weiter auf der Insel der Bayangai als Euer Spion tätig sein. Aber so ...«

»Du hast allen Grund, Tigerherz zu hassen«, stimmte Eisenkralle zu. »Und das ist gut so. Denn der Hass, mein junger Freund, gibt einem Krieger seine Stärke.«

»Die Bayangai sagen, dass unsere Stärke ein Geschenk des Großen Drachen sei. Und dass wir stets nur so stark sein dürfen, wie das Gleichgewicht der Natur es erlaubt.«

»Daran siehst du, wie dumm sie sind und wie

feige«, folgerte Eisenkralle. »Sie fürchten sich vor ihrer eigenen Stärke, statt sich ihrer zu bedienen. Doch das ist ein Fehler. Im Dschungel herrscht ein gnadenloser Kampf ums Überleben, und wer nicht bereit ist, der Stärkere zu sein, der hat schon verloren.«

Er stieß ein bedrohliches Knurren aus, um seinen Worten Nachdruck zu verleihen, und hob seine linke Pranke – jene Pranke, an der die metallene Klaue befestigt war, der Eisenkralle seinen Namen verdankte.

Obwohl Kipas und er nicht wirklich gekämpft, sondern nur trainiert hatten, hatte er die Klaue zum Einsatz gebracht. Sie war der Grund dafür, dass Kipas an der Schulter blutete, und es schmerzte und brannte wie ein Schlangenbiss. Kipas fühlte sich betrogen, erniedrigt und gedemütigt – während er Eisenkralle gleichzeitig für dessen Rücksichtslosigkeit und Härte bewunderte.

»Wenn du damit zufrieden bist, ein Verlierer zu sein, dann geh zurück zu den Bayangai und lass dich verhätscheln«, spottete Eisenkralle weiter. »Ich kann keinen Schüler brauchen, der Angst davor hat, seine Stärke rücksichtslos einzusetzen. Rücksicht ist etwas für Schwächlinge!«

»Das tue ich nicht«, verteidigte sich Kipas und versuchte, auf dieselbe Weise zu grinsen wie sein neuer Meister. »Ich habe keine

Angst, mein König – weder davor, stark zu sein, noch vor sonst etwas.«

»Glaubst du das wirklich?« Eisenkralle lachte kehlig. »Jeder hat vor etwas Angst, Streifling.«

»Also auch Ihr?«, folgerte Kipas.

»Unfug«, knurrte der Ältere.

»Ist es wahr, was man erzählt?«, wollte Kipas wissen.

»Was erzählt man denn?«

»Dass das Krokodil Menganga Euch geweissagt hat, dass Ihr ein großer Herrscher sein werdet, aber dass der Sohn von König Eisfell Euch einst gefährlich werden könnte?«

Eisenkralle zuckte zusammen. Sein Grinsen erstarrte, so als wäre er selbst einer der steinernen Wächter draußen vor dem Palast. »Erinnere mich nicht daran«, knurrte er.

»Also ist es wahr?«, hakte Kipas trotzdem nach. »Ist das der Grund, warum wir denselben Feind haben?«

Eisenkralle gab seine statuengleiche Haltung auf und trat auf Kipas zu, von innerer Unruhe getrieben. Sein Schwanz peitschte dabei hin und her. »Ich bin der Sohn von König Feuerfell und wurde dazu geboren, über den Dschungel zu gebieten«, sagte er. »Doch mein eigener Vater hat diesen dahergelaufenen Niemand namens Eisfell mir vorgezogen und lieber ihm die Krone des Dschungels gegeben als seinem leiblichen Sohn! Also musste ich mir mit Gewalt nehmen, was mir von Geburt an zustand – und ich werde es mir von niemandem nehmen lassen. Auch nicht von Raja Tigerherz.«

Kipas bleckte die Zähne und knurrte. Sein Hass auf König Eisfells Sohn war grenzenlos. Tigerherz trug Schuld an allem, was ihm widerfahren war, nur seinetwegen hatte er die Insel der Schatten verlassen müssen.

Jedenfalls redete sich Kipas das ein ...

»Ich weiß, was in dir vorgeht«, behauptete Eisenkralle, »denn ich weiß besser als jeder andere, was es bedeutet, stets nur die Nummer zwei zu sein. Deshalb habe ich dich in mein Gefolge aufgenommen und dir gestattet hierzubleiben – aber übertreibe es nicht, Streifling. Ich bin weder dein Lehrer wie Senjata, noch bin ich dein Freund.«

»Ich brauche weder das eine noch das andere«, versicherte Kipas knurrend. »Ich will nur eins, nämlich Rache. Rache an Tigerherz! Und an Kahaya! Dafür, dass sie mich verraten hat ...«

Eisenkralles gelbe Augen sahen ihn durchdringend an. »Bist du sicher, dass du das wirklich tun willst? Dass du den Mut hast, dich gegen deine Freunde zu stellen?«

»Wie ich schon sagte.« Kipas streckte den Rücken durch und warf sich stolz in die Brust, trotz der Schmerzen in seiner Schulter. »Ich brauche keine Freunde. Ich will Rache.«

Noch einen Moment ruhte Eisenkralles Blick auf ihm. Dann warf der Tyrann des Dschungels den Kopf in den Nacken und stieß ein raues Gelächter aus, das sich wie Gebrüll anhörte und bis hinaus in den Urwald drang.

1

Die letzte Prüfung

»Raja?«

Der junge weiße Tiger hörte die warme tiefe Stimme, aber nahm sie nicht wirklich wahr. Zum einen, weil er in Gedanken versunken war; zum anderen aber auch, weil der Name, unter dem er einst in einer stürmischen Monsunnacht das Licht der Welt erblickt hatte, inzwischen keine Bedeutung mehr für ihn hatte.

Als Raja, Sohn und Erbe von König Eisfell, war er zur Welt gekommen. Doch inzwischen nannte man ihn bei seinem Jägernamen, den er sich im Laufe gefährlicher Abenteuer und harter Prüfungen erworben hatte:

Tigerherz.

»Raja«, nannte die Stimme ihn dennoch wieder bei seinem alten Namen – und Tigerherz fand ins Hier und Jetzt zurück.

Er befand sich auf der Insel der Bayangai, in der Höhle des Schwarzen Panthers Senjata. Senjata war nicht nur der Oberste Kendar und somit der Anführer des Bundes der Schattenkrieger, die auf der Insel lebten; er war auch Tigerherz' väterlicher Freund und Mentor. Als Leibwächter am königlichen Hof von Astana war Senjata damals dabei gewesen, als Eisenkralle König Eisfell in der Nacht von Rajas Geburt hinterlistig überfallen und getötet hatte ...

»Ja, Meister?«, fragte Tigerherz und sah den Schwarzen Panther an, dessen strenge Miene von vielen Kämpfen gezeichnet war.

»Du bist unaufmerksam«, tadelte der Oberste Kendar ihn.

Tigerherz nickte und sah betreten zu Boden. »Bitte verzeiht, Meister«, sagte er schuldbewusst. »Ich wollte Euch nicht kränken. Es ist nur ...«

»Es ist viel geschehen«, sagte Senjata.

»Sehr viel.« Tigerherz nickte abermals und fühlte die Blicke der gelbgrünen Pantheraugen auf sich ruhen. Senjata hatte ihn zu sich bestellt, in seine Höhle im Inneren des Felsens, der wie der Kopf eines riesigen Tigers aussah. Und hierhin wurde man gewöhnlich nur dann bestellt, wenn es etwas Wichtiges zu besprechen gab ...

»Wie geht es dir?«, wollte Senjata wissen.

»Gut«, versicherte Tigerherz, auch wenn das nur die halbe Wahrheit war. Schließlich lag ihr Abenteuer im alten Tempel der Takrambuti erst wenige Wochen zurück, und die Erinnerungen daran waren noch immer gegenwärtig. Nur mit knapper Not waren Tigerherz und seine Freunde der Falle entkommen, die Eisenkralle ihnen gestellt hatte; und obwohl es ihnen am Ende gelungen war zu fliehen, war der Preis dafür hoch gewesen.

Ayah, der alte Tiger, der schon Tigerherz' Eltern gekannt hatte und zu dem seine Mutter ihn einst geschickt hatte, war nicht mehr am Leben. Eisenkralle hatte ihn getötet, ihn kaltblütig mit der Metallklaue durchbohrt, und noch immer trauerte Tigerherz um seinen alten Freund.

Dazu kam, dass Kahaya, seine Meisterin, auf der Flucht verletzt worden war; ihr rechter Vorderlauf war gebrochen, und obwohl die Heiler der Bayangai alles taten, damit sie sich rasch erholte, waren ihre Kräfte noch nicht wiederhergestellt. Senjata selbst hatte deshalb die Aufgabe übernommen, Tigerherz die letzten Geheimnisse der Schattenkrieger zu offenbaren ...

»Die Opfer waren groß, aber sie sind nicht vergeblich gewesen«, sagte der Schwarze Panther.

»Meint Ihr?« Tigerherz sah ihn zweifelnd an.

»Ayah hat sich geopfert, weil er an dich geglaubt hat, Junge. An das, was du bereits bist – und auch an das, was du noch werden kannst. Du bist der Sohn von König Eisfell, der rechtmäßige Erbe des Throns von Astana. Auf dir ruht die Hoffnung des Dschungels.«

Tigerherz sah überrascht zu ihm auf.

Senjata sprach nur selten über seine Herkunft. Meist war Tigerherz für ihn nur ein einfacher Schüler, ein Pelajar unter vielen. Dass er ein Prinz des Dschungels war, spielte auf der Insel der Bayangai keine Rolle. Und eigentlich war Tigerherz auch ganz froh darüber ...

»Was denn?«, fragte der Oberste Kendar, als könnte er Tigerherz' Gedanken lesen. »Bist du überrascht, dass ich über diese Angelegenheit spreche?«

»Ein bisschen«, gab Tigerherz zu.

»Mir war das große Glück beschieden, deine Eltern gut zu kennen«, sagte der Panther, und seine Stimme wurde sanft dabei. »Ich sehe viel von ihnen in dir, mein Junge. Nicht nur dein Fell ist so rein und weiß wie das deines Vaters; du hast auch sein gutes Herz geerbt, seinen Sinn für Gerechtigkeit und seinen eisernen Willen; von deiner Mutter hingegen hast du ihren Mut, ihre Liebenswürdigkeit und ihre Bereitschaft, sich für jene einzusetzen, die schwächer sind als wir.«

»Kann sein.« Tigerherz nickte. »Aber was nützt das alles, wenn ein anderer auf dem Thron von Astana sitzt?«

»Eisenkralle ist ein schrecklicher Gegner«, stimmte Senjata zu. »Mit Gewalt und Hinterlist hat er die Herrschaft über den Dschungel an sich gerissen und Dunkelheit über uns alle gebracht. Viele, die ich kannte, haben im Kampf gegen ihn ihr Leben verloren, der alte Ayah war nur einer von ihnen. Doch sie alle sind in der Hoffnung aus dieser Welt gegangen, dass Eisenkralle besiegbar ist und seine Schreckensherrschaft irgendwann ein Ende finden wird. Und das, mein Junge, bringt dich ins Spiel ...«

Tigerherz nickte.

Ihm war klar, worauf der Panther anspielte – auf die Prophezeiung, die das Krokodil Menganga Eisenkralle einst offenbart hatte. Aus diesem Grund setzte Eisenkralle alles daran, Tigerherz zu beseitigen, und nicht viel hätte gefehlt, und es wäre ihm gelungen ...

»Ich habe Angst, Meister«, gestand Tigerherz leise.

»Vor Eisenkralle?« Senjata nickte grimmig. »Das ist gut so, du darfst ihn nicht unterschätzen. Und die Furcht macht einen Schattenkrieger vorsichtig.«

»Er ist so viel stärker als ich«, gab Tigerherz kleinlaut zu. »Er war stärker als Ayah, und ganz sicher ist er auch stärker als ...« Tigerherz unterbrach sich und sah wieder zu Boden.

»Stärker als ich, meinst du?«, hakte Senjata nach. »Das ist er, und es ist keine Schande, dies zuzugeben. In der Nacht, da du zur Welt gekommen bist, habe ich bereits einmal gegen ihn gekämpft und es teuer bezahlt«, versicherte er mit Blick auf seine Narben. »Dennoch werde ich die Hoffnung nicht aufgeben, dass eines Tages ein Tiger kommt, der stärker ist als Eisenkralle und ihn besiegen kann – und wenn ich dich ansehe, so denke ich, dass du dieser Tiger sein wirst.«

»Glaubt Ihr?«

»Aber nur ein Schattenkrieger, dessen Ausbildung abgeschlossen und der ein Meister der Jagd und des Kampfes ist, wird fähig sein, Eisenkralle zu besiegen – und deshalb, mein Junge, wirst du deine Ausbildung nun endlich beenden. Eine Prüfung steht noch aus, wie du weißt ...«

Tigerherz knurrte leise.

Er hatte befürchtet, dass Senjata ihn aus genau diesem Grund zu sich bestellt hatte ...

»Die Höhle des Feuers«, sagte er.

»Die Zeit ist reif«, bestätigte Senjata nickend. »Du wirst dich dorthin begeben, zusammen mit deiner Meisterin ...«

»Aber Kahaya ist noch immer verletzt«, wandte Tigerherz ein. »Ihr gebrochener Vorderlauf ist noch nicht vollständig geheilt. Sie kann nicht ...«

»Ich denke, dafür wird es genügen«, sagte eine sanfte Stimme, und eine schlanke Gestalt tauchte im Eingang von Senjatas Höhle auf, als hätte sie nur darauf gewartet.

Es war Kahaya.

Mit Bewegungen, die elegant und anmutig waren, obwohl sie auf ihrem rechten Vorderlauf leicht humpelte, trat die Tigerin zu ihnen. Kahaya war nur wenig älter als Tigerherz, jedoch schon sehr viel länger als er bei den Bayangai, weshalb sie bereits den Rang eines Kendars innehatte. Als sie Tigerherz als Meisterin zugeteilt worden war, war dieser zunächst wenig begeistert gewesen, denn für ihn hatte es so ausgesehen, als könnte Kahaya ihn nicht leiden und würde ihn von früh bis spät nur schikanieren.

Doch Tigerherz hatte sich geirrt.

Kahaya war nicht nur die beste Meisterin, die er sich hatte wünschen können, sondern auch eine treue Freundin. Als Einzige der Bayangai hatte sie zu ihm gehalten, als sich alle anderen von ihm abgewandt hatten, zuletzt sogar gegen ihren eigenen Bruder Kipas. Allein schon dafür war

er ihr von Herzen dankbar, zumal er wusste, dass die Trennung von Kipas sie schrecklich traurig machte ...

Er nickte ihr zur Begrüßung zu, und sie erwiderte sein Nicken mit einem sanften Schnurren, ehe sie sich Senjata zuwandte. »Oberster Kendar«, sagte sie feierlich, »ich melde mich zurück zum Dienst.«

»Nein«, widersprach Tigerherz ungefragt. »Das ist noch zu früh. Du bist noch nicht stark genug!«

»Willst du es nicht deiner Meisterin überlassen, das zu beurteilen, Pelajar?«, fragte Senjata.

»Selbstverständlich«, antwortete Tigerherz schnell, der sich plötzlich wie ein gescholtenes Kind vorkam. »Ich meinte nur ...«

»Wenn ich es nicht besser wüsste, würde ich annehmen, dass du dich vor der letzten Prüfung drücken willst«, meinte der Oberste Kendar. »Aber natürlich ist das Unfug, nicht wahr?«

»Natürlich«, schnaubte Tigerherz.

So ganz sicher war er sich allerdings nicht ...

»Tigerherz ist bereit für die letzte Prüfung«, ergriff Kahaya für ihn das Wort, »und ich als seine Meisterin bin es ebenfalls.«

»Gut.« Senjata nickte. »Morgen bei Tagesanbruch werdet ihr ausziehen, um euch der letzten Prüfung zu stellen. Die Höhle des Feuers erwartet euch.«

»Ist sie weit entfernt?«, wollte Tigerherz wissen.

»Für die einen ist sie unerreichbar – für diejenigen, die sich das Privileg verdient haben, sie zu betreten, ist sie in einer halben Tagesreise zu erreichen«, erwiderte Senjata. »Ich weiß, dass dir im Augenblick nicht danach ist, mein Junge. Dass du noch immer trauerst und Ängste in deinem Herzen trägst. Und wisse, dass du ihnen allen in der Höhle des Feuers begegnen wirst. Entweder wirst du an ihnen scheitern, oder du wirst die Höhle des Feuers stärker verlassen, als du es jemals zuvor gewesen bist.«

»Was heißt das?« Tigerherz legte den Kopf schief. »Ich fürchte, ich verstehe nicht, Oberster Kendar.«

»Da gibt es nichts zu verstehen. Die Höhle des Feuers zeigt jedem von uns etwas anderes. Sie wird dir sagen, was für eine Art Krieger du werden wirst. Sei also auf der Hut, und nimm diese letzte Prüfung nicht zu leicht. Und jetzt geh, Tigerherz, und bereite dich zusammen mit deiner Meisterin darauf vor. Möge der Geist des Großen Drachen euch geleiten.«

2

Unterwegs

Früh am nächsten Morgen brachen sie auf – und blieben nicht lange allein. Denn nicht nur Biru hatte sich zu ihnen gesellt, der vorwitzige kleine Gecko, der schon Tigerherz' Eltern als weiser Ratgeber gedient hatte und niemals von seiner Seite wich; sondern auch zwei andere alte Bekannte, die bereits ungeduldig auf sie gewartet hatten, als Tigerherz und Kahaya endlich das Ufer erreichten.

Der eine war klein und keck, und seine Augen waren beinahe so groß wie sein Kopf, der wiederum fast die Größe seines schmächtigen, von kurzem grauen Fell überzogenen Körpers hatte.

Dies war Luku, der Koboldmaki.

Der andere war groß und tapsig, hatte dunkles Fell und eine kurze Schnauze und war eigentlich immer hungrig. Außer wenn er schlief, und das tat er gewöhnlich den ganzen Tag.

Das war Makan, der Malaienbär.

Nicht nur, dass die beiden unzertrennlich waren – vor langer Zeit, als Tigerherz verloren durch den Dschungel gestreift war, hatten sie ihn in den Kreis ihrer Freundschaft aufgenommen. Und diese Freundschaft hielt noch immer an, auch wenn sie erst vor Kurzem einer harten Prüfung unterzogen worden war.*

»Müssen wir wirklich den halben Tag latschen?«, fragte Makan wenig begeistert. Genau wie Luku jagte auch er nachts.

»Es wird uns nichts anderes übrig bleiben«, meinte Kahaya lächelnd. »Es sei denn, uns wachsen plötzlich Flügel – aber damit ist wohl nicht zu rechnen.«

»Ihr müsst uns nicht begleiten«, fügte Tigerherz hinzu. »Wenn euch der Weg zu weit ist ...«

»Ist er nicht!«, versicherte Luku aus luftiger Höhe. Anders als seine vierbeinigen Freunde bewegte sich der Koboldmaki vorwärts, indem er wieselflink über Äste und Wurzeln sprang und dabei weite Strecken zurücklegte. Seinen langen Schwanz benutzte er als Steuer, was ziemlich komisch aussah. »Außerdem müssen wir dich doch begleiten – man hat ja gesehen, was passiert, wenn wir dich mal kurz aus den Augen lassen!«

Er kicherte, während Tigerherz nur beschämt knurrte – denn in Wahrheit war es genau umgekehrt gewesen.

---

* siehe TIGERHERZ Band 2 »Die Insel der Schatten«

Nicht Luku und Makan, sondern Tigerherz hatte seine Freunde aus dem Blick verloren. Daraufhin hatte Eisenkralles Affenhorde die beiden entführt, und um ein Haar hätte es übel mit ihnen geendet. Als Folge hatten die Freunde einander geschworen, sich niemals wieder zu trennen – und was Luku und Makan betraf, nahmen sie das durchaus wörtlich. Der Zugang zur Insel der Bayangai war ihnen zwar verwehrt, jedoch hielten sie sich stets in der Nähe des Ufers auf, sodass Tigerherz sie immer besuchen konnte.

»Was für eine Prüfung ist das eigentlich, die Tigerherz ablegen muss?«, erkundigte sich Biru, der es von allen am leichtesten hatte – der türkisfarbene kleine Gecko saß auf Tigerherz' gestreiftem Rücken und ließ sich von ihm tragen – durch Haine von riesigen Tualang–Bäumen, Dickicht aus kräftigen Wurzeln und Wälder aus grünem Bambus.

»Es ist nicht wirklich eine Prüfung«, erwiderte Kahaya, die noch immer leicht humpelte – sie kamen deshalb etwas langsamer voran als gewöhnlich. »Tatsächlich habe ich noch nie erlebt, dass jemand an der Höhle des Feuers gescheitert wäre.«

»Klingt beruhigend«, meinte Tigerherz.

»Aber auch sinnlos«, kommentierte Luku keck.

»Das ist wahr«, pflichtete Biru bei. »Wozu ist eine Prüfung denn gut, wenn schon von vornherein feststeht, dass man sie besteht, geck-gecko?«

»Wer weiß?«, kommentierte Makan gähnend. Er blieb stehen und kratzte sich mit den langen Krallen. »Tiger sind manchmal echt seltsam, weißt du.«

»Ich darf nicht darüber sprechen«, entgegnete

Kahaya ausweichend. »Und selbst wenn, könnte ich es euch nicht sagen. Denn die Prüfung in der Höhle des Feuers bedeutet für jeden etwas anderes.«

»Was soll das nun wieder heißen?«, fragte Luku. »Warum sprechen die Bayangai immer in Rätseln?«

Tigerherz lächelte still in sich hinein.

Früher hatte er sich dieselbe Frage gestellt – inzwischen glaubte er, zumindest zu erahnen, warum es so war ... »Weil jede Antwort, die jemand dir gibt, nur immer neue Fragen aufwirft«, erklärte er seinem kleinen Freund. »Letztlich kannst nur du allein die wahren Antworten für dich finden.«

»Bravo. Wenigstens war nicht alles vergeblich, was ich dich gelehrt habe«, lobte Kahaya und stieß ihn sanft von der Seite an.

Sie hatte sich sehr verändert, seit er ihr das erste Mal begegnet war, damals als junger Tiger, der auf der Insel der Bayangai aufgenommen werden wollte – und brüsk abgewiesen worden war. Und auch als Kahaya zu seiner Meisterin bestimmt worden war, hatte es eine scheinbar unüberbrückbare Distanz zwischen ihnen gegeben. Davon war nichts geblieben. Kahaya und er verstanden sich so gut, dass bisweilen schon ein Blick zwischen ihnen genügte, um sich zu verständigen ...

Aber auch Tigerherz war nicht mehr derselbe wie einst. Aus dem hochmütigen Dschungelprinzen war ein Jäger geworden, und auch wenn er noch weit davon entfernt war, die Erfahrung eines Meisters zu besitzen, war er doch auf dem besten Weg dahin.

Seit dem Tod seiner Mutter, seit sie ihm aufgetragen hatte, den alten Tiger Ayah zu suchen und ein Bayangai zu werden, hatte er davon geträumt, die letzte Prüfung abzulegen und in den ruhmreichen Kreis der Schattenkrieger aufgenommen zu werden. Doch nun, da er kurz vor der Erfüllung dieses Traumes stand, dachte er nicht mehr an Ruhm und Ehre, sondern an die Verantwortung, die damit verbunden war. Und auch daran ließ sich ermessen, wie sehr sich Tigerherz in den vergangenen Monden geändert hatte ...

»Aber wenn die Prüfung in der Höhle des Feuers für jeden etwas anderes bedeutet, dann kannst du uns doch wenigstens von deiner Prüfung erzählen, Kahaya«, verlangte Luku neugierig.

»Lieber nicht«, erwiderte die Tigerin leise.

»Bitte«, bettelte nun auch Makan, der gemächlich hinter ihnen hertrottete. »Ich schlafe sonst gleich ein vor Langeweile.«

»Mich würde es auch interessieren, wenn ich ehrlich bin«, gestand Biru ein, der auf Tigerherz' Kopf geklettert war und wissbegierig zu Kahaya hinüberlugte – doch sie schien nicht gewillt, etwas zu erzählen.

Sie senkte das Haupt, und in diesem Moment sah es so aus, als würde sie noch ein wenig stärker humpeln als sonst. Tigerherz, der den Grund dafür zu spüren glaubte, beschloss ihr zu helfen.

»Kommt schon, Leute, lasst sie in Ruhe«, ermahnte er seine Freunde – und fühlte den dankbaren Blick, den Kahaya ihm dafür zuwarf.

Was immer es gewesen sein mochte, das ihr bei ihrer Prüfung in der Höhle des Feuers begegnet war, es hatte ihr Angst gemacht.

Und plötzlich ertappte sich auch Tigerherz dabei, dass er leise Furcht empfand.

3

Die Höhle des Feuers

Der Marsch durch den Dschungel hatte länger gedauert, als Senjata angekündigt hatte.

Zum einen lag das an Kahayas verletztem Bein, das die Gefährten immer wieder zu Pausen zwang; zum anderen aber auch an Makan, der es tatsächlich fertigbrachte, unterwegs immer wieder mal einzuschlafen, und jedes Mal geweckt werden musste.

Erst am späten Nachmittag erreichten sie den Ort, an dem die letzte Prüfung stattfinden sollte. Die Prüfung, nach deren Bestehen Tigerherz ein vollwertiger Schattenkrieger sein würde, ein echter Bayangai ...

Die Landschaft hatte sich verändert.

Das Grün des Waldes war verblasst, und die Bäume waren seltener geworden. Dafür war schwarzes Gestein zutage getreten, das in der Sonne glitzerte. Nur noch ein paar verkrüppelte Bäume gab es hier, ansonsten herrschte karge Ödnis, die wie eine schwarze Wunde im Dschungel klaffte und die vor allem Luku schwer zu schaffen machte.

»Wie sieht's denn hier aus?«, beschwerte sich der kleine Koboldmaki, der nun, da er nicht mehr von Ast zu Ast hüpfen konnte, auf Makans breitem Rücken kauerte. »Kein Baum weit und breit, das ist ja entsetzlich.«

»Was is'n hier passiert?«, wollte auch Makan wissen.

»Der Atem des Drachen«, erwiderte Kahaya beklommen.

»Was weißt du darüber?«, fragte Biru.

»Nicht sehr viel – nur dass dieses Land einst blühend war und grün. Doch der Zorn des Großen Drachen hat alles ausgelöscht. Nur das schwarze Gestein ist geblieben, auf dass es uns alle ewig an die Macht des Drachen erinnert – und in der Tiefe schwelt noch immer die Hitze seines Feuers.«

Erst jetzt fiel Tigerherz auf, dass Kahaya recht hatte. Denn aus den Rissen und Spalten, die den schwarzen Boden überzogen, drang Rauch wie von Feuer, und ein beißender Gestank lag in der Luft. Und die Hitze, die sie alle spürten, rührte nicht von der

Sonne über ihnen, sondern von dem Boden, auf dem sie standen.

»Aua«, brummte Makan und rieb sich die Pfoten. »Der Stein ist ja richtig heiß.«

»Das ist der Atem des Drachen«, versicherte Kahaya. »Auch nach all der Zeit ist er noch immer mächtig.«

»Und dorthin müssen wir?«, fragte Luku unbehaglich.

»Wir nicht«, schränkte Kahaya ein. »Nur Tigerherz.«

Tigerherz schluckte.

Er merkte, wie sich aller Blicke auf ihn richteten, und gab sich Mühe, sich seine Unsicherheit nicht anmerken zu lassen. Die Gegend gefiel ihm nicht, und der Gedanke, sich ganz allein dort hinauszuwagen, gefiel ihm noch viel weniger. Aber ihm war klar, dass es kein Zurück gab.

Nicht mehr ...

»Wo ist die Höhle des Feuers?«, wollte er wissen.

»Sie liegt in dieser Richtung«, sagte Kahaya und hob die eben erst verheilte Pfote, um geradeaus zu deuten. »Der Eingang ist ein breiter Spalt im Gestein. Du kannst ihn nicht verfehlen.«

»Verstanden«, knurrte Tigerherz nur und wappnete sich innerlich für die bevorstehende Aufgabe.

Jeder Pelajar fand etwas anderes im Inneren der Höhle, hatte Kahaya gesagt – was ihn dort wohl erwarten würde?

»Ich weiß, was du jetzt denkst«, versicherte Kahaya sanft.

»Woher willst du das wissen?«

»Weil sich jeder Schüler in diesem Moment dieselbe bohrende Frage stellt. Auch ich habe Senjata damals gefragt, was ich in der Höhle vorfinden werde.«

»Und? Was hat er geantwortet?«

»Dass man vor allem eines in der Höhle des Feuers findet«, gab Kahaya zur Antwort, »nämlich sich selbst. Und soweit es mich betrifft«, fügte sie leiser und – so kam es Tigerherz vor – auch ein wenig traurig hinzu, »hat er recht behalten. Du brauchst dich also nicht zu fürchten.«

»Tue ich nicht!«, versicherte Tigerherz sofort. »Na ja, vielleicht ein kleines bisschen«, gab er dann zögernd zu – und auch das wäre ihm noch vor nicht allzu langer Zeit niemals über die Lippen gekommen. Aber seine Schwächen zu erkennen, sie sich einzugestehen und sie zu überwinden war eine der wichtigsten Tugenden der Bayangai.

Sie machte nicht schwächer.

Sondern am Ende nur noch stärker.

Tigerherz streckte die Vorderbeine und bückte sich, sodass Biru von seinem Rücken klettern konnte.

»Leb wohl, Raja, des Eisfells Sohn«, erklärte der Gecko feierlich. »Ich war am Tag deiner Geburt dabei, und ich werde nun auch dabei sein, wenn aus dem Knaben der Jäger wird. Ich glaube nicht, dass ich jemals so stolz auf dich war, wie gerade in diesem Augenblick, geck-gecko!«

»Danke«, sagte Tigerherz gerührt. »Aber noch habe ich die Prüfung nicht bestanden.«

»Pfff, was gibt es da zu bestehen?«, fragte Luku mit großen Augen. »Du hast doch gehört, durchfallen gibt's nicht. Also zieh los und zeig's ihnen. Du bist der erste Verlorene, der ein Bayangai wird!«

Tigerherz nickte – die Verlorenen.

So nannten sich die Tiere, die vor Eisenkralles Gewaltherrschaft geflüchtet waren und sich nun im Dschungel versteckten. Der alte Tiger Ayah war ihr Anführer gewesen, bei ihnen hatte Tigerherz eine Heimat gefunden, noch lange bevor die Bayangai ihn aufgenommen hatten.

»Ja«, stimmte Makan gähnend zu. »Sieh zu, dass du die Prüfung hinter dich bringst, und komm dann rasch zurück. Ich hab nämlich Hunger, und sobald du wieder hier bist, können wir was futtern gehen. Und falls du in der Höhle was Essbares findest, bring es bitte mit.«

»Versprochen.« Tigerherz bleckte die Zähne zu einem Grinsen. Dann wandte er sich Kahaya zu.

»Es ist so weit«, sagte sie.

Er nickte nur, und sie blickten einander tief in die Augen. »Danke«, sagte Tigerherz leise. »Ohne deine Hilfe würde ich jetzt nicht hier stehen, Meisterin.«

»Nein.« Sie schüttelte den Kopf. »Das bist du ganz allein gewesen. Geh in die Höhle, und finde dich selbst. Und dann kehre zurück – nicht länger als mein Pelajar, sondern als Jäger.«

Tigerherz streckte sich. Er richtete sich auf und warf sich in die Brust, stieß ein Brüllen aus, das weithin über die karge Landschaft scholl. Dann, mit einem letzten Blick in Richtung seiner Freunde, setzte er sich in Bewegung, der Ungewissheit entgegen.

Der Boden unter seinen Pfoten war heiß, er musste rasch gehen, um sich nicht zu verbrennen. Und je weiter er lief, desto mehr hüllte der Rauch aus den Felsspalten ihn ein, bis er schließlich von einem dichten weißen Schleier umgeben war. Noch einmal sah sich Tigerherz um, aber seine Freunde konnte er schon nicht mehr erkennen.

Es gab nur noch eine Richtung.

Vorwärts ...

Indem er vorsichtig einen Fuß vor den anderen setzte, arbeitete sich Tigerherz voran. Sein genaues Ziel kannte er nicht, er folgte seinem Instinkt – und einem seltsamen Geruch, der in der Luft lag und ihn lockte. Ohnehin war die heiße Luft durchsetzt von Gerüchen, wie er sie nie zuvor wahrgenommen hatte, aber dieser war besonders stechend, und Tigerherz folgte ihm. Der Rauch verdichtete sich dabei noch, sodass Tigerherz kaum mehr die Pranke vor Augen erkennen konnte. Er musste aufpassen, nicht in eine der Spalten zu fallen, die den schwarzen Fels durchzogen. Und plötzlich stand er vor einer Öffnung, die größer und dunkler war als alle anderen, und er war sicher, sein Ziel erreicht zu haben.

Die Höhle des Feuers.

Tigerherz atmete so tief ein und aus, wie die von heißen Dämpfen durchsetzte Luft es zuließ. Dann wagte er sich weiter. Indem er sich mit den Vorderpfoten vortastete, kletterte er in das ungewisse Dunkel der Höhle – und schon im nächsten Moment hatte sie ihn verschlungen wie das Maul eines gefräßigen Krokodils.

Es ging steil hinab.

Vorsichtig tastete Tigerherz sich in die Tiefe. Bei jedem Schritt hatte er das Gefühl, dass die Luft um ihn herum noch heißer wurde und die stechenden Gerüche zunahmen. Seine Instinkte sagten ihm, dass er umkehren und schleunigst von hier verschwinden sollte. Aber er nahm an, dass das ein Teil der Prüfung war, also ging er weiter. Er atmete flach, aber irgendwann hatte er das Gefühl, keine Luft mehr zu bekommen. Also sog er die heißen Dämpfe geradewegs in seine Lungen – und merkte, wie ihm davon schwindelig wurde. Das Zeug benebelte seine Sinne, er musste aufpassen, nicht von den Pfoten zu kippen.

Endlich erreichte er den Grund der Spalte. Im spärlichen Licht, das von oben einfiel, konnte er erkennen, dass sich der Fels vor ihm zu einer Höhle erweiterte. Das Gewölbe war kuppelförmig, die Wände glatt – Tigerherz fühlte sich an die Luftblasen erinnert, die sich auf Tümpeln bildeten, wenn es regnete. Nur dass diese Luftblase sehr viel größer war.

Wachsam schaute er sich um.

Bei den vorangegangenen Prüfungen auf der Insel der Bayangai hatte er gelernt, dass ein Schattenkrieger stets aufmerksam sein musste und sich seiner Umgebung bewusst. Im spärlichen Licht konnte er nicht viel erkennen, aber seine Tigersinne ersetzten seine Augen und sorgten dafür, dass er sich dennoch ein Bild von dem Ort machen konnte. Leichtfüßig stieg er über die Risse hinweg, die den Boden durchzogen, und stieß zur anderen Seite der Höhle vor – nur um festzustellen, dass es dort weiterging. Ein Stollen führte noch tiefer in das schwarze Gestein, und Tigerherz musste ihm folgen. Der Gestank war inzwischen so stechend, dass Tigerherz kaum noch einen klaren Gedanken fassen konnte. Schon nach wenigen Schritten blieb er stehen und glaubte plötzlich, eine Stimme zu hören.

»Raja ...«

Er stutzte.

War das nicht ...?

»Raja«, klang es wieder.

Tigerherz merkte, wie sich sein Rückenfell sträubte. Sein Herz schlug plötzlich schneller. Unter allen Stimmen im Dschungel hätte er diese sofort herausgekannt, auch wenn er sie lange nicht gehört hatte. Viel zu lange ...

»Mama«, flüsterte er.

Es war nur eine vage Hoffnung, und eigentlich wusste er, dass es unmöglich war. Schließlich hatte er in der Höhle der Nacht* schon einmal geglaubt, seiner Mutter zu begegnen, dabei war er gegen einen Tropfstein gerannt und hatte das Bewusstsein verloren. Aber da war diese Stimme, die ihn rief, und er war sicher, dass er sie ...

»Raja, komm zu mir.«

»Mutter!«

Tigerherz schaute auf. Aus der von Nebel und Rauch durchzogenen Dunkelheit trat ihm eine Gestalt entgegen. Sie war groß und schlank und anmutig, und ihre bernsteinfarbenen Augen sahen ihn voller Sanftmut an.

Es war Cinta, die Königin des Dschungels.

Seine Mutter.

4

In den Abgrund

»Mama!«

Tigerherz sprang auf sie zu, doch inmitten der Rauchschwaden wirkte es, als weiche sie vor ihm zurück. Ein Teil seines Verstandes sagte ihm, dass es nicht wirklich sein konnte, dass es ein Trugbild war – aber sein Herz wollte es glauben, um jeden Preis. Und da waren die Dämpfe, die seine Gedanken mehr und mehr umnebelten …

»Endlich bist du hier«, rief seine Mutter ihm zu. Ihre warme seidenweiche Stimme klang genauso, wie er sie in Erinnerung hatte. »Ich musste lange auf dich warten.«

»Das tut mir leid«, versicherte Tigerherz. »Ich habe alles gegeben, aber es war nicht einfach ...«

»Warum nicht?« Ihre milden Gesichtszüge wurden plötzlich streng. »Habe ich dir nicht alles beigebracht, was du wissen musst? Hat Biru dich nicht stets treu begleitet?«

»Doch«, versicherte Tigerherz und senkte schuldbewusst das Haupt. »Aber ich bin nicht immer gehorsam gewesen. Ich war eigensinnig und dumm ... Und ich habe Fehler gemacht. Aber jetzt bin ich hier«, bekräftigte er und schaute hoffnungsvoll wieder auf. »Ich habe es fast geschafft. Nur noch diese Prüfung muss ich bestehen, dann werde ich ein Schattenkrieger sein. Das war es doch, was du immer wolltest, oder nicht?«

»War es auch das, was du wolltest?«, kam die Frage prompt zurück – jedoch von einer anderen Stimme.

Tigerherz verengte die tränenden Augen und versuchte, durch Dampf und Dunkelheit zu spähen. Verblüfft erkannte er, dass es gar nicht seine Mutter war, die dort vor ihm stand. Die Gesichtszüge waren viel zu alt und ausgezehrt, um ihr zu gehören, und der Körper des Tigers war bis auf die Knochen abgemagert und mit Narben überzogen. Einer seiner Eckzähne war abgebrochen, und er schien nur noch auf einem Auge sehen zu können. Das andere hatte er wohl im Kampf verloren ... Der Tiger kam ihm eigenartig bekannt vor.

»Ayah«, stieß Tigerherz hervor. »Bist du das?«

»Tigerauge«, verbesserte der Alte. »So hieß ich einst, als ich noch so jung und stark war wie du. Doch das ist lange her. Die

Zeiten haben sich geändert. Dunkelheit ist über den Dschungel gekommen, die Herrschaft von Eisenkralle ...«

»Deshalb bin ich hier«, versicherte Tigerherz. »Ich möchte ein Bayangai werden, so wie du damals. Und ich will den Kampf gegen Eisenkralle aufnehmen!«

»So, willst du das.« In den Worten des alten Tigers schwang leiser Spott mit. »Was schert es den Dschungel, was ein kleiner Tiger will? Bist du überhaupt stark genug, um dich einer so großen Aufgabe zu stellen? Bist du überhaupt mutig genug?«

»Ich bin schon weit gekommen«, verteidigte sich Tigerherz. »Immerhin habe ich es bis hierher geschafft!«

»Weil du Glück hattest«, räumte Ayah ein, »und weil deine Freunde dir geholfen haben. Ich selbst habe mein Leben gegeben, damit du das deine behalten konntest.«

»Ich weiß«, gestand Tigerherz. Er starrte schuldbewusst zu Boden und zog den Schwanz ein. »Dafür bin ich dir von Herzen dankbar. Und es tut mir unendlich leid.«

»Davon werde ich nicht wieder lebendig«, knurrte der Alte rauer, als er zu Lebzeiten je gewesen war. »Wenn du willst, dass mein Opfer einen Sinn bekommt, musst du tun, was alle von dir erwarten.«

»Ich weiß«, wiederholte Tigerherz und ließ sich nieder. Die Dämpfe waren ihm zu Kopf gestiegen, er fühlte sich plötzlich unendlich müde. »Und wenn ... ich das nicht kann?«

»Das spielt keine Rolle«, erwiderte erneut eine andere Stimme. Unter ihrem tiefen Klang schien die Höhle zu erbeben.

Tigerherz sah auf.

Statt des alten Ayah stand plötzlich ein riesiger weißer Tiger vor ihm, stolz und Ehrfurcht gebietend. Sein Fell leuchtete fahl in der Dunkelheit, der Blick seiner blauen Augen schien die heiße Luft um ihn herum gefrieren zu lassen. Tigerherz war sofort klar, wer vor ihm stand.

»Vater!«, rief er aus.

Der weiße Tiger nickte und sah ihn durchdringend an.

»Hallo, Raja.«

»Papa.« Es gab so viel, das Tigerherz seinem Vater sagen, das er ihn fragen wollte, aber für den Moment war er so eingeschüchtert, dass er kaum ein Wort hervorbrachte.

»Du bist groß geworden, kleiner Tiger.«

»Das bin ich«, stimmte Tigerherz eifrig zu, bemüht, sich seinem Vater von seiner allerbesten Seite zu zeigen. »Und ich habe viel gelernt!«

»Dann kannst du Eisenkralle besiegen? Seine Gewaltherrschaft beenden und den Thron von Astana zurückerobern?«

»Das ... das hoffe ich«, sagte Tigerherz. »Aber Eisenkralle ist ein furchtbarer Gegner.«

»Das ist er«, bestätigte sein Vater. »Wer könnte das besser beurteilen als ich, der ich von ihm und seiner Bande feige ermordet wurde? Wann, glaubst du, wirst du stark genug sein, um ihm die Stirn zu bieten?«

Tigerherz' erster Impuls war, seinem Vater zu gestehen, dass er sich schwach fühlte und verloren und dass er womöglich niemals in der Lage sein würde, Eisenkralle zu entmachten, Prophezeiung hin oder her. Andererseits aber wollte er ihn nicht noch mehr enttäuschen, als er es womöglich schon getan hatte ... »Was meinst du damit?«, fragte er deshalb.

»Als ich König wurde, hat mich niemand gefragt, ob ich bereit oder stark genug wäre«, erklärte Eisfell mit tiefer Stimme. »Niemand wusste zu sagen, ob ich ein guter Herrscher oder mutig genug sein würde, um meine Aufgabe zu erfüllen – aber ich habe es nach Kräften versucht, an jedem einzelnen Tag, und so bin ich allmählich zu dem König geworden, der ich sein wollte. Und jeden Tag habe ich den Großen Drachen gebeten, mir die Stärke und die Kraft zu verleihen, die dazu nötig ist.«

»Das tue ich auch«, versicherte Tigerherz.

»Gut – denn du wirst große Stärke brauchen, um zu tun, was getan werden muss.«

»Was heißt das?«, fragte Tigerherz. »Ist die Prophezeiung denn wirklich wahr? Kann ich Eisenkralle besiegen?«

Er hatte gehofft, dass sein Vater die Frage bejahen und ihm damit neuen Mut geben würde, doch König Eisfell schwieg. Statt zu antworten, erhob er sich unvermittelt und wandte sich zum Gehen. »Ich will dir etwas zeigen. Folge mir.«

Im nächsten Moment war er in der rauchigen Schwärze verschwunden.

»Vater?«, rief Tigerherz.

»Folge mir«, drang es noch einmal aus den dunklen Schwaden.

Gehorsam setzte Tigerherz einen Fuß vor den anderen und folgte seinem Vater noch tiefer in die Höhle. Die Welt um ihn herum war ihm gleichgültig geworden, er nahm sie gar nicht mehr wahr. Nur noch die Höhle zählte und das, was in ihr geschah – und sein Vater.

Ihm nach all den Jahren endlich zu begegnen, ihn endlich mit eigenen Augen zu sehen, nachdem er so viel von ihm gehört hatte, war überwältigend. Tigerherz fühlte gleichzeitig Glück und Trau-

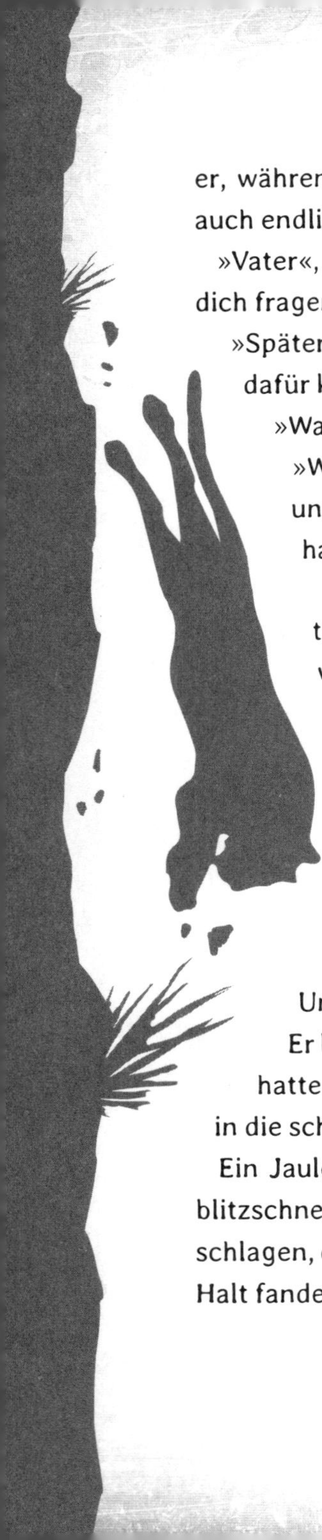

er, während in ihm die Hoffnung keimte, dass er nun vielleicht auch endlich Antworten bekommen würde …

»Vater«, rief er in die Dunkelheit vor ihm, »da ist so viel, das ich dich fragen möchte …«

»Später, Sohn«, hallte es durch die Höhle zurück. »Jetzt ist dafür keine Zeit.«

»Warum nicht?«

»Weil es etwas gibt, das ich dir zeigen muss. Etwas, das du unbedingt erfahren musst, oder alles, was du bisher getan hast, und alle Opfer werden vergeblich gewesen sein.«

Tigerherz wurde unruhig. Er folgte seinem Vater weiter, aber innerlich zögerte er. Wollte er wirklich wissen, was König Eisfell ihm enthüllen würde …?

»Komm nur, komm näher«, forderte sein Vater ihn auf, der sein Zögern zu bemerken schien. »Ich werde dich an einen Ort führen, der dir alles erklären wird. Der dir zeigen wird, wieso du hier bist und warum wir uns hier begegnen …«

»Dann werde ich endlich Antworten bekommen?«

»Oh ja«, versicherte der König. »Das wirst du …«

Und plötzlich trat Tigerherz ins Leere.

Er bemerkte zu spät, dass er eine Spalte im Fels übersehen hatte – und schon im nächsten Moment kippte er nach vorn in die schwarze Leere, die vor ihm klaffte.

Ein Jaulen fuhr aus seiner Kehle, sein Fell sträubte sich. Mit blitzschnellen Reflexen versuchte er, seine Klauen in den Fels zu schlagen, doch das Gestein war so glatt, dass seine Krallen keinen Halt fanden und abglitten.

Und so ging es kopfüber in die bodenlose Schwärze.

Es war dunkel geworden.

Die Sonne stand dicht über dem Horizont und hatte die Farbe von Feuer angenommen, die Dämmerung war dabei, sich über das karge Land zu breiten – und Tigerherz war noch nicht zurück.

»Ist das normal?«, erkundigte sich Biru bei Kahaya. »Ich meine, wie lange dauert die Prüfung in der Höhle des Feuers denn für gewöhnlich?«

»Ich weiß es nicht«, gab Kahaya zu. »Meine eigene Prüfung war die einzige, die ich je erlebt habe.«

»Und wie lange hat sie gedauert?«

Die Tigerin schickte dem Gecko einen traurigen Blick. »Auch das weiß ich nicht«, flüsterte sie. »In der Höhle verliert man jedes Gefühl für die Zeit.«

Ein Knurren war zu vernehmen. Makan, der mit dem breiten Hinterteil auf einem Felsen hockte, guckte unglücklich auf seinen Magen. »Mein Bauch hat sein Zeitgefühl nicht verloren«, erklärte er. »Ich hab Hunger.«

»Wann hast du mal keinen Hunger?«, fragte Luku ein bisschen genervt.

»Bist du denn gar nicht hungrig?«, fragte der Bär dagegen. »Die Sonne geht bald unter. Essenszeit.«

»Schon«, räumte der Koboldmaki ein. »Aber wie kannst du jetzt ans Futtern denken? Merkst du nicht, dass Kahaya sich Sorgen macht?«

»Echt?«

»Schon gut, ich bin nicht besorgt«, winkte die Tigerin ab. »Tigerherz hat alles gelernt, was er wissen muss. Um ihn ist mir nicht bange«, behauptete sie – aber ihr Gesichtsausdruck strafte ihre Worte Lügen.

»Wie lange wollen wir warten?«, fragte Biru.

»Bis wir was tun?«

»Was wohl? Ihn suchen natürlich!« Der Gecko wuselte aufgebracht auf dem schwarzen Gestein umher.

Kahaya überlegte. Soweit sie wusste, hatte noch niemals ein Schüler eine Nacht in der Höhle des Feuers verbracht, und dafür gab es auch einen guten Grund: Die Dämpfe, die die Luft in der Höhle durchsetzten, enthüllten demjenigen, der aufrichtig nach ihr suchte, zwar die Wahrheit; doch wer ihnen zu lange ausgesetzt war, der fand niemals wieder in die Wirklichkeit zurück.

Und Kahaya ertappte sich dabei, dass ihr dieser Gedanke schreckliche Angst machte.

5

Eiserne Klauen

Als Tigerherz wieder zu sich kam, hatte er keine Ahnung, wo er sich befand – und es war ihm auch gleichgültig.

Schwerfällig erhob er sich und schüttelte Staub aus seinem Fell. Er hatte Mühe, auf den Beinen zu bleiben, so schwindelig war ihm. Der Rauch, die heißen Dämpfe, der beißende Geruch – Tigerherz hatte das Gefühl zu schweben. Aber es war kein angenehmes Gefühl. Er fragte sich, was geschehen war, konnte sich aber an nichts erinnern – außer an den weißen Tiger, dem er gefolgt war.

Der große König Eisfell.

Sein Vater …

»Papa?«, fragte Tigerherz in die Dunkelheit, die ihn umgab. Der Hall seiner eigenen Stimme erschreckte ihn. »Bist du da?«, fügte er ein wenig leiser hinzu.

Tigerherz bekam keine Antwort.

Dafür hörte er etwas anderes. Einen Klang, der scharf war und hell und in seinen empfindlichen Ohren schmerzte – und bei dem er sicher war, dass er ihn noch nie zuvor gehört hatte.

Kling, machte es immer wieder. Klang … und so ging es fort. Von Neugier getrieben, huschte Tigerherz weiter, um die Quelle des seltsamen Geräuschs ausfindig zu machen. Lautlos bewegte er sich durch die Dunkelheit – in der plötzlich grelles Feuer aufloderte.

Tigerherz' Rückenfell sträubte sich.

Er legte die Ohren an, als würde er einem Feind gegenüberstehen – doch von dem Feuer ging keine Hitze aus. Im Licht der Flammen erkannte er jedoch Bilder – Darstellungen, die über die Höhlenwand huschten und sich vor seinen Augen bewegten: Tigerherz sah einen steilen Berg mit einem Gipfel, aus dem dunkler Rauch quoll. Darunter erblickte er eine eigenartige schattenhafte Gestalt. Es war kein Tiger, so viel stand fest, denn sie stand aufrecht auf den Hinterbeinen; aber es war auch kein Affe, denn dazu fehlte ihr das Fell.

Die Gestalt schien auf etwas einzuschlagen, und trotz seiner benebelten Sinne begriff Tigerherz, dass dies die Quelle des seltsamen Geräuschs war.

Klingklang. Klingklang …

Tigerherz fragte sich, was für ein merkwürdiges Tier dies sein mochte – und war plötzlich sicher, einen der Takrambuti vor sich zu haben, einen jener geheimnisvollen kahlen Affen, die einst im Dschungel gelebt hatten. Plötzlich wurden es noch mehr! Durch die Flammen stiegen die schattenhaften Gestalten auf den Gipfel des Berges, wo der Einzelne ihnen etwas gab. Zuerst konnte Tigerherz nicht erkennen, was es war, aber dann sah er es – und blankes Entsetzen packte ihn.

Es waren Waffen!

Metallene gebogene Klauen, wie jene, die Eisenkralle besaß! Und die Takrambuti nahmen sie und stiegen auf der anderen Seite des Berges wieder hinab in den Dschungel. Plötzlich konnte Tigerherz dort auch andere Tiere sehen: Elefanten, Nashörner, Tapire und Muntjaks, aber auch Tiger und Panther, Parder und Binturongs. Dazwischen sprangen Makaken, Languren und Siamangs von Baum zu Baum; Gürteltiere und Malaienbären waren auf der Suche nach Nahrung; Krokodile und Schlangen krochen durchs Unterholz, und die Luft war von Vögeln erfüllt.

Der Wald schien überzuquellen vor Leben und saftigem Grün – doch dann kamen die Takrambuti. Tigerherz brüllte entsetzt auf, so als könnte er die Tiere des Waldes warnen. Aber sie hörten ihn nicht, und so waren sie den Takrambuti und ihren schrecklichen Waffen schutzlos ausgeliefert.

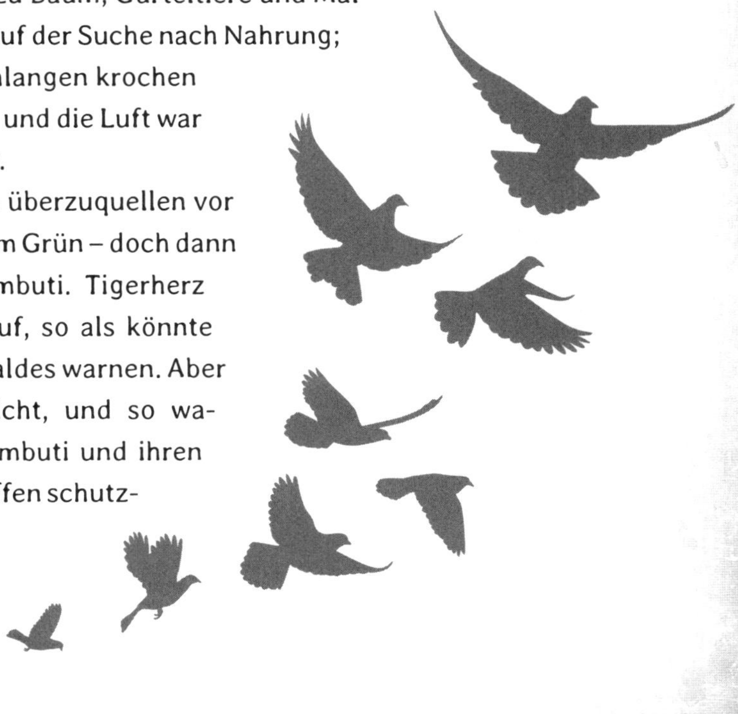

Eine grässliche Schlacht entbrannte, ein blutiges Morden. Tigerherz sah Blut, wohin er auch schaute. Schrecklich wüteten die eisernen Klauen der kahlen Affen unter den Tieren des Waldes, weder vor den Tigern noch vor den Krokodilen, und noch nicht einmal vor den Elefanten schreckten sie zurück. Und je mehr die Takrambuti mordeten und je mehr Tiere sie töteten, desto schlimmer schien ihre Gier nach Blut zu werden. Der schreckliche Anblick des schreiend roten Blutes brannte sich unauslöschlich in Tigerherz' Gedächtnis ein.

Und dann kam noch das Feuer ...

Vom Berg züngelte es herab und griff auf die Bäume über, hüllte den ganzen Dschungel ein. Jene Tiere, die noch nicht tot oder verwundet waren, versuchten zu fliehen, doch die Takrambuti ließen ihnen keine Chance. Der Tod folgte den kahlen Affen, wohin sie auch gingen, und ließ sie zu mordenden Bestien werden, genau wie Eisenkralle. Die Gesetze des Großen Drachen, die Regeln des Gleichgewichts im Dschungel – all das hatte keine Gültigkeit mehr. Mit ihren grässlichen Waffen löschten die Takrambuti alles Leben im Dschungel aus. Und als wäre das noch nicht schlimm genug, fielen sie anschließend auch noch übereinander her.

Tigerherz war so entsetzt, dass er nicht mehr hinsehen konnte. Er schloss die Augen, warf den Kopf in den Nacken und brüllte, so laut er es vermochte.

Dann brach er zusammen.

6

Das Recht des Stärkeren

Totenstille herrschte im alten Palast von Astana.

Eisenkralle, der sich auf dem alten steinernen Thron fläzte, auf dem schon die Herrscher der Takrambuti gesessen hatten, blickte mit glühenden Augen auf das Tier hinab, das sich vor ihm am Boden wand. Es war ein Binturong, eine Schleichkatze. Seine Schnauze zuckte, seine Gesichtshaare bebten, und sein buschiger Schwanz wischte immerzu über den Boden, während er ängstlich zu Eisenkralle aufblickte.

»Du hast was getan?«, wollte dieser wissen.

»Er hat im Dschungel gejagt, in Eurem Revier!«, gab Pedang zur Antwort, noch ehe der Binturong etwas erwidern konnte.

Pedang war ein Makake und, wie Kipas inzwischen wusste, der General von Eisenkralles Armee, die sich aus Hunderten dieser stinkenden, kreischenden Affen zusammensetzte. Pedangs gelbe Augen leuchteten, und sein Kopfhaar stand ihm vor Eifer zu Berge. »Meine Leute haben ihn erwischt, als er einen Kantschil verspeisen wollte, den er in Eurem Revier gewildert hatte.«

»So«, knurrte Eisenkralle, wobei er drohend auf den Angeklagten hinabstarrte. »Hast du das?«

»E...es war nur ein Versehen, mein K...König!«, beteuerte der Binturong näselnd. »I...ich wusste nicht, dass der Kantschil Euch gehörte ...«

»Alles im Revier des Herrschers gehört ihm«, wies Pedang ihn giftig zurecht. »Geht das nicht in deinen Schädel?«

Um seinen Worten Nachdruck zu verleihen, schlug er dem Binturong mit der Pfote auf den Kopf. Die anderen Makaken, die den Thronsaal von Astana bevölkerten und zu Dutzenden auf den alten, von Wurzeln und Flechten überwucherten Steinen hockten, lachten und kreischten schadenfroh. Der Binturong wehrte sich nicht, die Angst hielt ihn am Boden. Angst vor Eisenkralle – und vor der Klaue an seiner Rechten, die er jetzt bedrohlich hob.

»Kennst du das Gesetz des Dschungels?«, fragte er.

»I...Ihr meint das Gesetz des Großen Drachen?«, stammelte die Schleichkatze. »Dass alle Lebewesen dem ewigen Kreislauf der Natur unterworfen sind?«

»Nein«, widersprach Eisenkralle kopfschüttelnd. »Ich spreche von dem Gesetz, das ich erlassen habe – dem Gesetz des Stärkeren. Und dieses Gesetz besagt, dass es einer unwürdigen Made wie dir untersagt ist, in meinem Revier zu jagen.«

»Ich habe nicht ...«, begann der Binturong stammelnd.

»Soll das ein Witz sein?«, kreischte Pedang. »Wir haben dich auf frischer Tat ertappt!«

»A...aber es war nur ein ganz kleiner Kantschil«, beteuerte der Binturong weiter. »Außerdem wusste ich nicht, dass es verboten ist, in diesem Teil des Waldes zu jagen.«

»Unwissenheit schützt nicht vor Strafe«, beschied Pedang ihm besserwisserisch und entblößte die großen Zähne dabei zu einem schadenfrohen Grinsen.

»So ist es«, stimmte Eisenkralle zu und fuchtelte mit der Klaue. »Was glaubst du wohl, was geschieht, wenn ich dir das durchgehen lasse? Noch mehr von deiner Sorte werden kommen, kleine Schmarotzer wie du, die mir mein Futter streitig machen!«

»A...aber nein, mein König! Wie könnte ich das? Ich meine, Ihr seid ein Tiger, das mächtigste Geschöpf des Dschungels, und ich bin bloß eine unwichtige kleine Schleichkatze ...«

»Ganz recht«, stimmte Eisenkralle zu. »Und deshalb wird dich auch niemand vermissen.«

Mit einem Satz sprang er vom Thron und baute sich über dem Angeklagten auf, der nun am ganzen Körper zitterte. Kipas, der seitlich neben dem Thron lag und alles beobachtete, wand sich innerlich vor Abscheu über so viel Feigheit. Andererseits – vor Eisenkralles mörderischer Klaue hatte auch er Respekt. Zumal er sie schon zu spüren bekommen hatte ...

»Bitte nicht«, wisperte der Binturong und wich zurück bis

zur Wand. Als er nicht mehr weiter konnte, kauerte er sich zu einem schwarzen Fellknäuel zusammen, während Eisenkralles Schatten drohend über ihm emporwuchs.

Das Kreischen der Makaken war verstummt, selbst Kipas hielt den Atem an. Auf der Insel der Bayangai hatte man ihn gelehrt, dass Jäger und Beutetiere in einem Kreislauf verbunden waren, dass das Gleichgewicht des Dschungels erhalten bleiben musste und kein Tier getötet werden durfte, außer um das Überleben eines anderen Tiers zu sichern …

Doch Eisenkralle war nicht bedroht.

Und es war auch nicht Hunger, der ihn antrieb.

Der König des Dschungels hatte seine eigenen Gesetze gemacht und seine eigene Ordnung geschaffen, und er scherte sich einen Dreck um das, was der Große Drache sagte oder was die Bayangai für richtig hielten – und dafür bewunderte Kipas ihn.

Auch wenn ihm in dem Moment, als die eiserne Klaue herabstieß, ein eisiger Schauder durchrieselte. Der Binturong hatte keine Chance. Eisenkralle wandte sich ab, ohne sein Opfer auch nur noch eines Blickes zu würdigen. Stattdessen sah er zu Kipas.

»Hast du verstanden?«, fragte er leise.

Kipas nickte.

»Dann lass dir das eine Lehre sein.«

7

Das Erwachen

Es juckte.

Das Erste, was Tigerherz spürte, war ein Kitzeln an seiner Nase. Und auch seine Schnurrhaare sagten ihm, dass da irgendetwas war. Nicht nur ganz in der Nähe, sondern auf ihm.

In seinem Gesicht …

Jäh schlug er die Augen auf – nur um einen kleinen Gecko zu sehen, der mit besorgter Miene in sein linkes Auge starrte.

»Hallo.«

Alarmiert fuhr Tigerherz hoch. Der Gecko, der mitten in sein Gesicht gekraxelt war, wurde dadurch abgeworfen und durch die Luft geschleudert, wobei er sich mehrmals kreischend überschlug, ehe er auf einem Felsen landete.

Verwirrt schaute sich Tigerherz um.

Für einen Moment wusste er weder, wo er war, noch wer er war. Erst als ihm klar wurde, dass er die Gesichter kannte, die ihn umgaben und ihn besorgt ansahen, beruhigte er sich wieder.

Luku.

Makan.

Kahaya.

Und der kleine Kerl, den er versehentlich durch die Luft geschleudert hatte, war kein anderer als Biru, der jetzt wieder angewuselt kam.

»Dem Großen Drachen sei Dank, geck-gecko! Du bist endlich wieder zu dir gekommen!«

»Klar bin ich zu mir gekommen«, versicherte Tigerherz. »Wieso auch nicht?«

Keiner seiner Freunde antwortete, aber an ihren Mienen konnte er erkennen, dass etwas nicht in Ordnung war. Erst dann fiel ihm auf, dass es heller Tag war. Als er die Höhle des Feuers betreten hatte, war es später Nachmittag gewesen – das konnte nur bedeuten, dass ...

»Wie lange war ich da unten?«, fragte er.

»Die ganze Nacht«, gab Kahaya zurück, die sich ebenfalls gesorgt zu haben schien. Dabei leckte sie ihr noch nicht vollständig genesenes Bein. »Erst gegen Morgen haben wir dich gefunden.«

»Und das auch bloß, weil du laut geschrien hast«, fügte Luku hinzu und sah ihn mit großen Augen an.

»Ihr habt mich gefunden?« Tigerherz blickte staunend an sich herab. »Und wie bin ich hierhergekommen? Ich meine, ich kann mich nicht erinnern, dass ...«

»Du warst bewusstlos«, erklärte Biru. »Und wahrscheinlich wärst du niemals wieder aufgewacht, wenn Kahaya dich nicht rausgezogen hätte.«

»Mich rausgezogen?« Verblüfft sah Tigerherz Kahaya an. Deshalb also konnte er sich an nichts erinnern – und deshalb leckte sie sich auch ihre schmerzende Pfote. Sie hatte ihn aus dem Loch gezogen, in das er gefallen war, trotz ihres schmerzenden Vorderlaufs ...

»Danke«, sagte er leise.

Sie nickte nur, einmal mehr verstanden sie einander ohne Worte. Seine Meisterin wusste, dass Tigerherz dasselbe jederzeit auch für sie getan hätte.

»Wie fühlst du dich?«, erkundigte sich Biru.

»Ganz gut, denke ich.« Tigerherz nickte. Tatsächlich schmerzte jeder Knochen in seinem Leib, und der Schädel tat ihm weh, was wohl von den heißen Dämpfen rührte. Aber immerhin war er am Leben und wieder zurück an der Oberfläche. Alles Weitere würde sich schon geben.

»Junge«, freute sich Luku, nun doch mehr erleichtert als besorgt. »Was bin ich froh, dass du noch lebst! Als wir dich da unten fanden, dachten wir schon, wir wären zu spät gekommen. Du warst völlig weggetreten.«

»Ja«, nickte Tigerherz, während er sich zu erinnern versuchte, was dort unten geschehen war. »Das war ich wohl …«

»Und? Was hast du in der Höhle vorgefunden?«, bohrte Luku neugierig weiter.

»Ja«, stimmte Makan eifrig zu. »Gab's was zu futtern?«

»Quatsch, das mein ich doch nicht«, plärrte der Koboldmaki, während er wie ein Floh auf und ab hüpfte. »Ich meine, was ist in der Höhle passiert? Bist du wirklich dir selbst begegnet?«

»Es ist unhöflich, danach zu fragen«, wies Kahaya ihn sanft zurecht. »Was ein Schüler in der Höhle des Feuers erlebt, ist sehr persönlich. Es macht einen Jäger aus ihm und begleitet ihn sein ganzes Leben lang.«

»Oh«, stieß Luku bedröppelt aus. »Das wusste ich nicht. Entschuldigung.«

»Schon gut.« Tigerherz winkte ab. »Ich fürchte, ich kann mich ohnehin nicht daran erinnern.«

»Du kannst dich nicht erinnern?« Kahaya sah ihn betroffen an. »An gar nichts?«

Er schüttelte den Kopf. Sosehr er es auch versuchte, in seinem Kopf war nichts als Dunkelheit. Und pochender Schmerz …

»Das ist nicht gut«, stellte Biru fest. »Wahrscheinlich eine Folge der Dämpfe. Wir können von Glück sagen, dass du überhaupt wieder zu dir gekommen bist, geck-gecko.«

Tigerherz nickte – wahrscheinlich hatte sein kleiner Berater recht. Doch die Frage nach dem, was dort unten geschehen war, ließ ihn nicht los, zumal er das Gefühl hatte, dass es etwas Wichtiges gewesen war. Etwas, an das er sich um jeden Preis erinnern musste. Kahayas Worte hatten ihn noch nachdenklicher gemacht, und so setzte er alles daran, dem Rätsel auf den Grund zu gehen. Wie wenn man den Geruch von Beute in der Nase hatte und ihm folgte, obwohl man noch nicht genau wusste, wohin er einen führen würde ...

Tigerherz spürte der Fährte nach, die tief in sein Inneres führte. Dabei hatte er das Gefühl, etwas Verbotenes zu tun, so als ob er sich in Wahrheit gar nicht erinnern wollte ...

Doch im nächsten Moment kehrte die Erinnerung zu ihm zurück, ob es ihm gefiel oder nicht. Und sie traf ihn mit der Wucht eines Prankenhiebs. So heftig, dass er wankte.

»Tigerherz!«, rief Kahaya entsetzt.

»Was ist mit dir?«, wollte auch Luku wissen.

»Wahrscheinlich der Hunger«, mutmaßte Makan.

Aber das war es nicht.

Was Tigerherz taumeln ließ, als hätte ihn ein schwerer Schlag getroffen, war die Gewalt der Bilder, die plötzlich wieder über ihn hereinbrachen. Die Erinnerung an den Berg im Feuer und an die Schatten der Takrambuti.

Und an das Blut ...

»I...ich weiß es wieder«, stieß er stammelnd hervor. »Ich erinnere mich, was ich dort unten gesehen habe!«

»Du musst es uns nicht erzählen«, beschwichtigte Kahaya – doch Tigerherz hörte gar nicht zu. Was er gesehen hatte, hatte ihn so entsetzt, lastete so schwer auf ihm, dass er gar nicht anders konnte, als seinen Freunden davon zu berichten.

»Ich habe meine Mutter gesehen«, erzählte er. »Und den alten Ayah. Und sogar meinen Vater ...«

»Manchmal geschieht es, dass in der Höhle des Feuers die Geister unserer Vorfahren zu uns sprechen«, erwiderte Kahaya, um ihn zu beruhigen. »Daran ist nichts Ungewöhnliches.«

»Aber es waren keine Geister, die ich gesehen habe«, beteuerte Tigerherz. »Sie waren so wirklich wie du und ich. Mein Vater hat mich aufgefordert, ihm zu folgen ... Er sagte, dass er mir den Grund meines Hierseins zeigen würde. Die Ursache, warum all dies geschieht.«

»Und?«, fragte Biru, nun nicht weniger neugierig als Luku.

Sogar der immermüde Makan hatte die Augen aufgerissen.

»Ich folgte ihm, und es wurde so dunkel und der Rauch so dicht, dass ich nichts mehr erkennen konnte. Plötzlich verlor ich den Boden unter meinen Pfoten und bin gestürzt.«

»Eine Spalte im Fels.« Luku nickte. »Dort drin haben wir dich gefunden.«

»Wahrscheinlich verlor ich dabei das Bewusstsein«, versuchte Tigerherz sich einen Reim auf das Erlebte zu machen. »Aber ich hatte das Gefühl, noch immer wach zu sein. Meinen Vater sah ich nicht mehr, dafür tauchten an der Felswand Bilder auf.«

»Was denn für Bilder?« Makan kratzte sich nachdenklich am Hinterkopf.

»Schreckliche Bilder«, gab Tigerherz flüsternd zurück. Die bloße Erinnerung ließ ihn schaudern. »Ich sah die Takrambuti ...«

»Die kahlen Affen?«, fragte Biru.

Tigerherz nickte. »Sie stiegen auf einen hohen Berg, der lichterloh brannte. Ein anderer Takrambut war dort und gab ihnen Waffen – metallene Klauen, wie Eisenkralle sie hat. Damit stiegen sie dann wieder von dem Berg hinunter und gingen in den Dschungel. Und dann ...« Tigerherz musste heftig schlucken, um überhaupt weitersprechen zu können, »fielen sie mit ihren Klauen über die Tiere her und töteten sie. Die Tapire und Kantschils waren die Ersten, dann kamen die anderen an die Reihe. Einige versuchten zu fliehen, andere wehrten sich, aber es half alles nichts – die Takrambuti wüteten schrecklich unter ihnen, schlimmer als jedes Raubtier. Die Tiger und die Elefanten waren die Letzten, die ihnen noch Widerstand leisteten, aber auch sie fielen einer nach dem anderen, und überall war ihr Blut ... und dann«, fügte Tigerherz leise hinzu, »als es nichts mehr gab, das die Takrambuti töten konnten, fielen sie übereinander her. Am Ende war da nur noch Tod, und das Feuer kam und fraß nicht nur sie auf, sondern auch den Dschungel.«

Er hatte betreten zu Boden gestarrt, wo all die schrecklichen Bilder noch einmal lebendig geworden waren. Als Tigerherz jetzt aufschaute, blickte er in die erschrockenen Gesichter seiner Gefährten.

Birus Zunge hing seitlich aus dem Mund, Lukus Augen waren weit aufgerissen. Makan war das Maul offen stehen geblieben, und Kahayas sonst so sanfter Blick verriet tiefe Besorgnis.

»Ich habe den Untergang der Welt gesehen«, fasste Tigerherz flüsternd zusammen. »Das Ende des Dschungels.«

»Dafür muss es einen Grund geben«, war Kahaya überzeugt. »Nichts, was in der Höhle des Feuers geschieht, geschieht ohne Grund.«

»Den gibt es ganz sicher«, war Tigerherz überzeugt. »Mein Vater hat gesagt, dass er mir meine Bestimmung zeigen will – damit kann er nur gemeint haben, dass das, was ich gesehen habe, nicht geschehen darf.«

»Aber es ist doch bereits geschehen«, wandte Biru ein. »Wir wissen, dass die Takrambuti vor langer Zeit im Dschungel gelebt haben; dass sie gegen uns Tiere einen schrecklichen Krieg geführt haben und der Zorn des Großen Drachen sie am Ende vertrieben hat.«

»Das ist wahr«, räumte Tigerherz ein. »Aber vielleicht soll es sich ja nicht wiederholen.«

»Wie könnte es das?«, fragte Luku. »Die ollen Takrambuti sind ja zum Glück nicht mehr hier.«

»Sie nicht«, räumte Kahaya ein, die begriff, worauf Tigerherz hinauswollte. »Aber es gibt eine andere Macht im Dschungel, die nicht weniger zerstörerisch ist als die Takrambuti und die sich mit eisernen Klauen bewaffnet hat.«

»Eisenkralle«, bestätigte Tigerherz.

»Wir müssen zurück auf die Insel, so rasch wie möglich«, war Kahaya überzeugt. »Dies ist keine gewöhnliche Vision, Tigerherz. Was du gesehen hast, betrifft nicht nur dich selbst, sondern uns alle. Der Rat der Bayangai muss davon erfahren.«

8

Eine wichtige Lektion

»Au!«

Ein kläglicher Schrei drang aus Kipas' Kehle, als die Klaue ihn wieder traf. Vergeblich hatte er versucht, unter Eisenkralles Pranke hinwegzutauchen – das kalte Metall erwischte ihn trotzdem. Zwar drang die Klinge nicht tief ein und ritzte nur die Haut unter Kipas' Fell, aber es fühlte sich an, als würde ihn ein Blitz treffen.

»Au?« Eisenkralle, der vor ihm stand, sah ihn geringschätzig an. »Soll das dein neuer Kampfschrei sein?«

»Es hat wehgetan«, führte Kipas zu seiner Verteidigung an. Sein Gesicht war schmerzvoll verzogen.

»Ich weiß«, versicherte Eisenkralle grinsend, während er ihn lauernd umkreiste. »Und es wird noch öfter wehtun, Streifling – und zwar so lange, bis du lernst, dich zu verteidigen.«

»Ich habe mich verteidigt«, versicherte Kipas, während er sich nervös nach seinem neuen Meister umblickte. »Aber ich konnte nicht damit rechnen, dass ...«

»Womit konntest du nicht rechnen?«, hakte Eisenkralle nach, als Kipas zögerte. »Dass ich dir keine Zeit lassen würde? Dass ich keine Rücksicht auf dich nehmen würde?«

»Ich hatte das Gleichgewicht verloren«, stieß Kipas wütend hervor.

»Und? Wenn du dort draußen im Dschungel einem Leoparden oder einem anderen Tiger gegenüberstehst, willst du dann auch sagen: ‚Entschuldige, ich habe mein Gleichgewicht verloren. Warte bitte, bis ich es wiedergefunden habe'?«

»Nein«, versicherte Kipas. »Aber bei den Bayangai ...«

»Du bist nicht mehr bei den Bayangai!«, herrschte Eisenkralle ihn an. »Du bist zu mir gekommen, weil du genug von ihnen hattest, genug von ihrer Feigheit und ihrer Heuchelei. Du wolltest lernen, ein wahrer Krieger zu sein – nichts anderes bringe ich dir bei. Aber wenn du lieber fair bleiben und nach den Regeln spielen willst, dann geh zurück auf deine Insel, ich werde dich nicht aufhalten. Doch eines muss dir klar sein: Die Bayangai sind schwach und feige, die geborenen Verlierer. Wenn du als Sieger aus jedem Kampf hervorgehen, wenn du so stark werden willst wie ich ...«

»Das will ich«, beteuerte Kipas.

»... dann musst du auch lernen, wie ich zu kämpfen«, fuhr Eisenkralle fort. »Vergiss, was sie dir über das Gleichgewicht des Dschungels erzählt haben. Wir sind Tiger, die gefährlichsten Jäger des Dschungels – warum wohl, glaubst du, ist das so? Natürlich, damit wir über die Schwachen herrschen können und uns nehmen, was uns gehört. Die Rolle der anderen hingegen ist es, uns zu dienen und das zu tun, was wir von ihnen verlangen.«

»Senjata sagt, so etwas verstößt gegen die Ordnung des Großen Drachen.«

»Der alte Schwätzer! Was weiß der schon?« Eisenkralle schnaubte verächtlich. »Hätte die Natur gewollt, dass wir alle gleich sind, hätte sie uns alle zu Tigern gemacht – oder zu Kantschils. So aber hat sie uns eindeutig dazu bestimmt, stärker zu sein als alle anderen. Verstehst du?«

Kipas nickte.

Natürlich verstand er das.

Schließlich hatte er insgeheim schon immer so gedacht, nur dass diese Gedanken auf der Insel der Bayangai verboten gewesen waren. Hier jedoch war es nicht nur erlaubt, sie laut auszusprechen – er musste danach leben, wenn er seinem neuen Meister gefallen und sich seine Anerkennung verdienen wollte.

»Tut es immer noch weh?«, fragte Eisenkralle und deutete mit dem Kinn auf den Kratzer auf Kipas' Rücken.

»Ein wenig«, gab Kipas zu.

»Gut.« Eisenkralle nickte. »Es muss wehtun. Es wird dich daran erinnern, dass du das nächste Mal besser aufpassen musst. Und jetzt greif mich wieder an!«

»Mein König?«

»Du hast mich verstanden. Greif mich wieder an«, befahl Eisenkralle ihm abermals, »und ich will, dass du deine ganze Wut und deinen ganzen Hass in diesen Angriff legst!«

»Ich bin nicht wütend«, entgegnete Kipas.

»Und ob du wütend bist, und du hast allen Grund dazu!«, fuhr Eisenkralle ihn an, wie Senjata es niemals getan hätte. Kipas' Fell sträubte sich vom Rücken bis in die Schwanzspitze, sein Herz begann zu rasen.

»Du bist wütend auf mich, weil ich dir dieses Ding verpasst habe!«, brüllte Eisenkralle weiter. »Und du bist wütend auf die Bayangai, weil sie dich von ihrer Insel gejagt haben! Vor allem aber bist du wütend auf Tigerherz, weil er Schuld trägt an allem, was dir widerfahren ist! Er ist der Grund für deinen Schmerz, ihm gilt dein ganzer Zorn und dein Hass!«

»Tigerherz«, stieß Kipas hervor – und merkte, wie die Furcht, die er gerade noch verspürt hatte, sich tatsächlich in Wut verwandelte. Sein Fell legte sich, und er hob den Schwanz und duckte sich, so als wäre er kurz davor, sich auf ein Beutetier zu stürzen.

»Tigerherz«, bestätigte Eisenkralle grinsend. »Er hat dir alles genommen, und dafür muss er bezahlen! Stell dir vor, dass er jetzt hier vor dir steht – und dann bekämpfe ihn mit deiner ganzen Kraft und deinem Hass! Zeige keine Gnade, denn er hat dir auch keine erwiesen!«

»Das ist wahr«, knurrte Kipas, während er den König bereits lauernd umkreiste, die Ohren angelegt und die Augen zu Schlitzen verengt.

»Also los, worauf wartest du? Brauchst du eine Einladung?«, brüllte Eisenkralle. Einige der Makaken, die an den Wurzelsträngen hingen, die Wände und Decke überzogen, lachten dämlich – da wurde es Kipas zu viel.

Mit einem Schrei, der wie Donner klingen sollte, sich in der Aufregung aber eher wie Krokodilschluckauf anhörte, stürzte er sich auf seinen Meister. Dabei achtete er genau auf die metallene Klaue, die Eisenkralle halb erhoben hatte, um nicht ein zweites Mal von ihr getroffen zu werden – doch aus seinem Angriff wurde trotzdem nichts. Denn in seiner Anspannung vergaß Kipas, auf die andere Pranke seines Gegners zu achten. Und die erwischte ihn, noch während er in der Luft war.

Der Schlag war so heftig, dass Kipas quer durch das Gewölbe flog, in dem sie ihre Kampfübungen abhielten, und gegen die Wand krachte. Er hörte seine eigenen Knochen knacken und sank benommen an dem alten Gestein herab. Sein Schädel brummte wie ein Schwarm Hornissen, während die Makaken kreischend lachten.

»Du musst noch viel lernen, Streifling«, beschied Eisenkralle ihm, während er näher trat und die metallene Klaue an seine Kehle hielt. »Die Bayangai sagen, dass ein Raubtier nur töten dürfe, um sein Überleben zu sichern, also nur zur Jagd oder zur Verteidigung, aber niemals aus anderen Gründen ... Das ist Unsinn. Es gibt noch viele andere Gründe, um zu töten: um seine Macht zu beweisen und um Angst und Schrecken zu verbreiten beispielsweise. Und natürlich aus purem Vergnügen«, fügte der selbsternannte Herrscher des Dschungels hinzu und ritzte abermals Kipas' Fell.

Der Schmerz war kalt und stechend, aber Kipas hütete sich, auch nur einen Laut von sich zu geben.

Er fühlte, dass das keine gute Idee gewesen

wäre, also biss er die Zähne zusammen und schwieg, während er am ganzen Körper zitternd dalag und zu seinem Meister aufschaute, der genüsslich das Blut von den metallenen Klingen leckte.

»Eure Klaue«, stieß Kipas stattdessen tapfer hervor. »Woher habt Ihr sie eigentlich?«

»Was?« Eisenkralles Glutaugen blitzten ihn an, sodass er seinen ganzen Mut aufbringen musste um weiterzusprechen.

»Die Klaue, die Euch stark und unbesiegbar macht – woher habt Ihr sie bekommen?«

Der Herr von Astana starrte ihn an. Es war unmöglich zu erraten, was er dabei dachte. »Ich wette, dass du das gerne wissen würdest«, meinte er. Dann warf er den Kopf in den Nacken und brüllte zur löchrigen Decke hinauf, dass die Makaken sich furchtsam verkrochen. Danach wandte er sich zum Gehen, ohne noch ein weiteres Wort zu verlieren.

»Was ist?«, rief Kipas ihm hinterher. »Wollt Ihr es mir nicht verraten?«

Eisenkralle blieb stehen. »Es ist ein Geheimnis«, sagte er, ohne sich dabei umzudrehen. »Ich würde es niemandem verraten, Streifling.«

»Ich habe Euch schon einmal gesagt, dass Ihr mich nicht so nennen sollt«, knurrte Kipas.

»Dann, Streifling«, erwiderte der selbsternannte König, »solltest du dir meine Anerkennung verdienen. Denn was du bis jetzt gezeigt hast, war jämmerlich.«

(Höchst-)Gewicht: 800 kg
Schnelligkeit: 50 km/h
(Höchst-)Alter: 45 Jahre
Gefährlichkeitsfaktor: 5
Cleverness: 5

Wissenschaftl. Name:
Dicerorhinus sumatrensis

Sumatra-Nashorn

Das Sumatra-Nashorn ist akut vom Aussterben bedroht – mittlerweile gehen Tierschützer nur noch von 100 bis 150 Exemplaren in Südostasien aus. Die meisten Populationen leben in Schutzgebieten und Nationalparks. Illegale Wilderei und die Zerstörung des Lebensraumes stellen dabei die größte Bedrohung für das Sumatra-Nashorn dar. Insbesondere ihre zu Pulver zermahlenen Hörner werden in der Traditionellen Chinesischen Medizin verwendet.

(Höchst-)Gewicht: 30 kg
Schnelligkeit: 48 km/h
(Höchst-)Alter: 12
Gefährlichkeitsfaktor: 2
Cleverness: 3

Wissenschaftl. Name:
Dasypoda

Gürteltier

Wenn ein Gürteltier einen Fluss durchqueren möchte, hat es zwei Möglichkeiten. Entweder es pumpt seinen Magen mit Luft voll und schwimmt dann wie ein Ballon über das Wasser, oder es lässt sich auf den Grund des Flusses sinken und hangelt sich dann mit seinen Krallen unter Wasser bis zum rettenden Ufer.

(Höchst-)Gewicht: 2,5 kg
Schnelligkeit: 25 km/h
(Höchst-)Alter: 10
Gefährlichkeitsfaktor: 2
Cleverness: 4

Wissenschaftl. Name:
Tragulus kanchil

Kleinkantschil

Kantschile zählen in südostasiatischen Märchen zu den besonders schlauen Tieren. Sie bekommen ähnliche Eigenschaften angedichtet wie der Fuchs (Reineke Fuchs) in Mitteleuropa, so sind sie beide Meister der List. Zwar gehört der Kantschil zur Familie der Hirsche, aber im Gegensatz zu seinen Verwandten hat der er kein Geweih. Dafür ragen insbesondere beim Männchen spitze Eckzähne aus dem Maul heraus.

(Höchst-)Gewicht: 160 kg
Schnelligkeit: 20 km/h
(Höchst-)Alter: 40
Gefährlichkeitsfaktor: 10
Cleverness: 7

Wissenschaftl. Name:
Varanus komodoensis

Komodowaran

Auf der Speiseliste eines Komodowarans steht ausschließlich Fleisch. Er legt sich im Dickicht auf die Lauer, und sobald ein Beutetier auftaucht, beißt er zu. Über die Drüsen in seinen spitzen Zähnen gelangen giftige Proteine in die Wunde der Beute, die die Blutgerinnung verlangsamen und den Blutdruck senken. Jetzt gibt es kein Entkommen mehr, das Opfer bleibt irgendwann liegen und stirbt.

Die Spielanleitung findest du auf Seite 270.

TIGERHERZ

TIGERHERZ

TIGERHERZ

TIGERHERZ

9

Der Beschluss des Rates

»Ruhe! Ruhe! So beruhigt euch doch ...!«

Die Rufe von Senjata, der hoch oben auf dem Felsen stand, verstummten ungehört. Die Höhle, in der der Rat der Bayangai zusammentrat, hallte wider vom Fauchen und Knurren, Scharren und Schnurren der Ratsmitglieder. Es dauerte eine ganze Weile bis sie sich wieder beruhigt hatten.

»Und du bist sicher, dass du das alles so gesehen hast?«, erkundigte sich Kentao, ein alter Schwarzer Panther, bei Tigerherz.

»Ja, Meister«, bestätigte Tigerherz, der in der Mitte des weiten Runds der Höhle stand. Auf der einen Seite waren die Kendare versammelt, die im Rat zur Abstimmung berechtigt waren, auf der anderen die Schüler, zu denen bis vor Kurzem auch er selbst noch gehört hatte. Ein Pelajar war er inzwischen nicht mehr, aber auch noch kein anerkannter Meister – wäre es anders gewesen, hätte man ihm vielleicht eher geglaubt ...

»Du willst also allen Ernstes behaupten, dass König Eisfell durch dich zu uns spricht?«, hakte Kentao noch einmal nach. Wieder gab es Fauchen und Getuschel.

»Ich will gar nichts behaupten«, stellte Tigerherz klar. »Ich weiß nur, was in der Höhle des Feuers geschehen ist – und das habe ich Euch berichtet.«

»Dafür sind wir dir dankbar«, versicherte Perisai, ein großer Leopard, der ebenfalls den Rang eines Kendars innehatte. »Doch ist es ein Unterschied, ob die Geister deiner Vorfahren sich dir offenbaren, wie sie es bei uns allen in der Höhle des Feuers getan haben.« Er pausierte kurz, und alle nickten beifällig. »Oder ob die Worte deines Vaters für uns alle bestimmt waren.«

»Dessen bin ich mir bewusst, Meister«, versicherte Tigerherz, der sich ein wenig in die Enge gedrängt fühlte. Gleich nach ihrer Rückkehr hatte Kahaya ihn zu Senjata gebracht, damit er ihm von seinem Erlebnis in der Höhle berichtete – und der Schwarze Panther hatte nicht gezögert, den Rat der Kendare einzuberufen. Luku und Makan waren auf dem Festland zurückgeblieben, nur Biru war mitgekommen – er versteckte sich in einer der Ritzen, die den dunklen Fels durchzogen, und hörte sicher aufmerksam zu. Tigerherz hätte in diesem Moment wer weiß was darum gegeben, so gut und schnell reden zu können wie der Gecko. Nicht von ungefähr war Biru einst Berater am Hof von Tigerherz' Vater gewesen ...

»Diese Entscheidung zu treffen ist nicht Tigerherz' Aufgabe, meine Waffenbrüder und -schwestern«, stellte Senjata von seinem hohen Posten aus klar, »sondern die unsere. Als er mir berichtete, was ihm in der Höhle widerfahren war, hielt ich es für richtig, den Rat einzuberufen – wenn ihr anderer Ansicht seid, zürnt nicht ihm, sondern mir.«

»Und mir«, fügte Kahaya ohne Zögern hinzu und trat aus den Reihen der Meister an Tigerherz' Seite. Tigerherz warf ihr einen dankbaren Blick zu. »Denn ich war es, die Tigerherz dazu überredet hat, seine Vision euch allen zu offenbaren«, fuhr sie mit lauter Stimme fort.

Erneut wurde getuschelt und geknurrt.

»Für mich gibt es keinen Zweifel«, meldete Arit, eine Schleichkatze und Meisterin von Tigerherz' Freundin, der Goldkatze Tanga, sich zu Wort. »Im Zuge seiner Ausbildung durfte ich Tigerherz als verlässlichen und ehrlichen Schüler kennenlernen.«

»Und vergessen wir nicht, dass er sein Leben riskiert hat, um seine Freunde zu retten«, fügte der Nebelparder Abu, der Meister von Tigerherz' Freund Titik, hinzu.

»Eben das gibt mir zu denken«, wandte Meister Kentao ein, »denn wir alle wissen, dass Tigerherz die Weisungen des Rates damals missachtet hat – genau wie du, Kahaya.«*

»Das ist wahr«, gab die Tigerin unumwunden zu. »Doch nur, weil ich keine andere Möglichkeit gesehen habe. Dass meine Treue dem Rat gehört, habe ich bewiesen.«

»Das hast du, indem du dich für die Bayangai und gegen dei-

---

* nachzulesen in TIGERHERZ Band 2 »Die Insel der Schatten«

nen Bruder Kipas entschieden hast«, stimmte Senjata zu. »An der Wahrheit von Tigerherz' Aussage kann also kein Zweifel bestehen. Er hat all diese Dinge gesehen. Er ist seinem Vater begegnet, der ihn tief hinab in die Feuerhöhle geführt hat – und er hat dort die Takrambuti gesehen.«

»Es war schrecklich«, versicherte Tigerherz an alle gewandt. Noch immer schauderte er, wenn er nur an die Bilder aus der Höhle dachte. »Die Takrambuti hatten Waffen, genau wie Eisenkralle – und sie sind damit übereinander hergefallen und haben sich alle gegenseitig ausgelöscht.«

»Das sagtest du schon«, räumte Perisai unbeeindruckt ein. »Aber auch wenn alles wahr ist, was du sagst – die Frage ist, was es mit uns zu tun hat.« Allenthalben wurde beifällig genickt und geknurrt.

»Ja, versteht ihr denn nicht?«, erwiderte Kahaya an Tigerherz' Stelle. »Indem er sich jene Klaue beschafft hat, hat Eisenkralle es den Takrambuti gleichgetan – und dank Tigerherz' Vision wissen wir jetzt, wie sie zugrunde gegangen sind! In seiner Gier und seinem Blutdurst hat sich Eisenkralle ihrer Waffen bedient und damit den Anfang gemacht – was, wenn er auf den Gedanken kommt, auch noch meinen Bruder Kipas mit eisernen Klauen auszustatten?«

Das saß.

Kahayas Worte lösten Bestürzung aus, selbst unter den Meistern, die bislang noch skeptisch geblieben waren. Wieder wurde gefaucht und getuschelt, aber erstmals wurden auch furchtsame Blicke getauscht.

»Ich habe den Untergang der Takrambuti gesehen«,

fügte Tigerherz düster hinzu. »Mit ihren Waffen haben sie zuerst die Tiere des Dschungels getötet und dann sich selbst, bis der Große Drache sie zur Rechenschaft zog. Am Ende war da nur noch Tod und Leid – und ich will nicht, dass dasselbe auch uns widerfährt.«

»Niemand von uns will das«, räumte Meister Kentao ein und musterte ihn aus seinen graugrünen Augen. »Aber was sollen wir dagegen tun?«

»Wir dürfen nicht zulassen, dass Eisenkralle unser aller Vernichtung heraufbeschwört«, verkündete Senjata mit fester Stimme. »Wir müssen alles daransetzen, das Geheimnis seiner Klaue zu ergründen.«

»Und wir müssen die Quelle dieser grässlichen Waffe zum Versiegen bringen«, fügte Tigerherz entschlossen hinzu. »Das war es, was mein Vater mir mitteilen wollte, davon bin ich fest überzeugt. Entscheidet selbst, verehrte Meister, ob diese Botschaft nur für mich allein bestimmt war oder für euch alle.«

Dieses Mal brach Lärm in der Ratshöhle aus.

Knurrend, fauchend und mitunter auch brüllend disputierten die Kendare miteinander, aber es war nicht mehr das aufgeregte Geschrei vom Anfang. Die Worte, die Tigerherz und seine Freunde an den Rat gerichtet hatten, hatten viele der Meister zum Nachdenken gebracht, selbst der kritische Perisai schien nun gewillt zu glauben, dass König Eisfell ihnen allen eine Nachricht gesandt hatte, um die Welt vor dem Untergang zu bewahren. Schließlich legte sich das Gewirr der Stimmen wieder, und Meister Kentao ergriff das Wort.

»Der Rat der Bayangai ist geneigt, deiner Einschätzung zu folgen, Tigerherz«, sagte er. »Wir müssen das Geheimnis der eisernen Klaue entschlüsseln – und es gibt nur ein Wesen im Dschungel, das alt und boshaft genug ist, um möglicherweise etwas über diese verbotenen Dinge zu wissen.«

Tigerherz nickte, doch ihm war nicht wohl bei dem Gedanken.

Denn er wusste nur zu gut, welches Wesen dies war: Menganga, das ebenso betagte wie gefräßige Krokodil, in dessen Magen er schon einmal um ein Haar gelandet wäre ...*

»Ihr habt recht, Waffenbrüder und -schwestern«, urteilte Senjata von seinem Felsen herab. »Um die Quelle von Eisenkralles Macht zu finden, brauchen wir mehr Hinweise – und nur Menganga kann sie uns geben.«

»Das Problem ist nur, dass sie nicht nur das weiseste, sondern auch das verfressenste Geschöpf des Dschungels ist«, wandte Tigerherz ein wenig vorlaut ein.

»Hast du einen Vorschlag zu machen, Pelajar?«, erkundigte sich Meister Kentao entsprechend streng.

»Und ob«, bejahte Tigerherz, »denn ich wäre Mengangas Gier schon einmal fast zum Opfer gefallen. Wenn wir Informationen von ihr wollen, müssen wir es geschickter anstellen, als ich es damals getan habe.«

»Hast du einen Plan?«, fragte Kahaya ihn.

»Ich denke schon.«

»Worauf warten wir dann?«, knurrte Senjata. »Sediakan tentera.« »Sediakan tentera«, scholl das Motto der Schattenkrieger reihum zurück.

Seid bereit zum Kampf ...

---

* nachzulesen in TIGERHERZ Band 1 »Der Prinz des Dschungels«

10

Mengangas Rückkehr

Luku war ganz und gar nicht wohl in seiner Haut.

Seine großen Augen guckten verschreckt, wie immer, wenn er aufgeregt war, und das kleine Herz schlug ihm bis zum Hals. Trotzdem blieb der Koboldmaki an Ort und Stelle.

Er hatte sich freiwillig gemeldet. Er hatte versprochen zu helfen, und er würde sein Versprechen halten.

Schließlich hatte ihm Tigerherz zugesagt, dass nichts schiefgehen konnte. Theoretisch jedenfalls ...

Luku holte tief Luft und nahm seinen ganzen Mut zusammen.

»He du!«, rief er dann laut. »Ja, genau du! Komm raus aus deiner Höhle, aber sofort!«

Seine Stimme hörte sich noch ein bisschen piepsiger an als sonst, aber er hoffte, dass sie trotzdem gehört würde. Oder lieber doch nicht ...?

»Worauf wartest du?«, rief er aus Leibeskräften. »Hier ist dein Mittagessen! Oder jedenfalls ein Happen für zwischendurch«, fügte er etwas leiser hinzu.

Zuerst tat sich gar nichts.

Von seinem Platz auf einem toten Baum aus blickte er in das Gewirr der Mangroven, das sich vor ihm erstreckte – große, weit ausladende Bäume, deren Wurzeln wie Stelzen im Wasser standen. Hier, im sumpfigen Niemandsland zwischen Fluss und Großem Wasser, lebte Menganga. Und es war kein Zufall, dass die feuchtheiße Luft, die über dem grünblauen Wasser waberte und durchsetzt war von Fliegen und Moskitos, abscheulich nach Tod und Verwesung stank.

»Hallo!«, rief Luku noch einmal. »Menganga, alter Bettvorleger! Bist du da?«

Jetzt regte sich etwas!

Unter einer der Mangroven begann das Wasser plötzlich zu schäumen. Und etwas, das Luku bei flüchtigem Hingucken für ein Stück Treibholz gehalten hatte, bewegte sich!

Von ihrem langen Schwanz angetrieben, kam Menganga unter der Baumwurzel hervor. Lukus Heldenmut ließ schlagartig nach, als er sah, wie groß Menganga war. Ihr mächtiger Körper war so mit Moos bewachsen, dass man ihn tatsächlich für ein Stück abgestorbenes Holz oder einen Felsen hätte halten können – wäre da nicht der lange grässliche Schädel gewesen, der jetzt aus dem Wasser auftauchte und fast nur aus Maul zu bestehen schien. Reihen mörderischer gelber Zähne säumten ihn, und die kalten Reptilienaugen taxierten Luku geringschätzig.

»Wer stört meinen Schlaf?«, fragte Menganga grollend. Sie bewegte sich tagsüber nicht gerne, sondern lag meistens nur träge im Wasser, wie es die Art von Krokodilen war.

»I...ich«, meinte Luku und hob ein dünnes Ärmchen. Jetzt war ihm doch ziemlich bange, aber er blieb eisern auf seinem Platz. »Lu...Lu...Luku.«

»Lululuku?« Die Reptilienaugen musterten ihn.

»Eigentlich nur Luku«, erklärte er.

»Und was willst du hier?« Sie gähnte, wobei sie den Rachen so weit aufriss, dass man bis tief in den Schlund sehen konnte – ein grässlicher Anblick!

»Nichts weiter. Nur die große Menganga einmal mit eigenen Augen sehen.«

»Tatsächlich?«, fragte Menganga geschmeichelt. Trotz ihres Alters und ihres Wissens war sie empfänglich für Komplimente. Plötzlich hielt sie zögernd inne. »Ich kenne dich«, erklärte sie plötzlich.

»E...ehrlich?«

»Diesen Geruch hatte ich schon mal in der Nase, da bin ich sicher«, gab sie sich überzeugt.

»Das kann nicht sein, ich bin noch nie hier gewesen«, behauptete Luku schnell. Natürlich war das geflunkert – zusammen mit Makan hatte er schließlich damals Tigerherz aus Mengangas Höhle befreit. Dass das Krokodil sich noch an seinen Geruch erinnerte, hätte er allerdings nicht gedacht ...

»Seltsam«, meinte Menganga, wobei sie nachdenklich schnaubte. »Ich hätte schwören können, dass wir uns schon einmal begegnet sind. Wenn ich nur wüsste, wann ...«

Sie schob sich langsam an Land: Zuerst erschien der mächtige Kopf, dann der ungeheure, auf kurzen Beinen ruhende Körper, und schließlich der lange Schwanz.

Nur noch zwei solche Schwanzlängen trennten sie voneinander. Luku wurde heiß und kalt.

»Und du wolltest nichts über die Zukunft erfahren?«, fragte Menganga lauernd, während sie sich weiter auf ihn zubewegte. »Nichts darüber, welches Schicksal dich erwartet?«

»Äh ... nö?«, meinte Luku.

»Schade«, meinte das Krokodil. »Denn dir hätte ich die Zukunft besonders gerne vorausgesagt, mein kleiner Freund. Ich sehe sie in diesem Augenblick ganz klar und deutlich vor mir ...«

»Tatsächlich?«

»Allerdings. Und zwar sehe ich kommen, dass du schon in wenigen Augenblicken – in meinem Magen landen wirst!«

Die letzten Worte hatte sie geschrien, jetzt riss sie das Maul auf und warf sich nach vorn – und das so schnell, dass Luku gar nicht mehr dazu kam zu reagieren.

»Uiuiui«, machte er nur, während er das gefräßige Ungeheuer auf sich zustürzen sah, viel schneller und behänder, als er es Menganga jemals zugetraut hätte.

Jäh wurde ihm klar, warum so viele die Begegnung mit ihr mit dem Leben bezahlt hatten. Luku hatte keinen Zweifel, dass er der Nächste sein würde.

Die Augen vor Schreck so weit aufgerissen, dass sie herauszukullern drohten, starrte er in den gefräßigen Schlund, der ihn im nächsten Moment verschlingen würde ...

Aber dann ging alles ganz schnell.

Aus der großen Mangrove, unter der er saß, fiel etwas herunter. Es war ein dicker Ast, der genau in Mengangas Nacken krachte – und auf diesem Ast saß kein anderer als Makan.

Mengangas Kiefer schnappte zu – noch eine halbe Schwanzlänge von Luku entfernt, der vor Erleichterung am liebsten einen Luftsprung gemacht hätte.

»Ahhhh!«, schrie das Krokodil, als es Makans Gewicht plötzlich auf sich spürte. Indem es mit dem Schwanz ausholte, wollte es sich herumdrehen, um ihn kurzerhand mit dem Maul zu packen. Aber dazu kam es nicht, denn plötzlich waren ein Dutzend Schattenkrieger zur Stelle: Tiger, Panther, Leoparden, Parder und andere, sogar ein Binturong.

Lautlos hatten sie sich im Gras und in den Wurzeln ringsum versteckt und warfen sich jetzt auf die beiden Enden des Asts, der quer über Mengangas Nacken lag. Ihr vereintes Gewicht hielt das Krokodil am Boden, und sosehr Menganga auch versuchte, sich darunter hervorzuwinden, es gelang ihr nicht.

Nachdem sie mehrmals laut gebrüllt und ihre Häscher übel beschimpft hatte, musste Menganga zähneknirschend einsehen, dass sie überlistet worden war ...

»Bääääh!«, machte Luku und streckte ihr frech die Zunge raus. »Das hast du nun davon, dass du einen wehrlosen kleinen Kerl wie mich verspeisen wolltest.«

»Wer ... seid ... ihr?«, stieß Menganga wutschnaubend hervor.

»Ich denke, das weißt du sehr genau«, sagte eine dunkle, Respekt gebietende Stimme, und Senjata trat hervor.

»Herrje«, keuchte das Krokodil spöttisch. »Das hätte ich mir gleich denken können. Bei so vielen Katzenviechern auf einem Haufen kann es sich eigentlich nur um die Bayangai handeln, die größten Wichtigtuer des Dschungels!«

»Diese Wichtigtuer haben dich überwältigt«, brachte Senjata ruhig in Erinnerung.

»Und wenn schon. Wenn dieser kümmerliche Zwerg nicht gewesen wäre ...« Menganga warf einen wütenden Blick in Lukus Richtung – und stutzte plötzlich. »Einen Moment! Jetzt weiß ich, woher ich das Bürschchen kenne! Ich hatte deinen Geruch schon mal in der Nase – damals, als mir der Tigerjunge entwischt ist ...«

»Hallo, Menganga.« Als wäre dies sein Stichwort, huschte auch Tigerherz aus dem Gebüsch. Die Kiefer der alten Krokodilsdame klappten auf, als würde sie einen Geist erblicken.

»Du«, keuchte sie.

»Darf ich vorstellen?«, fragte Senjata. »Dies ist Tigerherz. Er hat sich diese kleine Falle hier ausgedacht – und er ist einer von uns.«

»Oh«, machte Menganga in schlecht geheuchelter Bewunderung. »Du hast es also tatsächlich geschafft, Kleiner.«

»Das habe ich.« Tigerherz nickte.

»Solltest du mir gegenüber dann nicht ein wenig mehr Dankbarkeit zeigen? Immerhin hast du deine Aufnahme in den erlauchten Kreis der Schattenkrieger mir zu verdanken ...«

»Unsinn.« Tigerherz knurrte und hob den Kopf. Sein Schwanz peitschte wie immer, wenn er sich über etwas ärgerte. »Fressen wolltest du mich, das ist alles.«

»Nun ja – was nicht ist, kann ja noch werden ...«

»Nicht heute«, stellte Senjata klar. »Arbeite mit uns zusammen und sage uns, was wir wissen wollen, Menganga, und wir lassen dich laufen und ziehen wieder ab.«

»Und wenn nicht?«

»Wenn du dich weigerst, werden wir dein Revier markieren, und zwar so, dass sich weit und breit kein Tier mehr in deine Fänge verirren wird. Dann heißt es darben, Menganga.«

»Das würdet ihr nicht wagen!«

»Und ob«, versicherte Tigerherz.

Erneut versuchte Menganga einen Ausbruchsversuch, aber die anderen Schattenkrieger hielten sie weiter unbarmherzig am Boden. »Wer bist du, dass du es wagst, so mit mir zu sprechen?«, fuhr sie Tigerherz dann an.

»Ich habe es dir schon damals gesagt: Ich bin Raja, der Sohn von König Eisfell«, erwiderte Tigerherz ohne Zögern.

»Und das ist wirklich wahr?«

»Allerdings«, bestätigte Senjata und bleckte die Zähne. »Wie du dir vorstellen kannst, ist Eisenkralle nicht sehr gut auf Tigerherz zu sprechen nach allem, was du ihm geweissagt hast – du hast also etwas gutzumachen. Seit dem Tag seiner Geburt trachtet Eisenkralle dem Jungen nach dem Leben.«

»Und wenn schon«, knurrte Menganga unbeeindruckt. »Er soll sich gefälligst hinten anstellen ...«

»Sage uns, was wir wissen wollen, und wir lassen dich frei«, verlangte Tigerherz.

»Also schön – die Antwort lautet Ja.«

»Wir haben doch noch gar keine Frage gestellt.«

»Das war auch nicht notwendig. Ihr wollt wissen, ob Eisenkralle aus Astana vertrieben werden kann – und die Antwort auf diese Frage lautet Ja.«

»Schön für dich«, konterte Senjata, »aber das ist es nicht, was wir wissen wollen.«

»Nein?« Die Augen mit den senkrecht stehenden Pupillen verengten sich zu Schlitzen. »Was wollt ihr dann?«, drang es beleidigt aus dem mit messerscharfen Zähnen gespickten Maul.

»Wir wollen wissen, woher Eisenkralle seine Klaue hat«, eröffnete Tigerherz rundheraus.

»Ha!«, machte Menganga. Ihr großes Maul klappte dabei auf und zu. »Kann ich mir denken, dass ihr das wissen wollt.«

»Und?«, hakte Senjata nach. »Wirst du es uns sagen?«

»Was kriege ich dafür?«

»Du bist nicht in der Position, Bedingungen zu stellen. Sprich lieber – sonst könnte ich noch auf die Idee kommen, einen befreundeten Tapir zu bitten, sich auf dich zu setzen. Oder ein Rhinozeros ...«

»Blääääch! Nein!«, schrie Menganga. »Ich sage euch, was ich darüber weiß!«

»Also?«

Das Krokodil schloss die Augen und schien sich einen Moment konzentrieren zu müssen. »Niemand kennt das Geheimnis der eisernen Klauen, noch nicht einmal ich selbst – Eisenkralle hütet es wie seinen Augapfel...«

»Aber?«, bohrte Tigerherz nach, der ahnte, dass noch etwas folgen würde.

»Aber auch wenn ich nicht die genaue Lage des Ortes kenne, von dem Eisenkralle seine Klaue hat, so weiß ich doch, dass sie von weit her kommt – aus dem Toten Land am Fuß des Donnergebirges.«

»Donnergebirge«, echote es unter den Schattenkriegern. »Totes Land ...«

Auch Tigerherz fühlte Beklemmung.

Jeder kannte das Tote Land oder hatte zumindest schon davon gehört – eine schreckliche Gegend, die ihren Namen nicht von ungefähr trug, denn weder gab es dort Bäume noch Tiere. Entsetzliche Hitze herrschte überall, und das Land war schwarz und verbrannt. Nichts Lebendiges konnte dort lange existieren – irgendwie passte es, dass Eisenkralle seine fürchterliche Waffe ausgerechnet von diesem Ort hatte ...

»Seid ihr nun zufrieden?«, knurrte Menganga.

»Was kannst du uns noch sagen?«

»Nicht viel – nur dass allen, die sich auf diesen Weg begeben, große Gefahren drohen – die größte Gefahr von allen jedoch lauert am Ziel der Reise. Denn denjenigen, der nach der eisernen Klaue greift, ereilen Tod und Untergang.«

»Ist das wahr?«, fragte Tigerherz misstrauisch.

»So wahr ich hier vor dir liege, Söhnchen, mit all diesen Quälgeistern im Nacken. So, und nun habe ich genug getan – lasst mich frei, wie ihr es versprochen habt.«

Die fragenden Blicke der Bayangai richteten sich auf Senjata. Auch Tigerherz sah den Schwarzen Panther an. »Sonst weißt du wirklich nichts?«, fragte der.

»Genügt euch das denn noch nicht?« Menganga lachte.

Senjata nickte den Schattenkriegern zu – auf dieses Kommando hin sprangen alle gleichzeitig und in verschiedenen Richtungen von dem Ast, sodass das Krokodil sie nicht erreichen konnte. Makan war der Letzte, der Mengangas Rücken verließ – dadurch geriet der dicke Ast ins Rollen, walzte über Mengangas Kopf hinweg und hinderte sie daran, das Maul aufzureißen. Als sie sich endlich von dem Ast befreit hatte, war der Bär schon außerhalb ihrer Reichweite, und mit ihm auch alle anderen.

Mit dem schadenfrohen Gelächter des Krokodils in den Ohren rückten die Bayangai ab. Was Menganga ihnen gesagt hatte, war nicht sehr ermutigend – Tigerherz war dennoch wild entschlossen.

»Ich muss dort hingehen«, erklärte Tigerherz grimmig. »Ins Tote Land.«

»Ich weiß«, bestätigte Senjata grimmig, der lautlos neben ihm ging. »Aber du wirst nicht allein gehen, Junge. Diesmal nicht.«

11

Pedangs Plan

Eisenkralle hatte recht gehabt.

Kipas war wütend.

Nicht nur auf seinen neuen Meister, der ihn herablassend behandelte und nun schon zum zweiten Mal mit der Metallklaue verletzt hatte; nicht nur auf die Bayangai, die ihn von ihrer Insel verstoßen hatten; auf seine Schwester Kahaya, die ihn verraten hatte, und auf Tigerherz, der sich den Platz erschlichen hatte, der eigentlich ihm zugestanden hätte.

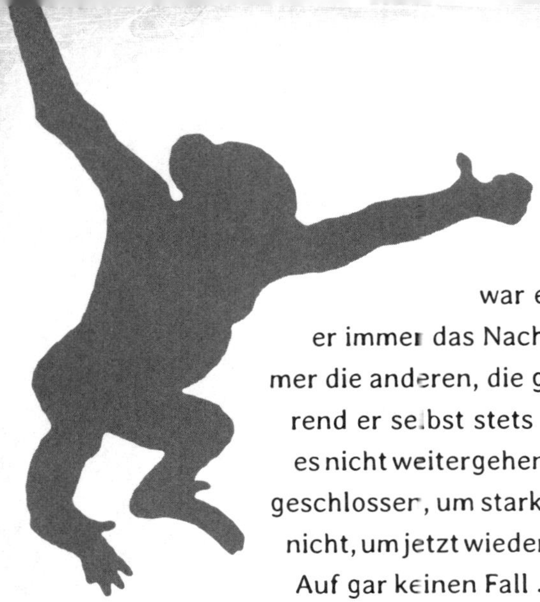

Vor allem war Kipas wütend auf sich selbst.

Warum, fragte er sich, war er so schwach? Warum hatte er immer das Nachsehen? Warum waren es immer die anderen, die grinsend triumphierten, während er selbst stets verlor? So konnte, so durfte es nicht weitergehen! Er hatte sich Eisenkralle angeschlossen, um stark und mächtig zu werden, und nicht, um jetzt wieder nur der Unterlegene zu sein. Auf gar keinen Fall …

»Schlechte Laune?«

Kipas blickte auf.

Durch ein Loch in der Decke spähte ein Makakenaffe auf ihn herab. Es war Pedang, der Anführer der Horde.

Ausgerechnet.

Kipas konnte den General von Eisenkralles Makaken-Armee nicht leiden, genauso wenig wie all die anderen Affen, die sich im Palast von Astana tummelten. Als Tiger betrachtete er es als unter seiner Würde, sich mit Tieren abzugeben, die in der Nahrungskette so weit unter ihm standen. In diesem Moment jedoch fühlte er sich so allein, dass er sogar für diese Gesellschaft dankbar war. Auch wenn er sich lieber die Zunge abgebissen hätte, als das vor dem Affen zuzugeben …

»Ist es unser erlauchter Herrscher, der Euch Kummer macht?«, fragte Pedang und streckte seinen Kopf herein, auf dem die Haare wie gewohnt zu Berge standen. »Hat er Euch wieder im Kampf verletzt?«

»Ach, das.« Kipas drehte den Kopf und streifte den Kratzer auf seinem Rücken mit einem Seitenblick. »Das ist halb so wild. Tut auch nicht weh«, behauptete er.

»Was hat Euch dann so gekränkt, junger Herr?«

»Er nennt mich einen Streifling«, platzte Kipas heraus, obwohl ein Affe so ziemlich das letzte Wesen war, vor dem er seinen Schmerz ausbreiten wollte. »Er behandelt mich wie einen Trottel. Schlimmer noch, wie ein niederes Beutetier!«

»Das ist seine Art«, bestätigte Pedang. Der Makake kletterte vollends durch die Öffnung herein und ließ sich an einem Wurzelstrang herab. »Er ist der Herrscher des Dschungels – für ihn ist so ziemlich jedes Tier ein Beutetier.«

»Aber ich bin nicht irgendein Tier, sondern ein Tiger wie er! Und ich habe auf der Insel der Bayangai gelebt und kenne die Wege der Schattenkrieger!«

Pedang sprang vor ihm auf den Boden. »Und?«, fragte er dagegen und glotzte ihn aus seinen großen Augen an. »Was ist ein Schattenkrieger gegen den König des Dschungels? Eisenkralle ist der Herr über diesen Palast und über alles, was hier lebt. Ihr hingegen ...«

»Pass auf, was du sagst«, riet Kipas ihm knurrend.

»... seid ein stolzer junger Tiger«, brachte Pedang den Satz zu Ende, wobei ein dicker Kloß seinen Hals hinauf- und wieder hinabwanderte. »Und als solcher solltet Ihr Euch vielleicht fragen, wie unser erlauchter Herrscher so stark und mächtig werden konnte.«

»Das ist leicht«, meinte Kipas. »Eisenkralle ist so mächtig, weil er sich nicht an die Gesetze hält, die diese Wichtigtuer von Bayangai erlassen haben. Er tut, was er will, und das macht ihn stark.«

»Denkt Ihr?« Pedang legte den Kopf schief, während er ihn fragend ansah. Dabei grinste er blöde. »Auch Ihr haltet Euch nicht an das Gesetz des Dschungels, nicht wahr? Und wenn ich Euch ansehe, erkenne ich, dass Ihr nicht weniger mutig und unerschrocken seid als Eisenkralle selbst. Warum also erkennt er Euch nicht als seinesgleichen an?«

Kipas sah dem Affen ins Gesicht und versuchte herauszufinden, ob dieser auch wirklich meinte, was er sagte. Makaken waren stets zu Spott und Scherzen aufgelegt, bei ihnen konnte man nie wissen. Aber Pedang schien es ernst zu meinen ...

»Ich warne dich«, sagte Kipas vorsichtshalber trotzdem, »wenn du dich über mich lustig machen willst ...«

»Durchaus nicht, junger Herr! Auch mir ist schon aufgefallen, dass der erlauchte Herrscher Euch nicht so behandelt, wie es Euch zukäme, und ich habe mich gefragt, woran das wohl liegen mag. Hier drin ist die Antwort«, fügte er hinzu, auf seinen Kopf deutend.

»Ach ja?« Kipas war wenig überzeugt. Tatsächlich konnte er sich nicht vorstellen, dass überhaupt etwas in diesem Schädel sein sollte außer gähnender Leere.

»Allerdings, junger Herr. Der Grund, warum unser erlauchter Herrscher auf alle anderen herabsieht und sich an die Gesetze des Dschungels nicht mehr gebunden fühlt, ist nicht der, dass er ein Tiger ist – sondern dass er etwas besitzt, das kein anderer Tiger außer ihm sein Eigen nennt. Etwas, das ihm das Gefühl von Stärke und Überlegenheit verleiht und schon manchen Gegner das Leben kostete, zuletzt den alten Ayah ...«

»Die eiserne Klaue«, erkannte Kipas.

»Ganz recht.«

»Was weißt du darüber?«

»Genug, um zu erkennen, dass Ihr auch so eine Klaue braucht, junger Herr. Denn dann wird unser erlauchter Herrscher nicht mehr anders können, als Euch als seinesgleichen anzuerkennen.«

»Was du nicht sagst.« Kipas schnaubte verdrießlich. Er hob die rechte Pranke und wedelte damit, als wollte er Pedang verscheuchen wie ein lästiges Insekt. »Glaubst du, darauf wäre ich noch nicht gekommen? Ich habe ihn sogar gefragt, woher er seine Klaue hat.«

»Und? Was hat er geantwortet?«

»Dass es ein Geheimnis sei, das er mit niemandem teilt«, gab Kipas zur Antwort. »Also auch nicht mit mir.«

»Ich verstehe, junger Herr«, versicherte der Makake und bleckte die großen Zähne zu einem Grinsen. »Und an dieser Stelle komme ich ins Spiel.«

Kipas bedachte ihn mit einem genervten Blick. »Wieso ausgerechnet du?«

»Was, wenn ich wüsste, woher Eisenkralle seine berüchtigte Klaue hat?«, hielt der Affe dagegen – und hatte die Überraschung auf seiner Seite.

»Du?«

»Ich.« Pedang nickte.

»Ja, klar.« Kipas knurrte leise. »Das ist doch nur wieder einer deiner blöden Scherze. Sobald ich anbeiße, kommen deine räudigen Kumpanen aus allen Löchern gekrochen und lachen mich aus. Aber darauf falle ich nicht herein.«

»Nicht doch, junger Herr.« Pedang verzog das Gesicht. »Zugegeben, wir Makaken lachen gerne«, gestand er ein, »und am liebsten auf Kosten anderer. Aber in diesem Fall spreche ich die Wahrheit, ich gebe Euch mein Wort darauf.«

»Das Wort eines Affen ist nichts wert.«

»Das von Pedang schon. Ich will Euch helfen.«

»Wieso?«

»Wer weiß?« Der Makake zuckte mit den schmalen Schultern. »Vielleicht, weil ich Euer Freund sein will?«

»Tiger und Affen sind keine Freunde.«

»Vielleicht aber auch, weil unser erlauchter Herrscher nicht immer freundlich zu mir gewesen ist«, fuhr Pedang fort und schob schmollend die wulstigen Lippen vor. »Er hat mich oft geschlagen und mir angedroht, dass er mich fressen wird, wenn ich nicht tue, was er sagt.«

»Das würde ich auch jederzeit tun«, versicherte Kipas.

»Aber nicht, wenn Ihr Grund hättet, mir aus tiefstem Herzen und bis ans Ende Eurer Tage dankbar zu sein«, widersprach Pedang mit zuversichtlichem Lächeln.

»Ich verstehe.« Kipas nickte und fühlte sich geschmeichelt. »Du willst, dass ich dich vor Eisenkralle beschütze.«

»Das wäre fein«, bestätigte der Makake. »Aber das könnt Ihr nur, wenn Ihr auch so eine eiserne Klaue habt, nicht wahr? Möglichst mit drei Klingen, genau wie der König selbst, denn dann werdet Ihr ihm nicht mehr länger unterlegen sein – und vielleicht, eines Tages, werdet Ihr ihm sogar auf den Thron des Dschungels folgen ...«

»Das sind gefährliche Gedanken«, stellte Kipas fest. Nicht, dass er nicht auch schon in diese Richtung gedacht hätte. Aber sich etwas im Stillen zu überlegen oder es laut auszusprechen, waren zwei völlig verschiedene Dinge. Noch dazu, da der Palast von Astana Ohren hatte ...

Nervös sah sich Kipas im Halbdunkel um, befragte seinen Geruchssinn, ob nicht irgendwo eine Maus, eine Ratte oder eine Schlange sitzen mochte, die alles mithörte, um Eisenkralle zu berichten – aber da war nichts. Tatsächlich schienen sie ganz allein zu sein ...

»Gefährlich ja, aber lohnend«, versicherte Pedang und grinste noch breiter. »Denn zufällig weiß ich ganz genau, woher die eisernen Klingen kommen – und ich könnte Euch hinführen, auf dass Ihr Euch ebenfalls eine besorgt.«

Kipas starrte in das Gesicht mit den großen Augen und dem dämlichen Grinsen, über dem die Haare wirr vom Kopf abstanden. »Ich warne dich! Wehe, wenn du lügst ...«

»Ich lüge nicht«, versicherte der Affe, und es klang tatsächlich ehrlich. »Als unser Herrscher seine erste Klaue im Kampf einbüßte*, brach er auf, um sich eine neue zu beschaffen. Als Anführer der königlichen Armee begleitete ich ihn auf einem guten Stück des Weges. Und als er mich dann anwies, zurückzubleiben und auf ihn zu warten, bin ich ihm unbemerkt gefolgt – und so erfuhr ich, woher die Klinge stammt, die ihn unbesiegbar macht.«

»Und?«, fragte Kipas atemlos.

Pedang lachte leise. »Von einem Ort, weit entfernt von hier und gut verborgen. Euch den Weg beschreiben zu wollen wäre sinnlos – aber ich könnte Euch führen.«

* nachzulesen in TIGERHERZ Band 1 »Der Prinz des Dschungels«

Kipas glaubte, nicht recht zu hören – das war zu gut, um wahr zu sein. Wo, bei allem Grün des Dschungels, war der Haken? »Du kennst den Weg?«, fragte er skeptisch nach.

»Wie den Baum, auf dem ich geboren wurde.«

»Und du könntest mich hinführen?«

Pedang nickte.

»Ist dir klar, was das bedeutet?«, fragte Kipas, dem es selbst erst in diesem Augenblick so wirklich aufging. »Was mit uns geschieht, wenn wir geschnappt werden?«

Der Anführer der Affenarmee grinste wieder. »Ich mag dämlich aussehen, junger Herr, aber ich bin es nicht«, erklärte er. »Ich weiß, was es bedeutet, seinen König zu hintergehen, ganz besonders, wenn er Eisenkralle heißt. Und ich weiß auch, was die Strafe für Hochverrat wäre, wenn wir erwischt werden sollten«, fügte er hinzu, wobei abermals ein Kloß durch seinen dünnen Hals hinauf- und wieder hinabwanderte. Vermutlich dachte auch er an den Binturong, den es im Thronsaal erwischt hatte ...

»Und trotzdem wärst du bereit dazu?«

»Wenn Ihr es seid«, erklärte Pedang.

Kipas brauchte nicht lange zu überlegen – im Grunde hatte er seine Entscheidung schon längst gefällt.

Wenn Eisenkralle ihn tatsächlich als seinen Schüler anerkennen sollte, dann brauchte er auch so eine Klinge, mochte es kosten, was es wolle ...

»Einverstanden«, sagte er.

Und Pedang grinste breit.

12

Abschied

Die Entscheidung war gefallen.

Der Rat der Bayangai war übereingekommen, dass man eine Expedition zum Donnergebirge schicken wollte, deren Aufgabe es sein würde, das Geheimnis um Eisenkralles Klaue zu lüften. Dass Tigerherz an der Erkundungsreise ins Tote Land teilnehmen würde, hatte von Beginn an festgestanden – schließlich war es seine Vision gewesen, die den Stein ins Rollen gebracht hatte. Die Wahl seines Begleiters jedoch war eine Überraschung, denn kein anderer als Senjata selbst hatte feierlich erklärt, Tigerherz auf dieser gefahrvollen Mission beistehen zu wollen.

Einige Ratsmitglieder, unter ihnen Kentao und Perisai, hatten heftig widersprochen und gesagt, dass sich der Oberste Kendar nicht in eine solch große Gefahr begeben dürfe. Denn zum einen würde es eine gefährliche Reise werden, die in den tiefsten, dunkelsten Dschungel und sogar noch darüber hinaus führen würde; und zum anderen hatten alle die Warnung Mengangas noch deutlich im Ohr: dass am Ziel der Reise die größte Gefahr von allen lauern würde und dass denjenigen, der nach der eisernen Klaue griff, Tod und Untergang erwarteten.

Senjata jedoch wollte davon nichts hören und setzte sich schließlich durch; und am Morgen des darauffolgenden Tages brachen Tigerherz und er zu ihrer Expedition auf.

Tigerherz mochte keine Abschiede.

Er hatte sie noch nie gemocht, und inzwischen hasste er sie sogar. Schon viel zu oft in seinem noch jungen Leben hatte er Abschied nehmen müssen – zuerst von seiner Mutter, später dann vom alten Ayah. Und jetzt hieß es wieder Lebewohl sagen …

Eine Delegation der Bayangai, zu der auch Kahaya gehörte, hatte Tigerherz und Senjata an Land begleitet, wo bereits eine Abordnung von anderen Dschungeltieren wartete. Unter ihnen natürlich – wie hätte es auch anders sein sollen? – ein gewisser Koboldmaki und ein Malaienbär.

»Mach's gut, Tigerherz«, schnüffelte Luku, dem der Abschied furchtbar naheging. Seine Augen, die mehr als die Hälfte seines kleinen Gesichts einnahmen, guckten ganz betrübt. »Pass gut auf dich auf, und komm wieder gesund zurück, ja?«

»Das werde ich«, versprach Tigerherz. Es bedrückte ihn, dass der sonst so lustige Freund seinetwegen so traurig war, also wollte er ihn aufmuntern. »Und du, pass mir in meiner Abwesenheit gut auf den Dschungel auf, hörst du?«

»Ist gut.« Luku nickte.

»Er hat einen Scherz gemacht«, klärte Makan ihn auf.

»Schon klar.« Der Maki verzog keine Miene. »Echt witzig.«

»Ernsthaft, passt gut auf euch auf«, bekräftigte Tigerherz. »Eisenkralle ist noch immer in Astana, und wir wissen nicht, was er als Nächstes vorhat. Beim geringsten Anzeichen von Gefahr ...«

»... alarmieren wir die Bayangai«, bestätigte Makan gähnend. »Schon klar. Kannst du mir einen Gefallen tun?«

»Klar.« Tigerherz nickte. »Welchen denn?«

»Wenn's im Toten Land was Leckeres zu futtern gibt, kannst du's mir dann mitbringen?«

»Ist das dein Ernst?«, plärrte Luku. »Unser bester Freund begibt sich in Todesgefahr, und alles, woran du denken kannst, ist dein Magen?«

»Ich hab halt Hunger«, erklärte der Bär auf seinen ziemlich runden Bauch deutend.

»Du bist unmöglich.«

»Sag sowas nicht.« Makans Gesicht zerknitterte sich, die Wülste über seiner Stirn schienen noch ein wenig weiter herabzufallen. »Das macht mich traurig.«

»Papperlapapp«, fuhr Luku ihm übers Maul. »Wer wird denn traurig sein? Das Letzte, was Tigerherz jetzt brauchen kann, sind ein paar heulende Jammerlappen! Wir müssen ihm Glück wünschen für die bevorstehende Reise!«

Das taten sie dann auch – und einmal mehr fragte sich Tigerherz, wer von den beiden der Klügere war.

»Wo ist Biru?«, fragte Luku schnüffelnd.

»Wir haben uns schon auf der Insel verabschiedet«, stellte Tigerherz klar. »Die Sache nimmt ihn doch ziemlich mit.«

»Verstehe ich«, stimmte Makan zu. »Wenn ich deprimiert bin, habe ich immer Hunger. Und ich bin gerade schrecklich hungrig ...«

Es fiel Tigerherz nicht leicht, sich von seinen Freunden abzuwenden, mit denen er so viel durchgemacht und so viele Abenteuer erlebt hatte. Doch der Abschied, der nun folgte, würde ihm noch schwerer fallen ...

»Kahaya?«

Die Tigerin saß ein Stück abseits am Strand. Sie gab sich alle Mühe, gefasst zu wirken, aber Tigerherz kannte sie gut genug, um zu wissen, dass auch sie schrecklich traurig war. Nicht nur, weil er gehen musste, sondern vor allem, weil sie ihn nicht begleiten durfte. Aufgrund ihres noch nicht vollständig geheilten Beins hatte Senjata entschieden, dass es besser für sie wäre, bei den Bayangai zu bleiben. Und natürlich hatte sie sich dem Befehl des Obersten Kendars gefügt.

Wenn auch widerwillig ...

»Hey«, meinte Tigerherz, während er sich ihr näherte, durch den Sand schlendernd, als käme er nur rein zufällig vorbei.

»Hey«, erwiderte sie und stand auf.

»Weißt du, was da los ist?«, fragte er, mit dem Kinn zu dem Auflauf am Strand deutend.

»Nicht wirklich.« Sie lächelte matt. »Angeblich gehen ein weißer Tiger und ein Schwarzer Panther zusammen auf Reisen.«

»Klingt wie der Anfang von einem schlechten Witz.«

»Ja«, gab Kahaya zu, während sie langsam auf ihn zutrat. »Aber es ist ernst, sehr ernst ... Gib bitte gut auf dich Acht, hast du verstanden?«

»Warum sagt mir das heute jeder?« Tigerherz versuchte ein Grinsen.

»Weil es die Wahrheit ist. Nicht nur wegen Eisenkralle und wegen dem, was Menganga gesagt hat. Auch Kipas ist immer noch dort draußen. Und er sinnt auf Rache ...«

»Dein Bruder macht mir im Augenblick keine Sorgen«, stellte Tigerherz klar.

»Ich weiß – aber das sollte er.« Kahaya blickte zu Boden in den Sand. »Weißt du noch, als Luku mich fragte, was ich während meiner Prüfung in der Höhle des Feuers gesehen habe?«

»Natürlich.«

Sie nickte und schloss die Augen. »Ich wollte nicht darüber sprechen, weil ... weil es wehtut, mich daran zu erinnern ...«

»Dann tu's nicht«, redete Tigerherz ihr zu.

»Ich muss aber.« Sie öffnete die Augen und sah ihn durchdringend an. »Ich habe dich gesehen, Tigerherz.«

»Mich?«

»Und Kipas und mich«, fügte sie hinzu. »Ich stand zwischen euch und musste mich entscheiden, und es hat mir fast das Herz zerrissen.«

Tigerherz nickte – nun wurde ihm manches klar ... »Ich verstehe«, sagte er leise. »Deshalb bist du am Anfang so abweisend zu mir gewesen ...«

»Das tut mir leid. Aber von dem Tag an, da du auf der Insel der

Bayangai aufgetaucht bist, wusste ich, dass meine Vision sich bewahrheiten würde. Natürlich habe ich anfangs zu meinem Bruder gehalten ...«

»Das kann ich gut verstehen«, versicherte Tigerherz.

»... aber mit der Zeit habe ich begriffen, dass nicht du es bist, der Senjatas Vertrauen missbraucht und uns alle hintergeht, sondern Kipas. Und obwohl ich wusste, wie schlimm es für mich werden würde, ich habe mich am Ende gegen meinen eigenen Bruder gestellt.«*

»Ich weiß, und das werde ich dir nie vergessen.« Tigerherz blickte zu Boden. »Es muss furchtbar für dich gewesen sein.«

»Das ist es noch immer.« Sie streckte ihren Rücken durch. »Aber Kipas hat mir keine Wahl gelassen. Müsste ich es wieder tun, würde ich ohne zu zögern dieselbe Entscheidung treffen. Aber ich kenne meinen Bruder wohl besser als jeder andere, und deshalb weiß ich, dass er nicht aufgeben wird. Er hat allen Grund, dich zu hassen, und sobald sich die Gelegenheit dazu ergibt, wird er versuchen, sich an dir zu rächen.«

»Soll er's ruhig versuchen«, meinte Tigerherz leichthin, aber das beruhigte seine einstige Meisterin ganz und gar nicht.

»Wenn es stimmt, was man im Dschungel erzählt, steht Kipas jetzt in Eisenkralles Diensten, was bedeutet, dass du dich noch mehr vor ihm in Acht nehmen musst als früher.«

»Das werde ich.« Tigerherz nickte.

Kahayas bernsteinfarbene Augen sahen ihn lange an, und einmal mehr war ihr anzusehen, wie gerne sie ihn begleitet hätte – doch Senjatas Entscheidung war eindeutig gewesen ...

»Leb wohl, mein Pelajar«, sagte sie dann, doch die Art und Weise,

---

* siehe TIGERHERZ Band 2 »Die Insel der Schatten«

wie sie ihn anschaute, war nicht die, wie eine Meisterin auf ihren Schüler blickte.

Tigerherz erwiderte ihren Blick, und sie sahen einander tief in die Augen. Dann, wie auf ein unhörbares Signal, senkten beide die Köpfe und berührten einander an den Schläfen. Die Berührung währte nur Augenblicke, aber beide wussten in diesem Moment, dass etwas Neues begonnen hatte.

»Ich komme wieder«, versprach Tigerherz flüsternd.

Dann wandte er sich ab und ging.

13

Im Dschungel

Ihre Reise führte sie tief in den Dschungel.

Hinein in dichte Haine von Tualangs, die sich hoch über ihnen zu einem grünen Himmel vereinten, durch Meere von Farn und Wälder von Bambus, über riesige, von Schlinggewächsen überwucherte Wurzeln hinweg und unter abgestorbenen Bäumen hindurch. Das laute Geschrei der Siamangs lag in der Luft, die sich oben in den Bäumen jagten, dazu kamen andere Geräusche, die Tigerherz nicht zuordnen konnte.

Er war lange nicht mehr derart weit in den Dschungel eingedrungen – fast fühlte er sich an damals erinnert, an den Beginn seines großen Abenteuers, als seine Mutter ihn losgeschickt hatte, damit er die Insel der Bayangai finden und ein Schattenkrieger werden würde …

So viel hatte sich seitdem verändert!

Aus dem ängstlichen Tigerjungen, der nichts über den Dschungel und seine Gefahren gewusst und sich ständig beschwert hatte, war ein Jäger geworden, der viel über die Jagd, den Kampf und das Überleben im Dschungel gelernt hatte – doch Tigerherz empfand darüber keine Freude. Zwar hatte er sein großes Ziel erreicht, doch ging ihm zu viel im Kopf herum, zu viele Fragen …

… und zu wenig Antworten.

»Was beschäftigt dich?«, fragte Senjata, während sie nebeneinander eine von fauligem Laub übersäte Niederung durchquerten. Wieder einmal schien er Tigerherz' Gedanken direkt zu erraten.

»Ich frage mich, warum es immer so sein muss, Oberster Kendar«, antwortete Tigerherz.

»Was genau meinst du?«

»Warum wollen manche Tiere stets über andere herrschen? Warum müssen einige immer stärker sein als andere und sie das bei jeder Gelegenheit spüren lassen?«

»Eisenkralle würde jetzt vermutlich antworten, dass dies das Gesetz des Dschungels sei«, entgegnete der Schwarze Panther, »aber das ist falsch. Das Gesetz, das der Große Drache uns gegeben hat, sieht vor, dass die starken Tiere die schwachen jagen, das ist wahr – jedoch stets nur so viele, wie zum Überleben benötigt werden. Das Gesetz des Dschungels ist geprägt von Gleichgewicht und Harmonie. Es kennt keine Willkür, nur Notwendigkeit – Eisenkralle hingegen hat all das mit Pranken getreten. Er empfindet Freude daran, andere Tiere zu quälen, und auch das Töten bereitet ihm Vergnügen – und ich habe das Gefühl, dass es immer noch schlimmer wird.«

»Dann wird es keinen Frieden im Dschungel geben«, folgerte Tigerherz traurig. »Nicht solange Eisenkralle in Astana herrscht.«

»Vergiss nicht die Prophezeiung, die ihm vor langer Zeit gemacht wurde.«

»Ich weiß.« Tigerherz nickte.

Natürlich hatte er sie nicht vergessen – schließlich begleitete ihn diese Prophezeiung schon sein ganzes Leben lang. »Aber Menganga hat auch gesagt, dass den, der nach der Metallklaue greift, Tod und Untergang erwarten.«

»Und damit hat sie Eisenkralle gemeint«, war der Schwarze Panther überzeugt. »Das passt doch gut zusammen.«

»Meint Ihr?« Tigerherz war nicht überzeugt. Menganga mochte alt und weise sein, aber ihre Voraussagen konnten stets auf verschiedene Weise verstanden werden – und ein Gefühl sagte Tigerherz, dass es nicht so einfach war, wie Senjata dachte. Dass irgendwo dort vor ihnen im grünen Dämmerlicht des Dschungels etwas auf sie lauerte, das ...

»Hatschi!«, tönte es in diesem Moment.

Und gleich darauf noch einmal: »Hatschiii!«

»Gesundheit«, sagte Senjata trocken.

»Danke«, tönte es kleinlaut aus Tigerherz' Brustfell.

»Wie lange willst du dieses Spiel eigentlich noch treiben?«, fragte Senjata und sah dabei nicht einmal zur Seite.

Tigerherz sah den Obersten Kendar verblüfft an. »Ihr wisst ...?«, fragte er verwundert.

»Mein Geruchssinn mag nicht mehr das sein, was er einmal gewesen ist, aber einen Gecko erkenne ich noch allemal – auch wenn sein Geruch mit dem eines Tigers verschmolzen ist.«

Tigerherz blieb stehen und senkte schuldbewusst das Haupt, und zwischen seinen Vorderbeinen fiel etwas zu Boden. Etwas, das klein war und länglich und von türkisblauer Farbe – und das, kaum dass es unten angekommen war, in irren Schlangenlinien über den Waldboden wuselte: Biru ...

»Bitte verzeiht, Euer Ehren!«, quäkte der kleine Gecko, der an Tigerherz' Bauchseite gehangen und sich in seinem dichten Fell versteckt hatte. »Es war nicht böse gemeint, geck-gecko! Ich wollte Tigerherz nur beistehen ...«

Senjata war ebenfalls stehen geblieben und schüttelte unwillig das dunkle Haupt. »Habt ihr beide wirklich gedacht, ihr könntet mich täuschen? Die ganze Zeit über, bis wir das Ziel erreichen?«

»Nein, Oberster Kendar«, gab Tigerherz ehrlich zu, den Kopf demütig gesenkt. »Uns war klar, dass Ihr den Schwindel irgendwann

bemerken würdet – aber wir hatten gehofft, dass es dann zu spät sein würde, um Biru noch zurückzuschicken.«

Senjata sah zuerst ihn und dann den Gecko prüfend an. Was hinter seinen grünen Augen vor sich ging, war nicht festzustellen. Schließlich stieß er ein Schnauben aus, das allerdings nicht besonders wütend klang, sondern eher amüsiert.

»So, gehofft habt ihr das«, knurrte er und bleckte die Zähne zu einem Grinsen. »Eure Hoffnung war berechtigt. Und du, mein kleiner Freund«, meinte er dann, an Biru gewandt, »bist wohl der treueste Berater, den man haben kann.«

»Dann ... seid Ihr mir nicht böse?«, fragte Biru zaghaft.

»Doch, natürlich«, versicherte der Schwarze Panther mit einem nicht ganz ernst gemeinten Fauchen, »schließlich habt ihr versucht, mich zu hintergehen ... Aber im Augenblick«, fügte er hinzu, »ist das wohl unsere geringste Sorge.«

»Dann darf ich mit?«

»Von mir aus.« Senjata nickte.

»Habt Dank, geck-gecko!«, sagte Biru überschwänglich, und auch Tigerherz nickte dankbar.

»Danke mir lieber nicht dafür, vorwitziger kleiner Gecko«, entgegnete Senjata düster. »Denn es ist eine gefahrvolle Reise, auf die wir uns begeben, und sie führt uns mitten ins Herz der Finsternis.«

14

Verbündete?

»Was denn? Schon müde?«

Kipas war stehen geblieben, um sich ein wenig auszuruhen. Seit zwei Tagen durchstreiften sie nun schon den Dschungel. Es war heiß, und es gab kaum etwas zu jagen in diesem Teil des Waldes. Ein Ende war nicht absehbar, und als ob das alles noch nicht schlimm genug wäre, war da auch noch Pedang, dessen quiekende Stimme ihm immerzu ins Ohr plärrte.

»Weiter, junger Herr! Worauf wartet Ihr?«, feixte der Makake aus dem Geäst herab. »Wenn wir in diesem Tempo weitergehen, werden wir es niemals schaffen.«

»Du hast leicht reden«, maulte Kipas – schließlich bewegte sich der Affe fort, indem er leichtfüßig von Ast zu Ast sprang und sich manchmal auch an Lianen schwang, während er selbst alles zu Fuß bewältigen musste. Außerdem konnte er es nicht ausstehen, wenn ein Tier, das so weit unter ihm stand, sich über ihn lustig machte ... »Vielleicht sollte ich dich einfach fressen«, knurrte er. »Dann hätte ich meine Ruhe.«

»Durchaus, junger Herr«, gab Pedang grinsend zu. »Aber wer sollte Euch dann den Weg zeigen?«

Das war leider nur zu wahr, also blieb Kipas nur, die Unverschämtheiten des Makaken zu erdulden und weiterzugehen, so ärgerlich und beschwerlich es auch sein mochte. Fressen konnte er ihn später schließlich immer noch.

Von Astana aus hatten sie den Weg in den tiefen Dschungel eingeschlagen. Zu Eisenkralle hatte Kipas gesagt, dass er auf die Jagd gehen wolle. Da es ihm nicht erlaubt war, im königlichen Revier zu jagen, musste Kipas dafür weite Wege auf sich nehmen, was wiederum bedeutete, dass er mehrere Tage unterwegs sein würde. Vorerst würde Eisenkralle also keinen Verdacht schöpfen – und wenn er es irgendwann doch tat, würde es zu spät sein.

Während er durch den dichten Dschungel lief und der Magen ihm vor Hunger bis zu den Knien hing, malte Kipas sich immer wieder aus, wie es sein würde, wenn er Eisenkralle zum ersten Mal gegenüberstand und ebenfalls eine metallene Klaue besaß.

Wie würde der Herrscher des Dschungels reagieren?

Was würde er sagen?

Würde er verblüfft sein?

Oder wütend?

In beiden Fällen würde ihm nichts anderes übrig bleiben, als anzuerkennen, dass Kipas ihm nun ebenbürtig war. Mehr wollte Kipas nicht erreichen.

Vorerst jedenfalls ...

Ihr Weg führte durch dicht bewachsene Haine und schmale, von Schlangen verseuchte Schluchten, durch schlammige Flusstäler und über karge Hochebenen, die im Licht der Sonne brieten. Doch obwohl Kipas der Erschöpfung nahe war, hielt der Gedanke an die metallene Klaue ihn aufrecht und ließ ihn weitergehen. Auch wenn er Pedangs Gequatsche dabei ertragen musste ...

»Kennt Ihr die Geschichte vom Elefanten und der Ratte, junger Herr?«, erkundigte sich der Makake von oben herab.

»Nein«, brummte Kipas. »Und sie interessiert mich auch nicht.«

»Ein Elefant und eine Ratte wollten herausfinden, wer von ihnen beiden der Schnellere wäre«, fing Pedang trotzdem ungeniert an zu erzählen. »Also beschlossen sie, ein Rennen durch den Dschungel auszutragen. Die Ratte war sicher, dass sie gewinnen würde, denn sie war klein und flink und konnte unter all den Hindernissen hindurchhuschen, die sich dem Elefanten in den Weg stellen würden – doch sie hatte nicht mit der Stärke des Elefanten gerechnet. Statt Wurzeln und umgestürzten Bäumen auszuweichen, räumte er sie kurzerhand aus dem Weg. Am Ende gewann er das Rennen, weil er das getan hatte, was seinem Wesen entsprach.«

»Und die Ratte?«, fragte Kipas, nun doch halbwegs interessiert.

»Ihre Überheblichkeit kostete sie am Ende nicht nur das Rennen, sondern auch ihr Leben«, berichtete Pedang. »Beim Endspurt versuchte sie, mit dem Elefanten mitzuhalten. Dabei übertrieb sie es jedoch, geriet unter seine Beine und wurde von ihm zerquetscht.«

»Oje«, meinte Kipas ohne jedes Bedauern. »Und ganz sicher soll mir deine dämliche Geschichte etwas sagen, oder?«

»So ist es, junger Herr.«

»Lass mich raten: Der Elefant, der sich nur auf seine Stärke besinnen muss, um das Dschungelrennen für sich zu entscheiden, soll ich sein.«

»Wie kommt Ihr denn darauf, junger Herr?« Der Makake prustete. »Ihr seid natürlich die Ratte!«

Sein unverschämtes Kichern bewog Kipas dazu, kurz stehen zu bleiben und mit der Pfote durch die Luft zu wischen. Natürlich war das völlig sinnlos, die Baumkrone war viel zu hoch, als dass er den Affen hätte erreichen können. Kipas schickte deshalb noch ein wütendes Knurren hinterher, das Pedang freilich genauso wenig beeindruckte.

»Ihr müsst Euch zusammennehmen, junger Herr«, beschied er ihm. »Spart Eure Kräfte lieber, Ihr werdet sie noch brauchen.«

»Warum?«, fragte Kipas unwirsch. »Wohin führst du mich? Und wie weit ist es noch?«

»Noch sehr weit«, erwiderte der Affe unbarmherzig. »Es wird noch viel schlimmer, bevor es besser wird. Und wenn wir den Dschungel hinter uns haben, beginnt der Aufstieg.«

»Der Aufstieg? Wohin?«

»Ich weiß, dass Ihr das gerne wissen würdet«, versicherte der Affe feixend, während er sich an einer losen Flechte zum nächsten Baum schwang und raschelnd in einem Gewirr grüner Blätter verschwand. »Aber dann wäre es ja keine Überraschung mehr«, drang es schadenfroh aus dem Dickicht. »Und ich möchte Euch doch so gerne überraschen!«

»Ich dich auch«, versicherte Kipas halblaut. »Mit einem herzhaften Biss in den Nacken ...«

»Das habe ich gehört, junger Herr!«, drang es von oben herab. »Makaken mögen über kein so gutes Gehör verfügen wie Euresgleichen, dafür haben sie das Talent, all das zu hören, was sie nicht hören sollen.«

»Offensichtlich«, murrte Kipas.

Pedangs hässlicher Kopf tauchte aus dem Blättergewirr auf. »Ihr solltet froh darüber sein, denn auf diese Weise habe ich schon manches erfahren – auch Dinge, die Euch noch von Nutzen sein werden.«

»Zum Beispiel?«

»Zum Beispiel, dass Eisenkralle seine Klaue nicht einfach gefunden hat – er bekam sie von Tukang.«

»Tukang? Was soll das sein?«

»Nicht was, sondern wer, junger Herr«, verbesserte der Makake. »Tukang ist der Wächter des Ortes, zu dem wir gehen. Einer der Letzten aus dem Geschlecht des Feuervolkes ...«

»Ein Affe?«, fragte Kipas, beunruhigt und enttäuscht zugleich. Er kannte das Feuervolk nur vom Hörensagen, aber er wusste, dass es sich dabei um große Affen handelte, die ihren Namen ihrem orangefarbenen Fell verdankten. Die Vorstellung,

dass ihn am Ende der langen Reise ein entfernter Verwandter Pedangs erwarten würde, der womöglich noch aufdringlicher und unverschämter wäre als dieser, enttäuschte Kipas.

»Ein Affe«, bestätigte der Makake vergnügt, »und zugleich noch sehr viel mehr. Denn Tukang ist klug und weise und weilt schon wesentlich länger auf dieser Welt als Ihr oder ich.«

»Was du nicht sagst«, schnaubte Kipas. »Woher weißt du das überhaupt alles?«

»Wie ich schon sagte, meine Ohren sind recht gut. Deshalb kann ich Euch auch keuchen hören, junger Herr. Ihr solltet an Euch arbeiten. Unser erlauchter Herrscher mag keine verweichlichten Tiere.«

»Ich bin nicht verweichlicht.«

»Nein? Wann habt Ihr das letzte Mal wirklich gejagt? Wann das letzte Mal um Euer Überleben gekämpft? Die Bayangai sorgen füreinander, oder nicht? Wie also könnt Ihr da behaupten, ein echter Jäger zu sein! Das ist eines Tigers unwürdig!«

Kipas knurrte wieder.

Nicht, dass Pedang nicht absolut recht gehabt hätte. Aber es war ausgesprochen erniedrigend, es von einem Affen gesagt zu bekommen. Und es trug nicht dazu bei, seine ohnehin schon schlechte Laune zu bessern ...

»Grämt Euch nicht, junger Herr«, riet der Makake mit frohem Spott, »es wird alles besser werden! Hört nur auf den guten Pedang, er wird Euch führen und ans Ziel Eurer Reise bringen, und dann werdet auch Ihr eine Klaue bekommen!«

Ja, dachte Kipas bei sich, und als Erstes werde ich sie an dir ausprobieren!

15

Im Nebel

Seit mehreren Tagen waren sie nun schon unterwegs.

Der Marsch hatte die ungleichen Gefährten tiefer als je zuvor in den Dschungel geführt, selbst Senjata war noch nie in diesen Teil des Waldes vorgedrungen. Tigerherz staunte über die Größe der Bäume, die sich gewaltig auftürmten und deren Dach so dicht war, dass man auf dem Boden das Gefühl hatte, es würde schon dämmern. Schlinggewächse und Moos wuchsen so dicht an den gewaltigen Stämmen empor, dass sie sie beinahe erstickten. Fauliges Laub bedeckte knietief den feuchten Boden, und riesige Stinkblumen, von denen es hier viele gab, verbreiteten einen grässlichen Geruch. Zu jagen stellte sich in diesem Teil des Waldes als schwierig heraus, weil es kaum Beute gab; die Tiere schienen die Gegend zu meiden, und Tigerherz nahm an, dass es einen Grund dafür gab.

»Und Ihr seid sicher, dass das der richtige Weg ist, geck-gecko?«, erkundigte sich Biru, der auf Tigerherz' Kopf saß und wachsam nach allen Seiten spähte.

»Es ist der Weg zum Toten Land«, bestätigte Senjata.

»Warum heißt das Tote Land eigentlich so?«, wollte Tigerherz wissen.

»Erinnerst du dich an deine letzte Prüfung? An die Höhle des Feuers? Den Atem des Drachen?«

»Natürlich.«

Senjata nickte. »Es heißt, dass der Ursprung von alldem im Toten Land liegt. Dort war es, wo der Große Drache einst lebte und von wo aus er die Takrambuti mit Feuer und Glut vertrieb. Dort liegt die Quelle seiner zerstörerischen Kraft.«

»Man erzählt sich, dass aus dem Donnergebirge manchmal Rauch aufsteigt«, fügte Biru leise hinzu, »und dass im Toten Land an manchen Tagen die Erde bebt.«

»Die Macht des Großen Drachen wirkt dort bis zum heutigen Tag«, stimmte Senjata zu, »und sie hat schon viele vernichtet.«

»Nur nicht Eisenkralle«, knurrte Tigerherz. »Zu schade.«

»Sag so etwas nicht«, beschied Senjata ihm mit einem tadelnden Seitenblick. »Keine Kreatur des Dschungels sollte den Untergang einer anderen herbeiwünschen. Die Takrambuti haben es einst getan – und es ist ihnen schlecht bekommen.«

»Ich verstehe.« Tigerherz nickte. »Und wie weit ist es noch bis zum Toten Land?«

»Das vermag ich nicht zu sagen – denn selbst wenn wir das Donnergebirge erreicht haben, bedeutet das noch nicht, dass wir damit auch den Herkunftsort der eisernen Klaue gefunden haben. Eine lange und beschwerliche Suche liegt vor uns, in einer fremden, lebensfeindlichen Gegend.«

»Geck-geck-gecko«, machte Biru, und Tigerherz wünschte sich beinahe, er hätte nicht gefragt.

Überhaupt hatte er das Gefühl, dass ihn der Mut mehr und mehr verließ, seit sie diesen Teil des Waldes betreten hatten. Je näher sie dem Toten Land kamen, desto größer schien die Verzweiflung zu werden. Anfangs hatte er noch dagegen ankämpfen können, doch inzwischen hatte sie sich wie ein schwerer Schatten über sein Herz gelegt und verdunkelte es.

Ob es seinen Gefährten ebenso erging?

Tigerherz scheute sich, danach zu fragen. Seine letzte Prüfung lag schließlich noch nicht lange zurück, und er wollte sich vor

Senjata keine Blöße geben; und schließlich wollte er seine Begleiter auch nicht entmutigen, nur weil er sich fürchtete. Er nahm sich vor, sich zusammenzureißen und einfach weiterzumarschieren, dem fernen, dunklen Ziel entgegen.

Doch am nächsten Tag zog Nebel auf, und alles wurde noch schlimmer.

Die weißen Schwaden, die zwischen den Bäumen hingen, lösten sich nicht auf, sondern wurden immer noch dichter, sodass Tigerherz und seine Freunde die Bäume des Waldes kaum noch sehen konnten. Gegen Mittag waren sie nur noch als graue Schemen zu erahnen, und es dauerte nicht lange, bis die Gefährten im Nebel die Orientierung verloren hatten.

»Verdammt«, knurrte Senjata. »Man kann kaum noch die Krallen vor Augen erkennen.«

»Was sollen wir tun?«, fragte Biru. »Warten, bis sich der Nebel aufgelöst hat?«

»Da können wir lange warten.« Der Schwarze Panther lachte freudlos auf. »Einen Nebel wie diesen habe ich noch nie gesehen. Ich denke nicht, dass er sich auflösen wird, denn er kommt vom Großen Drachen.«

»Meint Ihr?«, Tigerherz schauderte.

»Er ist ein Wall, eine Barriere, die uns davon abhalten soll, das Tote Land zu betreten«, war Senjata überzeugt. »Doch wir werden dennoch weitergehen und uns von Baum zu Baum voranarbeiten, wenn es sein muss.«

»Wir könnten die Affen nach dem Weg fragen«, schlug Biru vor. »Oder die Vögel, geck-gecko.«

»Ein wunderbarer Vorschlag, mein kleiner Freund«, räumte

Senjata ein. »Der Punkt ist nur – wann hast du zuletzt den Schrei eines Affen gehört? Oder den Ruf eines Vogels?«

Der Schwarze Panther hatte recht.

Es war Tigerherz noch nicht bewusst geworden, aber seit sie den Nebel betreten hatten, waren tatsächlich keine Tiere mehr zu hören. Die Geräusche des Dschungels waren verstummt. Lag das daran, dass der Nebel jeden Laut erstickte? Oder lag es an der dunklen Bedrohung, die sich zusammen mit dem Nebel über den Wald ausgebreitet zu haben schien? Waren die anderen Tiere aus Furcht geflohen?

»Gehen wir weiter«, schlug Senjata vor, und niemand widersprach – schon deshalb nicht, weil keiner an diesem düsteren Ort verweilen wollte.

Sie setzten ihren Weg also fort, und wie Senjata angekündigt hatte, dienten die Bäume ihnen als Wegweiser im undurchdringlichen, milchigen Weiß. Tigerherz war froh, dass der Schwarze Panther sich bereit erklärt hatte, ihn auf seiner Reise zu begleiten – womöglich, sagte er sich, hätte er allein niemals aus diesem Nebel herausgefunden. Senjata hingegen wusste stets, was zu tun war, er war der Oberste Kendar und ...

In diesem Moment passierte es.

Tigerherz, der Senjata dicht gefolgt war, verlor den Boden unter den Füßen. Das faule Laub, das den Boden bedeckte, war glitschig, und so rutschte Tigerherz aus. Und noch ehe er dazu kam, sich irgendwo festzukrallen, ging es schon hinab.

»Tigerherz!«, hörte er Senjata noch rufen.

Aber es war zu spät.

Im dichten Nebel war ihm gar nicht bewusst gewesen, dass sie am Rand eines steilen Abgrunds entlanggegangen waren – das merkte er erst, als er hinunterraste. Er überschlug sich mehrmals und stieß ein heiseres Fauchen aus, während es immer noch weiter in die Tiefe ging. Wohin, ließ sich im dichten Nebel unmöglich sagen.

Tigerherz stieß gegen Wurzelstöcke und Stinkblumen und holte sich unzählige Blessuren. Dann plötzlich tauchte ein dunkler Riese aus dem Nebel auf.

Ein Baum!

Tigerherz, der keine Chance hatte auszuweichen, schlug mit dem Kopf dagegen – und der Dschungel versank in Dunkelheit.

16

Einladung zum Essen

Stöhnend kam Tigerherz wieder zu sich.

Wie viel Zeit vergangen war, wusste er nicht, aber der dichte Nebel war noch immer da. Und sein armer Schädel dröhnte ganz fürchterlich, als hätte er Bekanntschaft mit einer Kokosnuss gemacht. Unter Schmerzen wälzte er sich herum. Er brauchte einige Augenblicke, um seine Knochen zu sortieren und sich zu vergewissern, dass nichts gebrochen war.

Zumindest in dieser Hinsicht hatte er Glück gehabt, ebenso wie

Biru, der neben ihm am Boden lag und auch erst jetzt wieder zu sich zu kommen schien.

»Oje«, machte der kleine Gecko, während er sich auf die kurzen Beine rappelte. Seine Schuppenhaut war ganz fleckig. »Ich fürchte, ich war für eine Weile außer Gefecht.«

»Genau wie ich«, stimmte Tigerherz zu. Er hob den Kopf, was scheußlich wehtat, und schaute sich um – aber wohin er auch spähte, sah er nichts als milchiges Weiß. Und den großen dunklen Baumriesen, gegen den sie geprallt waren ...

»Was machen wir denn jetzt, geck-gecko?«, wollte Biru wissen.

»Senjata?«, rief Tigerherz. »Meister, seid Ihr da ...?«

Niemand antwortete – dafür hörte Tigerherz ein Rascheln.

»Meister?«, fragte er hoffnungsvoll. »Seid Ihr ...?«

Die Frage blieb ihm im Hals stecken, denn in diesem Moment witterten seine Tigersinne, dass es auf keinen Fall der Oberste Kendar sein konnte, der dort im Unterholz lauerte.

Der Geruch war ein ganz anderer – wild und roh und von einer fiesen Note gekrönt, die scharf in Tigerherz' Nase stach. Und auch seine Schnurrhaare verrieten ihm, dass es kein Schwarzer Panther war, der jetzt langsam auf sie zukam ...

Ein leises Zischeln war zu hören – Tigerherz dachte sofort an eine Schlange. Doch der Geruch war anders, Tigerherz konnte ihn einfach nicht zuordnen. Im nächsten Moment tauchte ein scheußliches Haupt aus dem trüben, weißen Nebel auf.

Es war grün und länglich und ähnelte tatsächlich dem einer Schlange – wären da nicht die vielen spitzen Zähne gewesen, die das Maul des fremden Tiers säumten. Außerdem kroch es nicht, sondern bewegte sich auf kurzen Beinen, fast wie ein Krokodil.

Seine Zunge hingegen glitt beständig vor und zurück, was doch wieder an eine Schlange erinnerte ... eine Schlange auf Beinen! Und sie war groß, sehr viel größer als Tigerherz!

Biru, der den Fremden ebenfalls erblickte, stieß einen entsetzten Laut aus. Tigerherz war unwillkürlich aufgesprungen und wich zurück, das dröhnende Haupt gesenkt und die Ohren angelegt, falls es zum Kampf kommen sollte.

»Ihr lebt ja noch«, stellte das Schlangenkrokodil fest, während es Tigerherz aus seinen schwarzen Augen musterte. Es klang ziemlich enttäuscht.

»Na ja, entschuldige vielmals«, meinte Tigerherz und hob den Kopf, um gleich noch ein bisschen lebendiger auszusehen. »Wer bist du überhaupt? Und was bist du?«

»Na, so was!« Der andere lachte züngelnd. »Habt ihr noch nie einen Waran gesehen?«

»Natürlich haben wir schon Warane gesehen«, versicherte Biru, der vorsichtshalber wieder auf Tigerherz' Rücken geklettert war – dort fühlte er sich gleich viel sicherer. »Aber nicht so einen wie dich. Du bist ziemlich groß für einen Waran ...«

»Das will ich meinen.« Die Echse kam näher – und je weiter sie aus dem Nebel kroch, desto mehr ging Tigerherz auf, wie groß sie tatsächlich war. Von der Schnauze bis zur Schwanzspitze war sie beinahe doppelt so lang wie er. Entsprechend stolz präsentierte sie sich. Normalerweise waren Warane Aasfresser, die sich an toten Tieren gütlich taten. Oder sie machten Jagd auf kleine Beute – aber ein so großer Waran wie dieser hatte vermutlich auch auf größere Tiere Appetit ... »Und Giftzähne habe ich auch«, fügte der Fremde hinzu und zeigte eitel sein fürchterliches Gebiss.

»Schön für dich.« Tigerherz tat so, als müsse er gähnen – und bleckte dabei ganz nebenbei auch seine Zähne, für alle Fälle. Und er hob eine Pranke, um den Waran wissen zu lassen, was ihn erwartete, falls er sich zum Angriff entschloss ...

»Und was macht ihr in unserem Revier?«, fragte der Waran.

»In eurem Revier?« Tigerherz horchte auf. War der Kerl etwa nicht allein?

»Meine Brüder und ich kommen ursprünglich nicht aus dieser Gegend«, erwiderte der andere prompt. »Eigentlich stammen wir von einer Insel vor der Küste. Aber wir fühlen uns ziemlich wohl hier«, fügte er hinzu, und es sah fast so aus, als würde das vor Giftzähnen starrende Maul dabei grinsen.

Tigerherz schauderte.

Er hatte von den Wasserdrachen gehört, die ihr Revier auf einer entlegenen Insel hatten ... großen Echsen, die ihre Beute mit Gift lähmten und sie dann am liebsten am Stück verschlangen, samt Fell und Knochen. Alles, was später übrig blieb, war ein kleiner Haufen weißen Kalks. Und Tigerherz wusste, dass er nicht als so ein Häufchen enden wollte ...

»Das gefällt mir nicht, geck-gecko«, säuselte Biru ihm überflüssigerweise ins Ohr.

»Mir auch nicht«, versicherte Tigerherz. Gleichzeitig fragte er sich, ob womöglich die Warane der Grund dafür waren, dass sich kein anderes Tier in diesen Teil des Dschungels wagte.

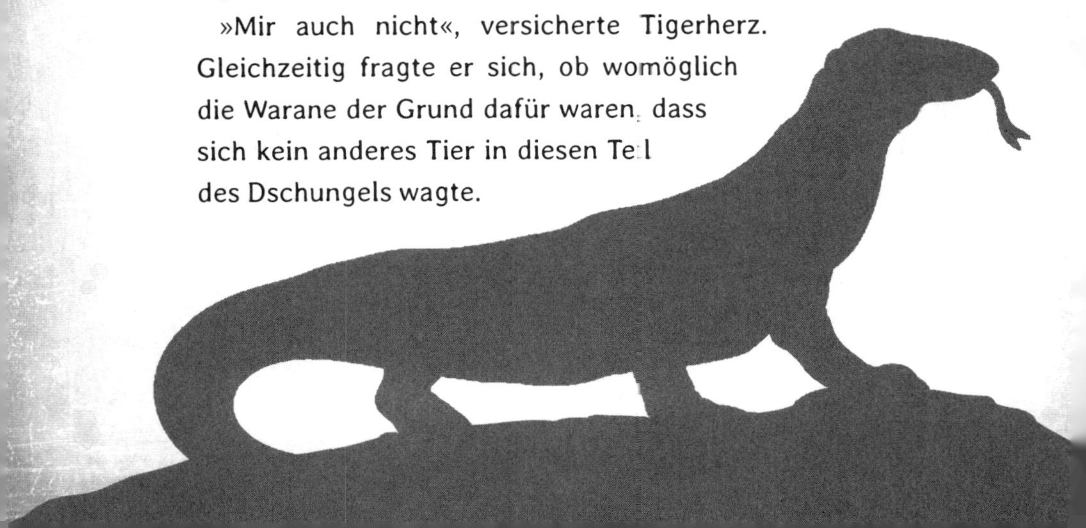

Inmitten des Nebels und der Feuchte, die alles durchdrang, schienen sie sich ziemlich wohlzufühlen ...

»Wollt ihr meine Familie kennenlernen?«, fragte der Waran, und die Art, wie er Tigerherz dabei ansah, gefiel diesem ganz und gar nicht.

»Nicht ... äh ... nötig«, versicherte er. »Mein Begleiter und ich wollten sowieso gerade gehen ...«

»Aber nicht doch. Es wäre unhöflich zu gehen, ohne der ganzen Familie Guten Tag gesagt zu haben.«

Plötzlich raschelte es ringsum.

Unterschwellig hatte Tigerherz den beißenden Geruch bereits wahrgenommen, jetzt wurde es zur Gewissheit: Zu beiden Seiten schälten sich die Umrisse weiterer Warane aus dem Nebel. Und jeder einzelne davon war mindestens genauso groß wie der erste und hatte ebenso fürchterliche Zähne.

»Geck drei ... geck vier ... geck fünf!«, zählte Biru mit. »Du meine Güte!«

Die Warane kamen näher. Unverhohlene Blutgier sprach aus ihren dunklen Augen. Tigerherz wollte zurückweichen, doch der große Baum hinderte ihn daran.

»Schau an, ein Tiger«, zischelte einer der Warane.

»Schön, dich hier zu sehen«, meinte ein anderer.

»Wir kriegen hier so selten Tiger zu fr... zu Besuch«, knurrte ein dritter.

»Das stimmt«, meinte der erste. »Das ist für uns ein Grund zur Freude.«

»Wie schön.« Tigerherz und Biru lächelten ein wenig gequält. »Leider können wir nicht lange bleiben und müssen weiter.«

»Schon?« Die gespaltene Zunge schnalzte bedauernd. »Das ist aber ein Jammer! Wir hatten gehofft, ihr würdet zum Essen bleiben!«

»Kann ich mir vorstellen, geck-gecko.«

»Wie bitte?«, fragte der Waran. Mit ihrer Zunge schienen seine Brüder und er gut wittern zu können, um ihr Gehör schien es weniger gut bestellt zu sein ...

»Gar nichts«, versicherte Tigerherz. »Er meinte nur, dass wir unmöglich zum Essen bleiben können.«

»Das ist aber sehr schade – denn ehrlich gesagt hatten wir schon fest mit euch gerechnet.«

»Allerdings, allerdings«, stimmten die anderen zu und nickten, während ihre langen Schwänze unruhig über den Boden peitschten.

Tigerherz wurde es zu heiß.

Ihm war klar, dass es nur noch eine Frage von Augenblicken sein konnte, bis der erste Waran sich auf ihn stürzen und versuchen würde, ihn zu beißen. Spätestens dann würde es zu spät sein, um zu fliehen ...

Gehetzt schaute er sich um.

Nach hinten konnte er nicht, da war der Baum, und die anderen Wege wurden durch die Warane versperrt. Selbst ein Sprung würde ihn nicht weit genug tragen, als dass er ihrem Gift entkommen konnte. Ganz abgesehen davon, dass er im dichten Nebel nicht wusste, wohin er springen sollte ...

»Tigerherz ...«

Birus Warnung war überflüssig – er konnte auch so das Glänzen in den schwarzen Echsenaugen sehen. Und deshalb wusste er auch, dass in wenigen Augenblicken alles vorbei sein würde ...

In seiner Verzweiflung blickte Tigerherz nach oben, an dem Baum empor, zu dessen Fuß er kauerte.

Und plötzlich kam ihm eine Idee.

»Festhalten, Biru«, raunte er seinem kleinen Freund zu.

»Darf ich euer Zögern so verstehen, dass ihr euch entschlossen habt, unserer Einladung doch zu folgen?«, fragte der erste Waran. Aufdringlich kam er noch näher. »Ihr müsst wissen, dass heute besondere Leckereien auf dem Speiseplan stehen. Zum Hauptgang gibt es zum Beispiel frischen Tiii...«

Das letzte Wort sprach er gar nicht mehr aus. Seine Stimme ging in ein schrilles Kreischen über, und mit aufgerissenem Maul machte er einen Satz nach vorn und biss zu ...

17

Gnadenlos gejagt

Bis zum letzten Augenblick hatte Tigerherz gewartet, hatte seine Krallen ausgefahren und seine Muskeln bis zum Zerreißen gespannt. Dann, nur einen Lidschlag ehe der Waran sich auf ihn stürzte, sprang er auf allen vieren in die Höhe – und die mörderischen Giftzähne schnappten ins Leere.

Noch in der Luft warf Tigerherz sich herum und schlug die vier Klauen gleichzeitig in die Rinde des Baumes.

»Woooh«, machten die Warane enttäuscht.

Tigerherz sah nicht nach unten. Indem er sich mit den Hinterbeinen am Stamm hochkatapultierte und mit den Vorderläufen festklammerte, jagte er senkrecht an dem Stamm empor, höher und höher. Wenn er jedoch geglaubt hatte, die Warane dadurch loszuwerden, so hatte er sich geirrt.

»Wo wollt ihr denn hin?«, rief der eine ihnen hinterher. »Das Essen hat doch noch gar nicht angefangen!«

Und indem sie ihre Oberkörper aufrichteten und ihre spitzen Krallen in die Rinde des Baumes schlugen, kletterten die Echsen ihnen hinterher – und sie waren verflixt gute Kletterer!

Biru, der verkehrt herum auf Tigerherz' Rücken kauerte und in die Tiefe starrte, schrie entsetzt. »Sie folgen uns, geck-gecko! Und sie sind schnell!«

Tigerherz stieß eine Verwünschung aus.

Im Nachhinein war er dankbar dafür, dass Kahaya ihn so gut trainiert hatte – sie hatte darauf bestanden, dass er regelmäßig seine Schwimm- und Kletterübungen auf der Insel der Schatten absolvierte. Das kam ihm jetzt zugute.

Schnappend und geifernd kamen die Warane ihnen nach, dabei zuckten ihre Zungen beständig vor und zurück.

»Wer macht denn sowas?«, beschwerte sich einer. »Die verlassen den Festschmaus noch vor der Vorspeise!«

Blitzschnell schossen die Warane an dem Baum empor – und Biru, der darüber zu Tode erschrak, verlor den Halt.

»Hiiilfe!«, kreischte er, während er Tigerherz' vor Anstrengung schweißnassen Rücken hinabpurzelte.

»Biru!«, rief Tigerherz entsetzt. »Halt dich fest!«

Doch der kleine Gecko fiel, geradewegs dem aufgerissenen

Schlund eines Warans entgegen! Geistesgegenwärtig rollte Tigerherz den Schwanz ein und formte damit eine Art Körbchen – das Biru im letzten Moment auffing!

»Geck-geck-gecko!«, schnatterte er dankbar – zu mehr war er gerade nicht in der Lage.

Tigerherz war erleichtert, während der Waran vor Zorn zischte und zeterte. Da kam der erste Ast des Baumes in Sicht – wohin er führte, war im Nebel nicht zu sehen, aber das war Tigerherz auch egal. Hauptsache, er musste nicht weiterklettern. Die Warane hingegen wuselten an dem Stamm hoch, als würden sie den ganzen Tag nichts anderes tun. Oder vielleicht, dachte Tigerherz, war es auch nur der Hunger, der sie antrieb und ihnen zusätzliche Kräfte verlieh.

Mit Biru im Schlepptau, der sich an sein Schwanzende klammerte wie ein Ertrinkender an ein Stück Treibholz, erklomm Tigerherz den Ast. Das Holz war stark genug, um ihn zu tragen. Hier konnte Biru endlich wieder auf seinen Rücken klettern.

»Da…danke, geck-gecko«, sagte er schnaubend.

»Da! Sie wollen sich davonmachen!«, drang es von unten.

»Warte, das könnte denen so passen …«

Zwei der Warane ließen den Baum einfach los, sodass sie nach unten fielen und auf den Boden schlugen, was ihnen aber gar nichts auszumachen schien. Kurzerhand warfen sie sich herum und nahmen am Boden die Verfolgung auf. Durch die Nebelschwaden konnten Tigerherz und Biru sehen, wie sie über den Boden huschten, während die übrigen Echsen ebenfalls den Ast erklommen und ihnen dort auf den Fersen blieben.

»Verdammt«, knurrte Tigerherz, »geben die denn nie auf?«

Er beschleunigte seine Schritte und huschte über den Ast, der immer schmäler wurde, je weiter sie sich vom Stamm entfernten. Um nicht zu riskieren, dass er brach und sie in die Tiefe stürzten, sprang Tigerherz auf den Ast eines anderen Baumes, der sie schaukelnd aufnahm – und so ging es weiter.

Sie huschten durch das Geäst der Bäume, gefolgt von den Waranen. Tigerherz, der sich schon fast wie ein Affe vorkam, hätte sich gewünscht, deren geschickte Hände zu haben, mit denen er sich von Ast zu Ast schwingen konnte. Oder wenigstens einen Schwanz zum Steuern wie Luku. Aber als Tiger war er hier oben in einem fremden Element – und das rächte sich.

Die Warane holten auf.

Und als ob das noch nicht schlimm genug gewesen wäre, warteten die am Boden nur darauf, dass er abrutschte oder das Gleichgewicht verlor und das Festmahl endlich beginnen konnte. Geifernd und unentwegt züngelnd sahen sie herauf.

»Er kann nicht mehr«, zischelten sie einander zu.

»Seine Kräfte lassen nach!«

»Bald haben wir ihn ...«

Tigerherz hätte gerne widersprochen, aber er merkte tatsächlich, wie er langsamer wurde – das Klettern hatte viel Kraft gekostet. Alles, was er tun konnte, war weiterfliehen, hinein in den Nebel, der zwischen den Bäumen hing.

Immer weiter ...

»Ojeoje«, jammerte Biru. »Ich fürchte, das geht schief ...«

Tigerherz war nicht so weit gekommen, um jetzt von ein paar hergelaufenen Waranen gefressen zu werden – also gab er alles, holte aus seinen Muskeln heraus, was er konnte. Er hörte die Echsen schadenfroh kichern, hörte ihr Geifern und das Zischeln ihrer Zungen – bis es plötzlich verstummte.

Tigerherz wusste nicht, was er davon halten sollte. Er sprang auf den nächsten Ast und eilte zur Sicherheit noch ein gutes Stück weiter. Doch von den Waranen war nichts mehr zu hören ... eine Falle? Eine List, um ihn zu fangen?

Er blickte zurück.

Von den Waranen war nichts mehr zu sehen, nur der weiße Nebel waberte immer noch zwischen den Bäumen hindurch. Und auch sein Geruchssinn sagte Tigerherz, dass die gefräßigen Echsen nicht mehr in der Nähe waren, ihr beißender Gestank war verschwunden.

Tigerherz wurde langsamer.

Schließlich blieb er schwer atmend stehen.

»Biru?«, fragte er halblaut.

»Sie scheinen fort zu sein, geck-gecko.«

»Sieht ganz so aus – aber warum?«

»Nun ja, vielleicht haben sie eingesehen, dass es sinnlos ist, einen Tiger zu verfolgen. Oder ihnen ist der Appetit auf Gecko mit Tigergeschmack vergangen.«

Tigerherz bleckte die Zähne zu einem Grinsen – zum Lachen war ihm wahrlich nicht zumute. Es war wirklich mehr als knapp gewesen. Nicht viel hätte gefehlt, und die gefräßigen Warane hätten sie erwischt.

Einen oder zwei von ihnen hätte er vielleicht noch erledigen können, aber dann hätte ihr Gift gewirkt, und es wäre vorbei gewesen. Und er hatte keine Ahnung, weshalb die Warane die Verfolgung so plötzlich aufgegeben hatten ...

Noch einmal bemühte er alle seine Gesichtssinne, lauschte, fühlte und witterte ... aber da war nichts mehr.

Die Warane waren nicht nur hinter ihnen zurückgeblieben, sie mussten auch umgekehrt sein und sich entfernt haben.

Als ob ihnen etwas Angst eingejagt hätte ...

Tigerherz verschnaufte noch kurz, dann kehrte er auf dem Ast um und balancierte zum Stamm zurück, an dem er hinabkletterte. Zuerst versuchte er, sich wieder genauso hinabzulassen, wie er heraufgekommen war, doch dann entschied er sich, den einfacheren Weg zu nehmen: Er drehte sich einfach um, setzte mit zwei, drei großen Sprüngen kopfüber am senkrechten Stamm hinab und kam mit heftig pochendem Herzen unten an.

Biru hatte es vorgezogen, sich auf weniger halsbrecherischem Weg nach unten zu begeben – auf seinen winzig kleinen Pfoten kletterte er mühelos hinab. »Und was machen wir jetzt, geckgecko?«, wollte er wissen. »Suchen wir nach Senjata?«

»Hat keinen Sinn«, war Tigerherz überzeugt, der den Schwarzen Panther weder wittern noch sonst wie fühlen konnte. »In diesem Nebel würden wir ihn doch nicht finden. Ich schlage vor, wir gehen einfach weiter – irgendwann muss der Nebel sich ja lichten. Mit etwas Glück begegnen wir Senjata auf der anderen Seite.«

Biru schien nicht wirklich überzeugt, aber der kleine Berater war auch zu gebeutelt, um zu widersprechen. Stattdessen kletterte er wieder auf Tigerherz' Rücken, und indem dieser seine Tigersinne bemühte, wie er es bei den Bayangai gelernt hatte, suchte er einen Weg durch das trübe Weiß, mit dem sein helles Fell beinahe zu verschmelzen schien.

Plötzlich drang ein seltsamer Geruch an Tigerherz' Bewusstsein. Abrupt blieb er stehen.

»Was hast du?«, fragte Biru.

»Weiß nicht. Irgendwas stimmt nicht.«

»Irgendwas, geck-gecko? Kannst du nicht ein kleines bisschen deutlicher werden?«

»Es riecht nach Tod«, eröffnete Tigerherz leise.

»Nach Tod, geck-gecko? So genau wollte ich es nun auch nicht wissen ...«

18

Hintergangen

Düstere Stille war im Palast von Astana eingekehrt.

Da ihr ständiges Geschrei und ihr kaum auszuhaltender Gestank Eisenkralle auf die Nerven gegangen waren, hatte er die Makaken aus dem Thronsaal vertrieben. Sich auf dem Steinthron fläzend döste er vor sich hin und wartete ... darauf, dass sein Plan aufgehen würde.

Späte Sonnenstrahlen fielen durch die Löcher in der Decke, durch die auch Äste und Wurzeln ins Innere des Palastes wucherten – und durch eine dieser Öffnungen kam in diesem Moment ein Vogel hereingeflattert. Sein Gefieder war am Rücken blau und an der Bauchseite schwarz. Auch sein Schnabel war schwarz, während seine Augen in blutigem Rot leuchteten.

Dies war Mata, ein Blauvogel.

Und Eisenkralles ergebener Spion ...

»Nun?«, fragte Eisenkralle und hob wissbegierig das Haupt. »Was hast du mir zu berichten?«

»Viel, Majestät, sehr viel«, drang es krächzend zurück. Flatternd beschrieb Mata noch ein, zwei Runden durch den Thronsaal, ehe er sich auf einer dicken Wurzel niederließ. »Der gute Mata hat aufgepasst und alles gesehen – und kann Euch sagen, dass alles genauso gekommen ist, wie Ihr es vorhergesehen habt.«

»Alles?«, fragte Eisenkralle.

»Alles, Majestät«, versicherte der Blauvogel. »Pedang hat Eurem Schüler angeboten, ihn zum Berg des Feuers zu führen, auf dass er sich eine eigene Eisenklaue machen lasse – und der gute Kipas hat eingewilligt, huhuhu ...«

»Was gibt es da zu lachen?«

»Nichts, Majestät, nichts weiter ... Mata hat sich nur gerade vorgestellt, was geschieht, wenn Ihr das Bürschchen in Eure Klauen bekommt ...«

Eisenkralle nickte.

Von dem Tag an, da Kipas zu ihm gekommen war und ihn um Hilfe gebeten hatte, hatte er an dessen Treue gezweifelt.

Zum einen, weil Eisenkralle grundsätzlich niemandem vertraute. Er war ein Einzelgänger und würde es auch immer bleiben. Weder wollte er eine Familie noch Freunde – seiner Erfahrung nach enttäuschten sie einen sowieso nur. Untergebene, die ihn fürchteten und das taten, was er von ihnen verlangte, genügten ihm vollauf.

Zum anderen hatte Eisenkralle Kipas aber auch deshalb nicht über den Weg getraut, weil dieser ihn an jemanden erinnerte: an einen anderen jungen Tiger, der einst voller Zorn und gekränktem Stolz gewesen war ... nämlich Eisenkralle selbst.

Auch er hatte allen Grund dazu gehabt, wütend zu sein, schließlich hatte dieser dahergelaufene Eisfell ihm die Krone des Dschungels vor der Schnauze weggeschnappt, und es hatte lange gedauert, sie sich zurückzuholen ...

Eisenkralle konnte Kipas verstehen. Er wusste, was es bedeutete, ausgestoßen und von allen verkannt zu sein, und er wusste auch, wie es sich anfühlte, nach Rache und Vergeltung zu dürsten ... und genau deshalb konnte er nicht dulden, dass sein Schüler ihn hinterging.

Es war Pedangs Idee gewesen, Kipas auf die Probe zu stellen, und Eisenkralle musste zugeben, dass es – jedenfalls für einen Makaken – eine ziemlich gute Idee gewesen war. Denn nun wusste Eisenkralle, woran er war. Seine alte Regel, niemandem zu vertrauen, hatte sich wieder einmal bewahrheitet ...

»Was gedenkt Ihr jetzt zu tun, Majestät?«, wollte Mata Plappervogel neugierig wissen.

»Was wohl?«, erwiderte Eisenkralle und richtete sich auf dem alten Steinthron auf. »Ich werde dem Bürschchen folgen und ihn zur Rechenschaft ziehen. Das Heer der Makaken wird mich dabei begleiten.«

»Das Heer der Makaken, Majestät?« Mata kicherte wieder. »Fürchtet Ihr den kleinen Kipas denn so sehr?«

Eisenkralle brüllte, und seine metallene Klaue pflügte so wütend durch die Luft, dass der Blauvogel aufflatterte und lieber auf einem etwas höher gelegenen Ast Platz nahm.

»Natürlich nicht, Dummkopf!«, fuhr der König ihn an. »Um mit einem miesen kleinen Verräter fertigzuwerden, brauche ich die verdammte Affenbrut nicht. Aber aus einem anderen Grund ...«

19

Ein grausiger Fund

Es roch nach Tod – besser konnte Tigerherz im Augenblick nicht beschreiben, was er wahrnahm.

Natürlich war da jene Mischung aus Fäulnis und Verwesung, die überall im Dschungel anzutreffen war und die vom ständigen Werden und Vergehen kündete. Aber da war auch noch etwas anderes hinter den undurchdringlichen weißen Schwaden des Nebels. Etwas, das nicht nur ziemlich tot war, sondern auch ziemlich alt ...

Was verbarg sich dort?

Womöglich eine Falle, die man ihnen stellte? Waren die Warane doch noch in der Nähe und lauerten ihnen auf?

Sediakan tentera, machte Tigerherz sich mit dem Wahlspruch der Bayangai selbst Mut und schlich weiter, bereit zum Kampf ...

»Tigerherz«, flüsterte Biru nach einer Weile. »Ich glaube, es wird lichter ...«

Der Gecko hatte recht. Allmählich lichtete sich der Nebel. Statt der dicken Suppe waren nun einzelne Schwaden zu erkennen, und jenseits von ihnen zeichneten sich seltsam bleiche Bäume ab, wie Tigerherz sie noch nie gesehen hatte. Dazu schälte sich ein bizarr geformter Fels unmittelbar vor ihnen aus dem ...

Tigerherz blieb abrupt stehen, und Biru stieß einen heiseren Schrei aus, dass seine Zunge nur so flatterte.

»Das – geck-geck-gecko – ist ein Schädel!«, kreischte er.

Tatsächlich.

Wie ein Berg erhob sich vor ihnen ein riesiger Schädel. Gleich drei leere Augenhöhlen schienen daraus auf die Gefährten zu starren, und zu beiden Seiten ragten riesige, gebogene Hörner auf!

Tigerherz merkte, wie ihm ein Schauder durchs Fell lief. Unwillkürlich zog er den Schwanz ein, und ein leises Jaulen entfuhr ihm – doch schon im nächsten Augenblick schalt er sich selbst einen Dummkopf.

Das waren keine Hörner.

Das waren Stoßzähne!

Der Schädel, der dort vor ihnen im Gras lag, war der eines Elefanten. Dahinter ragten gewaltige Rippenknochen auf, auf denen kleine Vögel saßen. Sie flatterten erschrocken auf, als sie Tigerherz erblickten – doch der hatte im Moment gar keinen Appetit.

Denn ihm wurde jäh bewusst, woher dieser uralte, nach Tod und Verfall riechende Odem gekommen war ...

»Ein Elefantenfriedhof«, flüsterte er – und im selben Augenblick verschwand der Nebel vollends. Ein Windhauch kam und blies die Schleier hinfort, und Tigerherz und sein kleiner Begleiter erkannten, dass sie am Rand einer weiten Senke standen, deren Grund von Skeletten übersät war. Den sterblichen Überresten der größten und stärksten Bewohner des Dschungels ...

»Unglaublich«, hauchte Tigerherz. Der Anblick war zugleich überwältigend und respektgebietend – und auch ziemlich gruselig. »Hast du sowas schon mal gesehen, Biru?«

»Nein, noch nie«, gab der Berater leise zu, von Ehrfurcht ergriffen. »Die Elefanten sind ein stolzes Volk. Sie bleiben meist unter sich und scheren sich nicht um das, was im Dschungel vor sich geht, dazu sind sie zu stark und mächtig, sogar die Takrambuti sollen sie gefürchtet haben. Aus dem Streit der anderen Tiere halten die Elefanten sich meist heraus, und niemals, niemals würden sie einem Außenstehenden die Lage eines ihrer Friedhöfe verraten. Nur sehr wenige Tiere bekommen das zu sehen, was wir gerade sehen. Der bloße Zufall hat uns hergeführt.«

»Dann sollten wir uns ein wenig umblicken«, meinte Tigerherz, den nun doch die Neugier packte. Und ehe Biru etwas einwenden konnte, war er auch schon unterwegs. An dem großen Skelett des Elefantenbullen vorbei, das sich wie ein Wächter am Eingang des Friedhofs erhob, schlich er in die von Geröll übersäte Senke.

»Seit wie vielen Generationen die Elefanten wohl hierherkommen?«, fragte er leise, während er sich staunend umblickte. Inzwischen fand er den Anblick der Skelette schon nicht mehr ganz so gruselig wie zuvor. Da war auch eine tiefe Ruhe, die über der Senke lag. Und ein Friede, wie man ihn sonst nur selten im Dschungel fand. Überall wuchs und welkte es, fraß man und wurde gefressen. Doch hier schien die Zeit stehen geblieben zu sein, schien das Gesetz des Dschungels keine Gültigkeit zu besitzen ...

»Ich weiß es nicht«, gab Biru zu, »aber es müssen wirklich viele sein. Vermutlich kamen die alten Elefanten schon in den Tagen der Takrambuti hierher, um zu sterben. Und es heißt, dass manche ...«

Plötzlich verstummte er.

»Was ...?«, wollte Tigerherz gerade fragen, als der Gecko von seinem Rücken sprang und auf einen Stoßzahn kletterte, der neben ihm auf dem Boden lag. Dort schien er förmlich zu erstarren. Seine Haut nahm eine seltsame Färbung an, wie Tigerherz sie noch nie bei ihm gesehen hatte, und aus Birus halbkugelförmigen Augen strahlte ein sonderbares Leuchten.

»Äh ... Biru?«, fragte Tigerherz verdutzt. »Alles in Ordnung mit dir?«

»Nicht Biru«, kam es zurück – zu Tigerherz' Verblüffung klang sein kleiner Berater ganz und gar nicht so wie sonst. Seine Stimme war viel tiefer und hörte sich ein wenig so an, als würde sie vom Grund einer tiefen Schlucht heraufdringen. »Nicht Biru«, wiederholte er. »Unser Name ist Semangata – und wir sind das Orakel des Dschungels ...«

20

Semangata

Tigerherz legte die Ohren an und nahm eine Abwehrhaltung ein.

Die Möglichkeit, dass Biru sich nur einen Scherz mit ihm erlaubte, kam ihm erst gar nicht in den Sinn. Denn Biru sah nicht nur anders aus als sonst und sprach mit einer seltsamen Stimme – da war auch etwas um ihn, das Tigerherz nicht erklären konnte und das er weder sehen noch riechen noch sonst wie mit den Sinnen erfassen konnte. Dennoch fühlte er, dass es da war …

»Wer bist du?«, stieß er heiser hervor. »Was bist du …?«

»Wir sind Semangata«, wiederholte die Stimme, die so mächtig und Ehrfurcht gebietend war, dass sie eigentlich gar nicht aus Birus kleinem Körper kommen konnte. Tigerherz zwinkerte und schüttelte den Kopf, um ganz sicherzugehen, dass er nicht träumte. Vielleicht war er ja in Wirklichkeit gestürzt und auf den Kopf gefallen und ...

Aber es gab keinen Zweifel.

All das passierte wirklich.

Und es war unheimlich ...

»Was ist Semangata?«, fragte Tigerherz weiter.

»Semangata ist die Gesamtheit«, kam es zurück.

»Die Gesamtheit? Wovon?«

»Von allen Wesen, die sich an diesem Ort zur letzten Ruhe niedergelassen haben«, lautete die Antwort – und Tigerherz glaubte zu verstehen.

»Dann ... bist du ... seid ihr ... ein Geist?«

»Wir sind viele Geister. Die Gesamtheit all jener, die hier liegen. Ihr ganzes Wissen, die Weisheit und die Erfahrung ihrer Leben dauern in mir fort.«

»Ich verstehe«, hauchte Tigerherz leise – und ahnte, warum die Geister der Elefanten zu ihm sprachen. »Es tut mir leid«, versicherte er. »Ich wollte euren Friedhof nicht betreten. Ich war nur ...«

»... neugierig?«, fragte die Stimme.

Tigerherz nickte betreten. »Ich glaube schon. Einen Ort wie diesen habe ich noch nie gesehen.«

»Den wenigsten Tieren ist es vergönnt, diesen heiligen Ort zu erblicken«, sagte Semangata. »Selbst Elefanten sehen ihn nur am Ende eines langen und erfüllten Lebens.«

»Es tut mir leid, wirklich«, sagte Tigerherz noch einmal.

»Das muss es nicht. Glaubst du wirklich, der bloße Zufall hätte dich hergeführt?«

»Nicht?«, fragte Tigerherz.

Jetzt lachte Semangata – und das klang wirklich gruselig, wie es zwischen all den Skeletten widerhallte. Ganz abgesehen davon, dass es aus einem Gecko kam, der nur wenig länger als Tigerherz' rechte Pfote war.

»Nichts im Dschungel geschieht aus Zufall«, belehrte das Geistwesen ihn. »Alles ist den Gesetzen und der Ordnung des Großen Drachen unterworfen.«

»Aber da war dichter Nebel«, wandte Tigerherz ein. »Mein Begleiter und ich haben einander verloren und ...« Er unterbrach sich. »Der Nebel war also auch kein Zufall?«

»Nein«, scholl es zurück. »Du solltest hierherkommen. Das Orakel des Dschungels hat dich gerufen, Raja, des Eisfells Sohn, der du dich jetzt Tigerherz nennst.«

»Ihr wisst, wer ich bin?«

»Hätten wir dich sonst rufen können?«

Wahrscheinlich nicht, musste Tigerherz zugeben. Seine Angst legte sich ein wenig. Ganz abgesehen davon, dass dies so ziemlich das Verrückteste war, was ihm je passiert ist, schien Semangata ihm freundlich gesonnen zu sein ...

»Und warum sollte ich kommen?«

»Weil es Dinge gibt, die du erfahren musst, Sohn von Eisfell. Dinge, die dich und deinen Feind Eisenkralle betreffen – und damit den ganzen Dschungel.«

Eisenkralle!

Tigerherz horchte auf. »Was ist mit ihm?«, wollte er wissen.

»Du bist hier, um das Geheimnis seiner Waffe zu ergründen, der metallenen Klaue, mit der er im Dschungel Furcht und Schrecken verbreitet ...«

»Das bin ich«, gab Tigerherz zu. »Aber ich kenne nicht den genauen Ort – könnt ihr mir vielleicht helfen?«

»Deshalb haben wir dich gerufen«, bestätigte der Dschungelgeist, »denn unsere Erinnerung reicht weit zurück, bis in die Tage der Ersten Tiere, noch lange vor den Takrambuti. Deshalb wissen wir, woher sie ihre Klingen hatten.«

»Wirklich? Und werdet ihr es mir verraten?«

»Es ist ein Ort, der sich ‚Berg des Feuers' nennt, Tigerherz. Du musst den großen Bambuswald durchqueren, der hinter jener Senke liegt, doch darfst du dich nicht im grünen Labyrinth verirren. Ohne Furcht musst du der aufgehenden Sonne folgen, und nach vier Sonnen wirst du in der Ferne die Donnerberge erblicken. Dort liegt die Grenze zum Toten Land, die du übertreten musst, deiner Furcht zum Trotz. Dann gehe dem Berg entgegen, aus dem bis zum heutigen Tag der heiße Atem des Drachen dringt ...«

»Ist das der Berg des Feuers?«, fragte Tigerherz.

»So ist es. Dort hinauf musst du, denn die Entscheidung wird auf dem Berg des Feuers fallen.«

»Die Entscheidung worüber?«

»Über alles, Tigerherz. Über deine Zukunft. Über Krieg und Frieden. Und auch darüber, ob das Leben den Sieg davonträgt oder ob eine neue Zeit der Dunkelheit über den Dschungel hereinbricht, die

Untergang über alles bringen wird, was lebt – so wie einst die Takrambuti.«

»Nein, bitte nicht!«, rief Tigerherz so laut, dass es durch die gesamte Senke scholl.

»Noch kann es verhindert werden«, teilte das Orakel ihm mit, »deshalb, Tigerherz, bist du hier.«

»Also ist es wahr, was ich gesehen habe?«

»Es ist wahr«, versicherte Semangata, »und womöglich ahnst du bereits, dass auch diese Vision kein Zufall gewesen ist. Die Macht des Großen Drachen lenkt dich, Tigerherz. Sie hat dich hierhergeführt und wird dich auf den Berg des Feuers geleiten. Entschlüssle das Geheimnis der eisernen Klauen, und sorge dafür, dass Eisenkralle nicht denselben Irrweg einschlagen kann, den die Takrambuti einst beschritten haben. Seinem Treiben muss Einhalt geboten werden, ehe er die Waffen der Takrambuti dazu benutzt, Tod und Verderben über den ganzen Dschungel zu bringen.«

»Ich soll die eisernen Klauen also vernichten«, folgerte Tigerherz grimmig. »Aber wie? Was soll ich dort auf dem Berg des Feuers tun?«

»Wenn die Zeit gekommen ist, wirst du es erkennen – dann, Tigerherz, wird sich nicht nur dein Schicksal, sondern auch das des ganzen Dschungels weisen. Drei müssen ihr Leben lassen, oder alle werden sterben.«

»Drei?«, hakte Tigerherz nach. »Was bedeutet das?«

»Drei Opfer, um die Ordnung im Dschungel wiederherzustellen«, entgegnete das Orakel rätselhaft. »So verlangt es der Große Drache, aber behalte dein Wissen für dich, Tigerherz, und offenbare es niemandem.«

»Niemandem? Auch nicht Senjata?«

»Nicht einmal dem Schwarzen Panther«, lautete die Antwort.

»Verstanden«, räumte Tigerherz ein. »Aber wollt ihr mir nicht erklären, wieso?«

Er bekam keine Antwort mehr.

»Hallo ...?«

Es blieb still.

Zwar kauerte Biru noch immer wie erstarrt auf dem Stoßzahn, aber es kam kein Wort mehr aus ihm heraus. Oder hatte Tigerherz die Stimme womöglich überhaupt nur in seinem Kopf gehört? Er konnte es nicht sagen. In diesem Moment wechselte Biru wieder die Farbe und nahm das gewohnte Türkis mit den orangefarbenen Sprenkeln an. Auch seine Augen klarten auf, und plötzlich konnte er sich wieder bewegen.

»Geck-geck-gecko!«, schnappte er »Was geschieht mit mir ...?« Er stutzte und schaute sich verblüfft um. »Der Friedhof der Elefanten«, schien es ihm plötzlich wieder einzufallen – aber er konnte sich wohl keinen Reim darauf machen. »Was ist passiert?«, fragte er Tigerherz verwundert.

»Ist das dein Ernst?«, fragte der.

»Wieso, was meinst du, geck-gecko?«

»Du kannst dich an nichts erinnern? An überhaupt nichts?«

Biru legte den Kopf schief und dachte einen Augenblick nach. »Nicht, dass ich wüsste«, erwiderte er dann. »Ich – aaaah!«

Der Rest von dem, was er hatte sagen wollen, ging in einem hellen Schrei unter, als plötzlich ein Schatten auf die beiden fiel.

Tigerherz fuhr herum.

Die schlanke Silhouette eines Panthers zeichnete sich im fahlen

Sonnenlicht ab, der oben am Rand der Senke stand. Tigerherz atmete auf, als er die vertraute Nähe spürte.

»Meister! Dem Großen Drachen sei Dank!«

Mit geschmeidigen Bewegungen kam Senjata zu ihnen herab, und als könnte er spüren, dass etwas nicht stimmte, richtete sich sein Blick sofort auf Tigerherz.

»Was ist geschehen?«, wollte er wissen.

»Ich fürchte«, begann Tigerherz verlegen, »das werdet Ihr mir doch nicht glauben ...«

»Hat eine Stimme zu dir gesprochen? Womöglich durch diesen kleinen Kerl hier?«, fragte der Oberste Kendar, mit dem Kinn auf Biru deutend.

»Woher wisst Ihr ...?«

»Bedeutsame Dinge geschehen in diesen Tagen, mein Junge«, erwiderte Senjata nur, und der Blick, mit dem er Tigerherz bedachte, war seltsam. Wie immer waren Stärke und Weisheit in den grünen Augen des Panthers zu lesen. Aber Tigerherz hatte das Gefühl, auch ein wenig Furcht darin zu erkennen ...

»Wie meint Ihr das, Meister?«, fragte er.

»Das Orakel des Dschungels erhebt nur selten seine Stimme«, erklärte Senjata leise. »Lange hat es geschwiegen – so lange, dass viele es schon für eine Legende gehalten haben. Doch wann immer Semangata sein Schweigen in der Vergangenheit gebrochen hat, war große Veränderung die Folge.«

»Was für eine Veränderung?«, wollte Biru wissen. »Zum Guten oder zum Schlechten?«

»Das wird sich zeigen«, sagte Senjata leise.

21

Seltsame Träume

Kahaya schüttelte sich, wodurch Wasser in alle Richtungen spritzte.

Um sich wieder in Form zu bringen und ihr gebrochenes Bein zu trainieren, schwamm sie täglich um die Insel der Bayangai. Heute jedoch war sie nicht auf die Insel zurückgekehrt, sondern an Land geschwommen. Was genau sie dazu getrieben hatte, konnte sie selbst nicht genau sagen, aber sie war mit dem dringenden Bedürfnis erwacht, Luku und Makan zu besuchen.

Wahrscheinlich, sagte sie sich, lag es an dem seltsamen Traum, den sie gehabt hatte. Tigerherz war darin vorgekommen und Senjata. Sogar der kleine Biru war dabei gewesen – und manches andere, das sie ziemlich erschreckt hatte, Skelette und die Knochen unzähliger Elefanten.

Und Kipas ...

Natürlich war es nur ein Traum gewesen, aber ihr Herz war trotzdem voller Sorge um Tigerherz. Ein Teil von ihr hoffte wohl, dass es besser werden würde, wenn sie ein wenig Zeit in Gesellschaft seiner allerbesten Freunde verbrachte ...

»Hallo, Kahaya«, grüßte Luku sie schon von Weitem. Wie immer trieb er sich ganz in der Nähe der Insel herum, ebenso wie Makan, der im Schatten der Palme lag, auf der der Maki hockte, und vor sich hin döste.

»Guten Tag, Luku.« Kahaya erwiderte den Gruß freundlich, worauf der Koboldmaki kurzerhand zu ihr herabsprang. Seinen langen Schwanz benutzte er dabei wie immer als Steuer, sodass er unmittelbar vor ihr im weichen Sand landete.

»Was führt dich aufs Festland?«, wollte er wissen. »Bist du zum Jagddienst eingeteilt?«

»Nein.« Sie schüttelte den Kopf. »Meister Kentao, der in Senjatas Abwesenheit das Amt des Obersten Kendars innehat, sagt, ich sei immer noch zu schwach, um für die Gemeinschaft zu jagen. Aber das ist nicht wahr, mein Bein ist schon fast wieder gesund«, versicherte sie und streckte es wie zum Beweis. »Ich glaube, er will mich nur schonen, wegen Tigerherz. Dabei täte mir ein wenig Abwechslung ganz gut.«

»Kann ich gut verstehen«, pflichtete Luku bei und sah sie aus seinen großen Augen an. »Ich muss auch ständig an Raja ... ich meine Tigerherz denken.«

»Ich doch auch«, drang es vom Baum herüber. Makan war erwacht und kam zu ihnen. Ein bisschen schien er immer noch zu schlafen, denn die Stirnwülste hingen ihm noch halb über die Augen, und er wankte ein wenig. »Manchmal wache ich sogar vor lauter Sorge auf«, verkündete er mit Trauermiene. »Dann ist es heller Tag, und ich habe nichts zu essen.«

»Armer Kerl«, meinte Kahaya bedauernd.

»Wir hätten es wie Biru machen und Tigerherz einfach begleiten sollen«, meinte Luku.

Kahaya sah ihn fragend an. »Biru ist mitgegangen?«

»Er hat Tigerherz' Mama einst versprochen, immer gut auf ihn aufzupassen«, wusste Makan. »Und das lässt er sich von niemandem verbieten. Nicht mal von Senjata.«

»Ich verstehe.« Kahaya nickte und blickte ein wenig beschämt zu Boden. Sie hatte es sich verbieten lassen – aber sie war ja schließlich eine Bayangai und an die Befehle des Rates gebunden. Oder versuchte sie jetzt nur, eine Entschuldigung dafür zu finden, dass sie Tigerherz nicht ebenfalls begleitet hatte? Sie fühlte sich elend deswegen. Und wenn sie an den Traum dachte, wurde es nur noch schlimmer ...

»Hoffen wir, dass der gute Biru seine Entscheidung nicht bereut«, meinte Luku. »Die Reise ins Tote Land ist lang und gefährlich. Vergangene Nacht habe ich sogar davon geträumt!«

»Wirklich?« Die Wülste auf Makans faltiger Stirn schoben sich ein Stück empor. »Was genau hast du denn geträumt?«

»Brrr«, machte der Maki, als würde er frieren. »Erinnere mich bloß nicht daran. Das war vielleicht gruselig. Ich habe Tigerherz und Biru gesehen, und überall um sie herum waren Knochen und riesige Schädel. Wie sich dann herausstellte, war es ein ...«

»... ein Elefantenfriedhof«, ergänzte Makan nickend. »Den Traum kenne ich, den hatte ich auch.«

»Moment mal!« Kahaya sah die beiden fragend an. »Soll das heißen, ihr habt beide von Tigerherz und Biru geträumt? Und von einem Elefantenfriedhof?«

»Ja«, pflichtete Luku bei. »Und Biru benahm sich ganz anders als sonst und sprach mit einer sooolchäään Stüüümmäää«, fügte er hinzu, den unheimlichen Tonfall des Geckos imitierend.

»Genauso war's«, bestätigte Makan nur.

»Und es wundert euch kein bisschen, dass ihr beide denselben Traum hattet?«, fragte Kahaya fassungslos.

Die beiden sahen einander an.

»Nö«, erklärte Luku dann achselzuckend.

»Gar nich'«, fügte der Malaienbär kopfschüttelnd hinzu. Eine Kokosnuss, die von der Palme gefallen war und halb verschüttet im Sand lag, schien ihn weit mehr zu interessieren.

»Du musst wissen, wir träumen oft dasselbe – von kleinen Schlangen und von Engerlingen, von Fledermäusen und von ...«

»Hör auf«, bat Makan ihn, während er an der Kokosnuss herumschnüffelte. »Ich krieg Hunger.«

»Und wenn ich euch sagen würde, dass ich denselben Traum hatte?«, fragte Kahaya.

»Dann wäre ich überrascht«, erwiderte Makan und ließ sogar von seiner Kokosnuss ab. »Weil Tiger normalerweise keine Engerlinge fressen. Und Fledermäuse auch nich'.«

»Was hat das eine denn mit dem anderen zu tun?«, fragte Luku entnervt. Makan war sein bester Freund, aber manchmal auch furchtbar schwer von Begriff ... »Hattest du wirklich denselben Traum?«, wandte er sich dann fragend an Kahaya.

Der Tigerin nickte. »Wenn er von Tigerherz und Senjata gehandelt hat, wie sie einander im Nebel verloren haben, und von einem riesigen Elefantenfriedhof, auf dem das Orakel des Dschungels zu ihnen sprach, dann ja«, erwiderte sie leise.

»Der Name des Orakels war ‚Seemannsgarn'«, wusste Makan.

»Es hieß ‚Semangata'«, verbesserte Luku. »Hast du nicht richtig zugehört?«

»Natürlich nich', ich hab ja geschlafen.« Makan zog die Schnauze kraus.

»Auch ich habe Semangatas Stimme gehört«, erwiderte Kahaya. »Die Geister sagten, dass auf dem Berg des Feuers eine Entscheidung fallen werde – und dass sich dort nicht nur das Schicksal von Tigerherz, sondern das des ganzen Dschungels weisen werde.«

»In meinem Traum auch«, bestätigte Luku.

»Jep«, stimmte Makan zu, und die beiden tauschten einen ebenso langen wie nachdenklichen Blick, ehe sie sich wieder Kahaya zuwandten.

»Also, das ist jetzt schon ein bisschen seltsam, oder nicht?«, fragte der Koboldmaki mit großen Augen.

»Allerdings«, bestätigte Kahaya düster.

Und in diesem Moment fassten alle drei einen Entschluss.

22

Am Berg des Feuers

Vier Tage später erreichten die Gefährten den Fuß des Gebirges.

Den Hinweisen folgend, die ihnen das Orakel gegeben hatte, war Tigerherz vorausgegangen. Biru, der sich tatsächlich seltsamerweise an nichts von dem erinnern konnte, was er auf dem Elefantenfriedhof gesagt hatte, kauerte in seinem Nackenfell; und hinter ihnen ging Senjata, der die Nachhut bildete und sich stets wachsam umblickte. So hatten sie den Bambuswald durchquert, der sich jenseits des Elefantenfriedhofs als schier endloses grünes Gewirr erstreckte, und waren dabei stets der aufgehenden Sonne entgegengegangen – bis der Wald schließlich endete, und sie in der Ferne die Berge des Donners erkennen konnten. Und inmitten der gezackten Linie, die den Horizont wie eine Reihe mörderischer Zähne aussehen ließ, entdeckten sie eine Säule aus Rauch, die sich einsam in den grauen Himmel wand.

»Seht, Meister!«, rief Tigerherz. »Der Atem des Drachen!«

»Das muss der Berg des Feuers sein.« Senjata nickte. »Hier beginnt das Tote Land.«

Sie überquerten die unsichtbare Grenze, und es dauerte nicht lange, da veränderte sich die Landschaft. Zwar gab es hier Bäume, jedoch waren sie nicht üppig grün wie im Dschungel, sondern karg und knorrig, so als hindere sie etwas daran zu wachsen. Nahrung zu finden war hier schwierig, nur durch Zufall gelang es Tigerherz und Senjata, einen Waran aus seinem Versteck zu treiben, dessen Fleisch gleich für mehrere Tage genügen musste. In einer geschützten, von Felsgestein und Geröll umgebenen Senke lagerten sie, und Senjata schärfte Tigerherz ein, sich ja gut auszuruhen. Denn keiner von ihnen wusste, wann sie wieder Schlaf oder auch nur etwas Ruhe bekommen würden.

Anderntags setzten sie ihren Marsch fort, und je näher sie dem Berg kamen, desto leiser schlichen sie, und desto mehr zogen sie die Köpfe zwischen die Schultern, so als würden sie jeden Augenblick mit einem Angriff rechnen ...

Aber nichts dergleichen geschah.

Dafür stieg der Boden immer weiter an, und die wenigen Büsche und Bäume verloren sich. Schwarze Erde kam zum Vorschein und unter ihr schwarzer Fels, dem ähnlich, den Tigerherz bei der

Höhle des Feuers gesehen und den der Zorn des Drachen hinterlassen hatte. Aber anders als dort hatte das schwarze Gestein hier nicht nur einfach eine Schneise in den Dschungel geschlagen, sondern bedeckte das gesamte Land – und zog sich sogar an den Hängen des Berges empor.

»Seht, Meister«, meinte Tigerherz, der stehen geblieben war und hinaufblickte. »Es sieht so aus, als seien schwarze Flüsse am Berg herabgeflossen und dann plötzlich erstarrt.«

»Wer weiß«, murmelte der Oberste Kendar in seine Barthaare, »vielleicht ist ja genau das passiert? Der Zorn des Großen Drachen auf die Takrambuti muss groß gewesen sein nach allem, was sie getan hatten.«

Tigerherz nickte.

Die Sache gefiel ihm nicht.

Auch wenn sich Biru nicht daran erinnern konnte – ihm waren die Worte Semangatas noch deutlich in Erinnerung. Die Entscheidung, so hatte das Dschungelorakel gesagt, werde auf dem Berg des Feuers fallen. Was genau hatten die Geister der Elefanten damit gemeint? Die Entscheidung worüber?

Semangata hatte außerdem gesagt, dass sich nicht nur Tigerherz' Schicksal auf dem Gipfel des Berges entscheiden werde, sondern das des gesamten Dschungels – und dass drei ihr Leben lassen müssten, oder alle würden sterben.

Was hatte das nun wieder zu bedeuten?

Ließ sich der Untergang nur so verhindern?

Wer waren die drei, von denen das Orakel gesprochen hatte – etwa Senjata, Biru und er? Und worin mochte die große Veränderung bestehen, von der Senjata gesprochen hatte …?

Unzählige Fragen quälten Tigerherz, und er hätte gerne mit Biru oder Senjata darüber geredet. Doch zum einen war es ihm verboten worden, und zum anderen war der Oberste Kendar seltsam verändert, seit sie einander im Nebel verloren hatten. So schwer es Tigerherz fiel, es sich einzugestehen – Senjata wirkte plötzlich alt und erschöpft. Er sprach nur noch wenig, und wenn er es doch tat, dann meist nur kurz und mit leiser Stimme.

Natürlich konnte es auch einfach die Strapaze sein, die ihm zusetzte – schließlich war der Marsch lang und kräftezehrend gewesen, und der Oberste Kendar war zwar nicht so alt wie Meister Kentao, aber auch nicht mehr der Jüngste. Doch Tigerherz hatte das Gefühl, dass etwas anderes der Grund für Senjatas seltsames Verhalten war.

Etwas schien den Anführer der Bayangai schwer zu belasten, seit er Tigerherz und Biru auf dem Elefantenfriedhof gefunden hatte, und Tigerherz fragte sich, was das sein mochte.

Mehrmals war er kurz davor, ihn zu fragen, aber er wagte es nicht aus Respekt – falls Senjata doch nur erschöpft war, wollte er ihn nicht in Verlegenheit bringen.

Alles, was Tigerherz tun konnte, war warten.

So lange, bis sie das Ziel ihrer Reise erreichten und das Rätsel sich womöglich von selbst klären würde …

»Bei Tagesanbruch steigen wir auf den Berg«, kündigte

Senjata an. »Tigerherz und ich werden allein gehen. Biru bleibt zurück.«

»Aber ich ...«, wollte der Gecko widersprechen, der aufgebracht auf Tigerherz' Kopf gewuselt war.

»Du bleibst«, sagte Senjata mit einer Stimme, die keinen Widerspruch duldete.

»Ist gut, geck-gecko«, gab Biru kleinlaut zurück.

»Falls wir nicht zurückkehren, wird der Rat einen zweiten Trupp entsenden«, kündigte Senjata an. »Dann musst du ihnen sagen, was passiert ist.«

»Verstanden.« Biru nickte, seine halbrunden Augen spähten furchtsam umher.

»Wieso sagt Ihr so etwas, Oberster Kendar?«, fragte Tigerherz. »Was genau fürchtet Ihr?«

»Ich weiß es nicht.« Senjata schüttelte den Kopf. »Aber Menganga hat von großer Gefahr gesprochen, die uns auf dem Berg erwartet. Also sollten wir darauf vorbereitet sein.«

»Ihr habt es gewusst, nicht wahr?«, fragte Biru leise. »Ihr habt gewusst, dass ich Tigerherz nicht allein gehen lassen und ihn begleiten würde. Deshalb habt Ihr nichts gesagt – Ihr hattet von Anfang an vor, mich hier zurückzulassen.«

Der Schwarze Panther trat auf ihn zu und reckte den Kopf vor, sodass seine Nasenspitze die des Geckos fast berührte. »Wie gut du mich kennst, mein kluger kleiner Freund«, sagte er dann so sanft, wie Tigerherz ihn selten zuvor hatte sprechen hören. »Und wie gut ich dich kenne.«

23

Der Wächter des Drachen

Der Aufstieg auf den Berg war beschwerlich.

Schon beim ersten Sonnenstrahl waren Tigerherz und Senjata aufgebrochen und hatten bereits zu Beginn des Tages ein gutes Stück Weg zurückgelegt. Doch je höher die Sonne am Himmel kletterte und je weiter die beiden hinaufgelangten, desto anstrengender wurde es.

Nicht nur, dass der schwarze Fels in der Sonne heiß wurde und ihre Pfoten bei jedem Schritt verbrannte, bisweilen stieg das

Gelände so steil an, dass sie ihre Krallen in das Gestein schlagen mussten, um nicht abzurutschen. Von Anfang an hatte Tigerherz sich vorgenommen, nicht zurückzusehen und nach unten zu blicken, aber irgendwann tat er es doch.

Und das war ein Fehler.

Denn als er das Tote Land weit unter sich erblickte, den Bambuswald und jenseits davon das dunkelgrüne Band des Dschungels, da wurde ihm erst klar, wie weit hinauf Senjata und er bereits gestiegen waren, wie steil der Fels unter ihnen abfiel – und wie einsam es hier oben war.

Von den Geräuschen des Waldes war längst nichts mehr zu hören, nur der Wind jaulte schaurig um die schwarzen Klüfte. Und hoch über ihnen kreiste ein Adler am Himmel und stieß hin und wieder kreischende Laute aus.

Tigerherz war in den Bergen aufgewachsen, im Gebiet der Weißen Zähne, wohin seine Mutter ihn nach seiner Geburt gebracht hatte, um ihn vor Eisenkralle zu verstecken. Doch diese Berge waren klein und unbedeutend gewesen im Vergleich zu den schwarzen Riesen des Donnergebirges, von denen der größte und mächtigste ausgerechnet der zu sein schien, auf den sie gerade kletterten.

Der Berg des Feuers ...

Als Tigerherz an dem schwarzen Fels emporblickte und die Rauchsäule sah, die aus dem Gipfel des Berges stieg, merkte er, wie sein Mut talwärts sank. Seine Entschlossenheit, mit der er auf der Insel der Bayangai verkündet hatte, das Geheimnis der eisernen Klaue ergründen zu wollen, kam ihm jetzt fast lächerlich vor. Er selbst kam sich lächerlich vor angesichts der schieren Größe dieses Berges, aus dem noch immer der jahrtausendealte Atem des Drachen drang.

Seine Glieder taten ihm weh, und er hatte das Gefühl, dass jede Faser in seinem Körper schmerzte. Dennoch zog er sich tapfer weiter empor ... auf den nächsten Vorsprung ... und den nächsten ... und den übernächsten.

Senjata, der trotz seines hohen Alters ein erstaunlich guter Kletterer war, war ein Stück vorausgestiegen. Auf einem Felsblock kauernd wartete er ab, bis Tigerherz zu ihm aufgeschlossen hatte.

»Spürst du es auch?«, fragte er ihn.

»Was meint Ihr, Meister?«

»Die Einsamkeit«, gab der Oberste Kendar leise zurück. »Die Verzweiflung.«

»Ihr ... könnt es auch fühlen?« Tigerherz war fast ein wenig erleichtert. »Ich dachte, nur mir würde es so gehen.«

»Es ist beinahe unmöglich, es nicht zu spüren – und es ist schwer, sich davor zu schützen. Du musst deinen Geist dafür wappnen, Tigerherz. Du darfst die Verzweiflung nicht in dein Inneres eindringen lassen, sonst wird sie von dir Besitz ergreifen und dich früher oder später töten.«

»Wie, Meister?«, fragte Tigerherz schaudernd.

Der Schwarze Panther bleckte die Zähne zu einem freudlosen Grinsen. »Verzweiflung kennt viele Arten zu töten. Am wahrscheinlichsten ist, dass du unaufmerksam wirst, danebengreifst und zu Tode stürzt. Oder du verlierst den Verstand, wie andere es wohl schon an diesem Ort getan haben.« Vorsichtig, fast furchtsam spähten seine grünen Augen umher. »Schreckliche Dinge müssen einst hier geschehen sein.«

Tigerherz nickte – er wusste nur zu gut, wovon Senjata sprach. »Der Berg, den ich in meiner Vision in der Höhle gesehen habe, sah genau wie dieser aus. Mit hohen Felswänden und dunklem Rauch, der zum Himmel quillt ...«

»War das der Berg, auf den die Takrambuti gestiegen sind?«

»Ja.« Tigerherz nickte. »Hier war es, wo sie ihre schrecklichen Waffen bekommen haben – dann sind sie mit ihnen ins Tal hinabgestiegen und haben Tod und Verderben über den Dschungel gebracht. Und schließlich auch über sich selbst.«

»Wie ich schon sagte – schreckliche Dinge«, erwiderte Senjata düster. »Es kommt mir vor, als könnte man die verzweifelten Schreie der kahlen Affen noch immer hören.«

Tigerherz lauschte unwillkürlich.

War da tatsächlich etwas?

Nein, wohl nur eine Täuschung.

Der Wind, der um die Felsen strich ...

»Dann hat hier alles angefangen«, folgerte er schaudernd.

»So ist es – und hier wird es enden«, prophezeite Senjata, und etwas an der Art, wie er es sagte, wollte Tigerherz nicht gefallen. Wie so oft seit der Begegnung mit dem Dschungelorakel fragte er sich, was hinter der dunklen Stirn des Schwarzen Panthers vorgehen mochte.

Inzwischen war es Nachmittag geworden. Nicht mehr lange, und es würde dämmern, und weder Tigerherz noch der Oberste Kendar wollten dann noch am ungeschützten Steilhang sein. Also hielten sie nach einer Unterkunft für die Nacht Ausschau. Oberhalb einer Felskante, die immerhin breit genug war, dass man darauf stehen konnte, entdeckten sie einen breiten Spalt im Fels.

Begierig darauf, sich endlich ein wenig auszuruhen, schlüpfte Tigerherz als Erster hinein, um die Höhle zu erkunden – und erlebte eine Überraschung.

Denn die Höhle war nicht nur ein schmaler Spalt, wie sie vermutet hatten, sondern verbreiterte sich schon nach wenigen Schritten und schien tiefer ins Innere des Berges zu führen. Und, was noch sonderbarer war, mit jedem Schritt, den Tigerherz machte, wurde es wärmer!

Er holte Senjata, und gemeinsam machten sie sich auf den Weg, um die Höhle zu erkunden, die sich immer noch weiter öffnete und tiefer in den Fels erstreckte. Und obwohl das Licht des Eingangs längst nicht mehr hereindrang, wurde es nicht dunkel. Stattdessen erfüllte ein orangerotes Leuchten das steinerne Gewölbe.

»Komischer Ort«, meinte Tigerherz und verzog das Gesicht – ein fieser Geruch stieg ihm in die Nase. »Es stinkt furchtbar. Und es ist warm, sehr warm ...«

»Es ist der Berg des Feuers«, entgegnete Senjata schlicht. »Und dieser Spalt dort im Fels ist vermutlich sehr viel mehr, nämlich der Eingang zum Inneren des Berges.«

»Ihr meint ...?«

»Das Orakel des Dschungels hat uns geführt«, war der Oberste Kendar überzeugt. »Wir haben das Ziel unserer Reise erreicht.«

»Und jetzt?« Tigerherz war verwirrt. Dieser Ort war anders, als er ihn sich vorgestellt hatte.

»Wir werden sehen«, entgegnete Senjata düster – und ein Gefühl sagte Tigerherz, dass der Schwarze Panther mehr wusste, als er ihm in diesem Augenblick sagen wollte.

Sie folgten dem Stollen noch tiefer in den Berg. Und nicht nur, dass die Hitze zunahm, es wurde auch immer heller. Allerdings war es nicht das klare Leuchten der Sonne, das die Höhle erleuchtete, sondern ein tiefroter Schein, der zwar Licht spendete, jedoch unheimlich und bedrohlich wirkte. Die Gewölbe, die sie durchquerten, waren düstere Orte mit Tropfsteinen, die bis zum Boden reichten und wie die Stoßzähne eines ausgewachsenen Elefanten wirkten; und immer wieder klafften Öffnungen im Boden, über denen die Luft flimmerte und aus denen sengende Hitze aufstieg.

Der Gang endete so plötzlich, wie er begonnen hatte: Von einem Moment zum anderen fanden Tigerherz und Senjata sich in einer gewaltigen Höhle wieder, von deren Decke riesige Tropfsteine hingen, jeder so dick wie die Säulen im Palast von Astana. Vor den Gefährten jedoch fiel der Boden senkrecht ab, und ein riesiger See breitete sich in der Tiefe unter ihnen aus. Ein See allerdings, der nicht gefüllt war mit Wasser, sondern mit etwas, das zäh war wie der trocknende Saft des Kautschukbaumes und fortwährend blubbernde Blasen schlug. Am verwunderlichsten war jedoch, dass die Masse in allen Orangetönen leuchtete – das also war die Quelle des seltsamen Lichts! Die Luft über dem Abgrund flimmerte, so groß war die Hitze, die von der leuchtenden Masse aufstieg.

»Was ... ist das?«, rief Tigerherz gegen das Brodeln und Blubbern, das aus der Tiefe heraufdrang.

»Das Blut des Drachen«, erwiderte Senjata, der wie gebannt hinabstarrte. »Einst, als der Zorn des Drachen überbordend wurde, überschwemmte es das ganze Land.«

Tigerherz nickte. Er konnte nicht behaupten, dass er wirklich verstanden hatte, aber wenigstens Senjata schien zu wissen, was es mit diesem Zeug auf sich hatte. Ab und zu, wenn sich besonders

große Blasen bildeten, zerplatzten sie und schleuderten flüssige Glut in die Höhe, die fast den Rand des Pfuhls erreichte. Über den Abgrund jedoch, quer durch die Höhle, führte eine Brücke: ein schmaler Steg aus Felsgestein, gerade breit genug, dass man ihn passieren konnte – vorausgesetzt, man verlor nicht das Gleichgewicht und stürzte in die Tiefe. Die Brücke führte zu einer Art Insel, die sich inmitten des brodelnden Sees erhob – einem großen Felsen, an dessen glatter Wand der Eingang einer Höhle klaffte …

»Was dort drüben wohl sein mag?«, fragte Tigerherz.

»Wir werden es herausfinden«, versicherte Senjata und setze schon die erste Pfote auf die Brücke.

»Bitte, Oberster Kendar«, sagte Tigerherz, »lasst mich vorausgehen.«

»Warum?« Die grünen Augen funkelten ihn fragend an. »Willst du unbedingt zuerst auf der anderen Seite sein?«

»Nein«, versicherte Tigerherz schnell. Weshalb reagierte Senjata so misstrauisch?

»Warum dann?«

»Weil ich nur ein Pelajar bin, der seine Prüfung abgelegt hat, Ihr hingegen seid der Anführer der Bayangai. Wenn Euch etwas zustößt …«

»Du bist sehr viel mehr als das«, fiel der Panther ihm barsch ins Wort, und noch ehe Tigerherz widersprechen konnte, war Senjata schon auf die schmale Brücke hinausgegangen und balancierte mit raschen Schritten darüber hinweg.

Tigerherz folgte ihm.

Sehr wohl war ihm nicht dabei. Wenn man darauf stand, war die Brücke noch sehr viel schmäler, als es den Anschein hatte, und zu beiden Seiten war nichts als Tiefe, aus der entsetzliche Hitze stieg. Was geschah, wenn die Brücke einstürzte oder er das Gleichgewicht verlor, darüber wollte Tigerherz gar nicht nachdenken. Stattdessen konzentrierte er sich darauf, eine Pfote vor die andere zu setzen und Senjata zu folgen.

Die andere Seite kam näher.

Noch zehn Schwanzlängen, noch acht ...

Tigerherz wollte schon aufatmen, als etwas Unerwartetes geschah: Aus dem dunklen Höhleneingang, der auf der anderen Seite des Abgrunds klaffte, trat eine Gestalt!

Tigerherz erschrak bis ins Mark.

Seine Reflexe übernahmen die Kontrolle: Unwillkürlich duckte er sich und fletschte die Zähne, zog den Kopf ein und legte die Ohren an – und das alles, noch während er auf dem schmalen Steg balancierte! Schon merkte er, wie er das Gleichgewicht verlor – und reagierte blitzschnell. Mit den Hinterläufen katapultierte er sich vor, nahm die letzte Distanz im Sprung und landete geschmeidig neben Senjata, der die andere Seite bereits erreicht hatte. Anders als Tigerherz hatte er jedoch keine Verteidigungshaltung eingenommen. Stattdessen stand er aufrecht und erhobenen Hauptes da, mehr neugierig als vorsichtig, und blickte der Gestalt entgegen.

Sie ging aufrecht auf zwei Beinen und überragte die beiden Raubkatzen damit weit. Tigerherz' Schwanzspitze bebte. Für einen Moment glaubte er schon, es mit einem der Takrambuti zu tun zu haben – doch der Fremde war nicht etwa kahl, sondern hatte zottiges rotes Fell, das im feurigen Schein aus der Tiefe beinahe selbst zu glühen schien.

Seine Beine waren lang und gebogen, die Arme so lang, dass sie fast bis zum Boden reichten. Das Gesicht des Fremden war dunkel, fast schwarz, und von dicken Wülsten umgeben, sodass sein Haupt geradezu riesig wirkte, und ein hellroter Bart hing von der Unterlippe herab; am meisten beeindruckten Tigerherz jedoch die Augen des Wesens, die nicht weniger rot waren als sein Fell und ebenfalls zu leuchten schienen. Allerdings sahen sie nicht bedrohlich aus. Vielmehr schien die Erfahrung eines langen Lebens aus ihnen zu sprechen ...

»Wer bist du?«, fragte Senjata ihn.

»Ich bin Tukang«, erwiderte der andere mit einer Stimme, die alt und müde klang. »Ich bin der Wächter des Drachen.«

Tigerherz befragte seine Tigersinne, aber sie gaben ihm keine andere Auskunft als das, was er sah. Der rote Affe schien sehr alt zu sein. Und er wirkte kaum überrascht darüber, Besuch zu erhalten ...

»Wir haben Fragen«, stellte Senjata klar, der sich nicht mit Geplänkel aufhielt. »Und wir wollen Antworten.«

»Ich weiß«, entgegnete Tukang mit weisem Nicken und wandte sich um. »Folgt mir, Fremde, in den Berg des Drachen. Dann werdet ihr Antworten bekommen.«

24

Kalt erwischt!

»Das ist nicht gut, geck-gecko. Überhaupt nicht gut ...«

Wie Senjata es ihm aufgetragen hatte, war Biru am Fuß des Berges zurückgeblieben. Und ihm war alles andere als wohl in seiner türkisfarbenen orange gesprenkelten Schuppenhaut ...

»Hätte ich sie doch nur nicht allein ziehen lassen, geck-gecko«, schimpfte er sich immerzu selbst, während er ruhelos über einen schwarzen Felsen wuselte, der den Tag über von der Sonne aufgeheizt worden war. Inzwischen dämmerte es, aber von dem Gestein ging noch immer eine wohlige Wärme aus. »Was sollen die beiden ohne mich denn anstellen?«

Der Gecko wusste selbst, dass das ein bisschen übertrieben war, aber immerhin hatte es eine Zeit gegeben, da er königlicher Berater im Palast von Astana gewesen war – und jetzt? Man hatte ihn am Wegesrand liegen gelassen wie ein Stück Ballast, ohne jeden Sinn und Nutzen …

Nein, auch das stimmte eigentlich nicht.

Biru hatte die Notwendigkeit, dass einer zurückbleiben und die Bayangai im Notfall informieren musste, durchaus eingesehen. Aber warum war die Wahl auf ihn gefallen? Hätte es nicht auch Senjata sein können? Oder Tigerherz?

Nein, gestand er sich ein.

Senjata war der Oberste Kendar der Schattenkrieger und Tigerherz der Sohn von König Eisfell und damit der rechtmäßige Erbe des Dschungelthrons … Ein ehemaliger königlicher Berater zu sein bedeutete da nicht allzu viel. Ganz abgesehen davon, dass er es an Stärke und Schnelligkeit weder mit einem Tiger noch mit einem Schwarzen Panther aufnehmen konnte. Also war ziemlich klar gewesen, wer am Fuß des Berges bleiben und auf die Rückkehr der anderen warten würde.

Die Sache war nur die, dass das Warten Biru alles andere als leichtfiel. Und nicht etwa, weil ihm langweilig gewesen wäre, sondern weil er sich fortwährend Sorgen machte.

Schreckliche Sorgen, die in Gestalt grässlicher Bilder aus

seinem Inneren emporstiegen und ihm immerzu vor Augen standen: Bilder von Tigerherz und Senjata, wie sie auf dem Berg in Gefahr gerieten, wie Ungeheuer über sie herfielen, die so grausam und blutrünstig waren, dass es auch nichts mehr half, ein Schattenkrieger zu sein. In seiner Vision hatte Tigerherz die Takrambuti gesehen – was, wenn sich dort oben noch immer weiße Affen herumtrieben? Oder womöglich noch Schlimmeres?

Biru brauchte nur an den steil ansteigenden rabenschwarzen Felswänden hochzublicken, um zu erahnen, dass dort oben alles möglich war. Eine dunkle Bedrohung ging von dem Berg aus, von dem Rauch, der von ihm aufstieg, ganz zu schweigen. Irrte Biru sich, oder hatte sich der Rauch noch verstärkt? Qualmte der Berg noch mehr als zuvor, seit Tigerherz und Senjata losgezogen waren?

»Nein, das muss ein Irrtum sein, geck-gecko«, redete sich der kleine Berater ein, und einmal mehr ging ihm auf, wie gerne er Tigerherz hatte.

Schon in dem Augenblick, da er in jener grässlichen Sturmnacht zur Welt gekommen war, hatte der kleine Raja sein Herz gewonnen. Dass es zugleich auch die Nacht sein würde, in der Eisenkralle und seine Mordbande den Palast überfallen und König Eisfell töten würden, hatte da noch niemand wissen können. Es war Tigerherz' Bestimmung gewesen, als Erbe seines Vaters den Thron von Astana zu besteigen und ebenso weise und gütig zu herrschen wie dieser. Dass es nicht dazu gekommen war, war einzig und allein Eisenkralles Schuld.

»Eisenkralle, dieser geck-geck–gemeine Kerl, der seither im Dschungel Angst und Schrecken verbreitet«, murmelte Biru vor sich hin, um sich selbst ein wenig zu beruhigen. »Sie müssen sein Geheimnis ergründen und ihm seine Waffe wegnehmen, geckgecko. Ich kann nur hoffen, dass der Große Drache ...«

»Sprichst du oft mit dir selbst?«

Biru sog vor Schreck so viel Luft ein, dass es für einen Moment so aussah, als wollte das kleine Kerlchen platzen. Seine lange Zunge flatterte, seine Augen drohten aus ihren Höhlen zu plumpsen – nicht nur, weil er fürchterlich erschrak, als ihn aus dem Halbdunkel plötzlich eine Stimme ansprach. Sondern auch, weil er die Stimme sofort erkannte ...

»Ki...Ki...Ki...«, ächzte er, während er entsetzt auf die große Gestalt starrte, die lautlos aus den Schatten getreten war. »Ki... Ki...Ki...«

»Kipas«, half der andere aus. »Sag bloß, du kennst meinen Namen nicht mehr, du kleiner Quälgeist? Weil ich nämlich noch ziemlich genau weiß, wer du bist, Biru Neunmalklug.«

Biru war zu keiner Erwiderung fähig.

Von seinem warmen Felsen aus starrte er an dem Tiger empor, der sich vor ihm aus dem Halbdunkel schälte. Bernsteinfarbene Augen, feuerfarbenes Fell – es war Kipas, ganz zweifellos. Aber wie kam er hierher?

Birus kleines Gehirn suchte fieberhaft nach einer Antwort, fand aber keine. Dafür merkte er plötzlich, wie etwas ihn am Schwanz packte und ihn gegen seinen Willen hochhob.

Kopfüber baumelnd, schrie er panisch um Hilfe, während er zu begreifen suchte, was geschehen war.

Die Antwort bekam er, als ein blöde dreinsehendes Affengesicht in seinem Blickfeld erschien.

General Pedang.

Der Anführer von Eisenkralles Armee …

»Hallo, kleine Echse«, meinte der Affe und entblößte seine riesigen, Furcht einflößenden Schneidezähne. »Was soll ich mit ihm machen, junger Herr? Ich könnte ihm den Kopf abbeißen.«

»Ich weiß, dass du das könntest«, versicherte Kipas und trat näher. Biru hatte beinahe vergessen, wie hochmütig und selbstgefällig Kahayas missratener Bruder dreinblicken konnte. »Doch wenn ihm jemand den Kopf abbeißen sollte, dann werde ich das sein«, stellte er klar und bedachte Biru mit einem vernichtenden Blick. »Schließlich habe ich es ihm zu verdanken, dass ich aus den Reihen der Schattenkrieger verstoßen wurde. Ihm und seinem losen Mundwerk.«

»Von wegen!«, protestierte Biru lautstark. Zwar zitterte er am ganzen Körper vor Angst, aber das wollte er sich nicht gefallen lassen. »Das hast du dir ganz allein zuzuschreiben. Nicht ich habe die Bayangai verraten, sondern du.«

»Ich hatte meine Gründe«, versicherte Kipas gelassen, »und ich habe sie noch – aber du? Was hast du hier zu suchen?«

»Wo der Kurze ist, ist dieser elende Tigerherz meist auch nicht weit«, überlegte Pedang mit für seine Verhältnisse messerscharfer Logik.

»Das ist wahr«, pflichtete Kipas bei und nahm Witterung auf. Er roch nicht nur Spuren von Tigerherz, sondern auch einen anderen alten Bekannten, mit dem er ebenfalls noch eine Rechnung offen hatte …

»Senjata«, knurrte er. »Was hat denn der alte Schwätzer hier zu suchen? Ausgerechnet hier ...«

»Das könnten wir dich auch fragen«, versicherte Biru, noch immer kopfüber hängend und hin und her baumelnd.

»Ich bin hier, um mir meine eigene Klaue zu beschaffen«, entgegnete Kipas ohne Zögern, »genau so eine, wie Eisenkralle sie hat – und ich nehme an, dass Tigerherz und der Oberste Kendar aus demselben Grund hier sind, nicht wahr? Ich weiß nicht, wie es ihnen gelingen konnte, diesen Ort zu finden, da er nur wenigen bekannt ist – aber eines weiß ich gewiss.«

»U...und das wäre?«

Kipas fletschte die Zähne, und der Blick seiner braungelben Augen wurde so kalt und unbarmherzig, dass Biru vor Angst erstarrte. »Dass keiner von euch ihn je wieder verlassen wird«, sagte er düster voraus.

25

Tukang

Sie folgten Tukang – hinein ins von Feuerschein beleuchtete Herz des Drachenberges.

Tigerherz war wie benommen. Nicht nur, weil dieser Ort beklemmend war und er sich nach dem grünen Dschungel sehnte. Sondern vor allem wegen der großen Hitze und der Dämpfe, die die Gewölbe durchzogen. Dass man hier, anders als in der Höhle des Feuers, nicht völlig benebelt war, lag vermutlich nur daran, dass die Stollen und Gewölbe größer waren und besser durchlüftet.

Doch irgendwie schienen der Berg des Drachen und die Höhle des Feuers zusammenzuhängen, so als ob die Ströme aus leuchtendem Drachenblut beide Orte miteinander verbanden, tief unter der Erde ...

»Wohin führst du uns?«, wollte Tigerherz wissen.

»Dorthin, wo es Antworten gibt«, entgegnete Tukang – und einmal mehr hatte Tigerherz den Eindruck, als hätte der Affe mit dem Feuerfell nur auf sie gewartet.

Ihm kam der Verdacht, Tukang könnte sie hintergehen und in eine Falle führen. Tigerherz warf Senjata einen fragenden Blick zu, doch dieser schüttelte nur den Kopf. Entweder er vertraute Tukang aus irgendeinem Grund, oder die Neugier des Obersten Kendar war sehr viel größer als seine Vorsicht. Wieder fiel Tigerherz auf, dass sich Senjata verändert hatte. Er wirkte verschlossen und nach innen gekehrt – was ging nur in ihm vor?

Tigerherz beschloss, für sie beide auf der Hut zu sein. Unwillkürlich musste er an zu Hause denken, an die Insel der Bayangai und seine Freunde, an Luku und Makan – und natürlich an Kahaya. Und er ertappte sich bei dem Gedanken, dass er sie am liebsten an seiner Seite gehabt hätte ...

Kurz darauf erreichten sie eine weitere Höhle, vor der Tukang stehen blieb. Die uralten Augen des Feueraffen sahen sie auffordernd an. »Dort drin ist, was ihr sucht«, versicherte er und deutete hinein.

»Woher weißt du, was wir suchen?«, wollte Tigerherz wissen.

»Weil es nur eine Frage der Zeit war, bis jemand deswegen kommen würde«, erwiderte Tukang, und es klang unsagbar traurig. »Also geht hinein und seht, was zu sehen ihr begehrt.«

»Das werden wir«, versicherte Tigerherz, als Senjata schon weitergehen wollte. »Aber du zuerst.«

»Wie du willst.«

Der Affe nickte und ging voran.

Der Durchgang war schmal und völlig gleichmäßig, so wie die Pforten in den Gewölben, die die Takrambuti gebaut hatten. Vielleicht, dachte Tigerherz, hatten sie ja auch diesen Fels geformt. Der Raum, in den sie gelangten, war kreisrund, mit Nischen in den Wänden. Und in jeder dieser Nischen stand ein Skelett. Knochen wie diese hatte Tigerherz allerdings noch nie zuvor gesehen – sie waren dünn und wirkten zerbrechlich, auch deshalb, weil sie aufrecht auf zwei dürren Hinterläufen standen.

»Sind das ...?«, wollte Tigerherz in Erinnerung an seine Vision fragen.

»Takrambuti, ganz recht«, stimmte Tukang zu.

»Es hat sie also wirklich gegeben.«

»Natürlich – und dies waren ihre Könige.«

»Interessant«, flüsterte Senjata, der die Nischen nacheinander in Augenschein nahm, sich jedoch sehr viel mehr für das zu interessieren schien, was die Skelette der Takrambuti in ihren Knochenhänden hielten und was zwischen den Nischen an der kahlen Felswand lehnte.

Dutzendfach.

Hundertfach.

Es waren Klingen.

Klauen aus Metall, manche an langen Schäften, andere ganz kurz, aber jede davon sah genauso mörderisch und tödlich aus wie die von Eisenkralle.

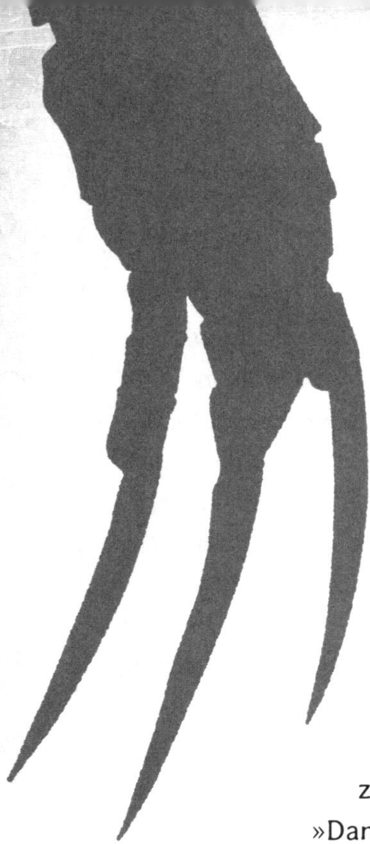

»Das also ist das Geheimnis des Feuerberges«, stellte er flüsternd fest. »Die kahlen Affen haben ihre Waffen mit ins Grab genommen.«

»Sehr wohl«, sagte Tukang nur, »die eisernen Klauen haben sie schließlich auch dort hingebracht.«

»Du kennst die Geschichte der Takrambuti?«

»Das will ich meinen.« Trotz seines Alters richtete der Feueraffe sich auf und warf sich in die Brust. »So wie sie mein Vater vor mir kannte und dessen Vater vor ihm. Von Generation zu Generation wurde ihre Geschichte weitergegeben, von Wächter zu Wächter ...«

»Dann weißt du auch, wie die Takrambuti untergegangen sind?«

»Sie töteten und mordeten ihresgleichen, bis der Große Drache mit ihnen die Geduld verlor und ihnen sein Feuer schickte. Das war ihr Ende. Bis auf die wenigen Ruinen, die es noch im Dschungel gibt, ist dies alles, was von ihnen geblieben ist. Und es ist die Aufgabe der Wächter des Berges, es zu hüten. Denn die Klauen aus Eisen sind gefährlich ...«

»Das wissen wir«, versicherte Tigerherz.

»Ist dir der Name Eisenkralle ein Begriff?«, fragte Senjata.

»Gewiss.« Tukang nickte – und wirkte einmal mehr furchtbar traurig. »Eisenkralle – oder Gelbauge, wie er früher hieß.«

»Gelbauge?« Tigerherz horchte auf.

»Damals, vor vielen Jahren, stieß ich im Toten Land auf einen jungen Tiger«, berichtete Tukang. »Er war erschöpft und ausgehungert und hätte mich wohl getötet, hätte ich nicht eine dieser Klingen bei mir getragen. Ich gebrauchte sie, wie mein Vater es mich gelehrt hatte und wie es einst die Takrambuti taten, und verletzte den Tiger. Doch weil er mir leidtat, versorgte ich seine Wunden und pflegte ihn wieder gesund. Aus Dankbarkeit, wie er sagte, schonte er mein Leben – in Wahrheit ging es ihm um etwas ganz anderes ...«

»Die eiserne Klaue«, riet Tigerherz.

Tukang nickte und seufzte tief. »Er war wie besessen von dem Gedanken, eine solche Klaue zu besitzen. Als ich ihm seine Bitte verweigerte, wurde er böse und schwor, Jagd auf meinesgleichen zu machen – und ihr müsst wissen, dass es ohnehin nicht mehr viele von meiner Art gibt.«

Tigerherz nickte – er war weit herumgekommen, doch einen Feueraffen hatte er noch nie zuvor gesehen ...

»Also erfüllte ich ihm seinen Wunsch und fertigte ihm eine eiserne Kralle, nach der er sich einen neuen Namen gab.«

»Wie?«, wollte Senjata wissen. »Die Klaue ist ein Teil von ihm, wie hast du sie ihm gegeben?«

»Meine Vorväter hatten herausgefunden, dass sich das Eisen verformt, wenn man es in das glühende Drachenblut taucht«, erklärte Tukang. »Denn das Drachenblut ist nichts anderes als flüssiges Gestein. Die Takrambuti nannten es ‚Lava'.«

»Lava«, echote Tigerherz ehrfürchtig.

»Und so ist Eisenkralle zu seiner Klaue gekommen?«

»Ja«, bestätigte Tukang, »unter großem Schmerz ... Dann verließ er den Berg des Feuers wieder, und ich hoffte, er würde nie zurückkehren.«

»Aber das war nicht der Fall, nicht wahr?«, fuhr Tigerherz fort. »Er ist zurückgekehrt, vor gar nicht langer Zeit. Und du hast ihm eine neue Klaue gemacht – diesmal sogar eine mit drei Klingen.«

»Woher weißt du das?«

»Weil wir gegen ihn gekämpft haben«, antwortete Senjata an Tigerherz' Stelle. Das Leuchten der Glut schien sich in seinen grünen Augen widerzuspiegeln. »Deshalb sind wir hier.«

»Wer seid ihr?«, wollte Tukang wissen.

»Wir sind Schattenkrieger«, erwiderte Tigerherz und hob stolz das Haupt. »Dies ist Senjata, der Oberste Kendar der Bayangai. Und ich bin Tigerherz.«

»Tigerherz ...«, echote Tukang. In seinen alten Augen flackerte es.

»Du kennst meinen Namen?«

»Allerdings ... Eisenkralle sprach von dir, und ich konnte sehen, dass er dich fürchtet. Er sagte, dass du sein erbitterter Feind wärst und die Herrschaft über den Dschungel an dich reißen wolltest. Er will dich töten ...«

»Alles richtig«, bestätigte Tigerherz grimmig. »Bis auf die Kleinigkeit, dass er derjenige ist, der die Herrschaft über den Dschungel an sich gerissen hat ...«

»Tigerherz ist der Sohn von König Eisfell und damit der rechtmäßige Herrscher von Astana«, fügte Senjata erklärend hinzu. »Eisenkralle hat seinen Vater getötet und den Dschungelthron bestiegen – und das konnte er nur, weil du ihm die Macht dazu gegeben hast. Eisenkralles Klaue ist weithin gefürchtet. Mit ihrer Hilfe hat er eine wahre Schreckensherrschaft im Dschungel errichtet!«

Tukang sah ihn an.

Weisheit spiegelte sich in den Augen des alten Feueraffen. Wissen, an dem er schwer zu tragen schien ... »Ich habe es befürchtet«, gestand er leise. »Es tut mir leid ...«

»Zu spät«, knurrte der Panther. »Eisenkralle hätte die Klaue niemals bekommen dürfen.«

»Ich gebe dir recht«, stimmte Tukang zu und senkte traurig das Haupt. »Doch ich hatte keine andere Wahl.«

»Man hat immer eine Wahl«, widersprach Senjata so unbarmherzig, dass es Tigerherz wehtat.

»Aber Meister«, wandte er ein. »Tukang hat nicht aus Bosheit gehandelt, sondern weil er sein Volk retten wollte.«

»Ich weiß«, versicherte der Oberste Kendar und streckte sich. »Doch rechtfertigt das nicht, was geschehen ist. Deinetwegen ist großes Unglück über den Dschungel hereingebrochen, Tukang – doch wir sind hier, um dir die Möglichkeit zu geben, dein Vergehen von einst wiedergutzumachen.«

»Wie?«, fragte Tukang leise.

»Indem du uns dieselben Waffen gibst, die du auch Eisenkralle gegeben hast.«

»Was?!« Tigerherz glaubte, nicht recht zu hören.

»Wenn wir Eisenkralle vernichten wollen, ist das unsere einzige Chance«, verkündete der Schwarze Panther mit kalter Entschlossenheit.

»Nein, Meister«, widersprach Tigerherz. »Deswegen sind wir nicht hergekommen!«

»Wozu dann?«, fragte Senjata ihn.

»Wir wollten das Geheimnis um die Herkunft der Eisenkralle entschlüsseln und dafür sorgen, dass es uns nicht genauso ergeht wie einst den Takrambuti. Wir müssen die eisernen Klauen zerstören!«

»Und damit jede Möglichkeit aus der Hand geben, uns gegen Eisenkralle und seine Affenhorde zu wehren?«, fragte der Schwarze Panther dagegen. »Sieh mich an, Tigerherz – ich bin nicht mehr der Kämpfer, der ich einst war, und vielen von uns geht es genauso. Die Kämpfe der Vergangenheit haben die Bayangai geschwächt – was wird geschehen, wenn Eisenkralle und die Makaken die Insel angreifen? Hast du daran schon gedacht?«

»Dann werden wir sie abwehren«, erwiderte Tigerherz grimmig, »mit allem, was wir haben!«

»Viele tapfere Bayangai werden dabei ihr Leben lassen«, sagte Senjata voraus. »Und was, wenn ein zweiter Angriff folgt? Und ein dritter? Makaken gibt es wie Sand am Ufer des Großen Wassers, Tigerherz – wir hingegen werden immer weniger.«

»Und wenn Eisenkralle seine Untergebenen dann ebenfalls mit eisernen Klauen ausrüstet, was dann?«, fragte Tigerherz dagegen. »Sollen wir so enden wie die Takrambuti und uns gegenseitig umbringen, bis keiner von uns mehr übrig ist?«, fragte Tigerherz.

»Du redest über Dinge, von denen du nichts verstehst. Du warst nicht dabei, damals in Astana, als die Mörder kamen und deinen Vater getötet haben!«

»Doch«, widersprach Tigerherz, »ich war dabei – und ich habe diese Nacht überlebt, weil Biru und meine Mutter nicht ans Kämpfen und Töten dachten, sondern mich gerettet haben!«

Er war lauter geworden, als er beabsichtigt hatte, seine Stimme überschlug sich beinahe. Er konnte einfach nicht glauben, was er da hörte!

Ausgerechnet Senjata, der Oberste Kendar und weiseste aller Bayangai, wollte jetzt plötzlich Gebrauch von diesen mörderischen Waffen machen?

»Es ist längst beschlossen«, entgegnete der Schwarze Panther, der das Haupt gesenkt hatte und sich frontal auf ihn zubewegte. Die grünen Augen taxierten ihn nicht wie einen Freund, sondern wie einen Feind. »Es war schon beschlossen, als wir die Insel verließen.«

»Davon habt Ihr nichts gesagt.«

»Manche Dinge«, beschied ihm der Oberste Kendar, »müssen allein entschieden werden. Das war schon immer so und wird auch so bleiben.«

»Verstehe«, knurrte Tigerherz. »Deswegen wolltet Ihr mich unbedingt begleiten. Und deshalb musste Kahaya zurückbleiben. Und Biru auch ...«

»Ich hatte gehofft, dass du vernünftig sein und die Notwendigkeit dieses Schrittes begreifen würdest – gerade du, der du beide Eltern durch Eisenkralle verloren hast.«

»Das ist wahr«, räumte Tigerherz ein, »und deshalb weiß ich besser als jeder andere, was diese Waffen anrichten. Wir dürfen nicht denselben Fehler machen, den Eisenkralle begangen hat, und wie die Takrambuti werden. Wir sind nicht wie sie!«

»Tut mir leid, wenn du das so siehst, Tigerherz«, sagte Senjata voller Bedauern. »Leider fehlt mir die Zeit, dich vom Gegenteil zu überzeugen.« Der Schwarze Panther kam noch näher. Die Ohren hatte er angelegt und den Kopf vorgereckt, die Krallen ausgefahren.

»Meister«, erwiderte Tigerherz, der langsam zurückwich. »Ich will nicht, dass wir kämpfen ...«

»Das will ich auch nicht. Aber manchmal sind wir gezwungen, Dinge gegen unseren Willen zu tun.«

Tigerherz wich weiter zurück.

Sein Schwanz peitschte aufgeregt, Blut pulsierte mit lautem Rauschen durch seine Adern, während er verzweifelt nach einem Ausweg suchte. Was sollte er nur tun? Was, beim Großen Drachen, war nur in Senjata gefahren? Lag es womöglich an den giftigen Dämpfen, die die Höhlen durchzogen?

Nein – Senjata hatte schon zuvor begonnen, sich zu verändern. Vermutlich, sagte sich Tigerherz, hatte er das alles von Anfang an geplant. Wie sollte Tigerherz ihn von seinem Irrweg abbringen?

Sein Blick ging zu Tukarg. Der große Affe hatte sich zum Eingang der Grabkammer zurückgezogen. Ein steinerner Hebel ragte dort aus der Wand. Tigerherz kannte den Zweck dieser Vorrichtung nicht, aber sie schien noch von den Takrambuti zu stammen. Und wenn Tigerherz etwas gelernt hatte, dann, dass der Takrambuti nicht zu trauen war ...

Plötzlich kam ihm ein Gedanke.

»Menganga!«, rief er laut.

»Was?«, fragte Senjata unwirsch.

»Das Krokodil! Es sagte, dass wir am Ziel unserer Reise der größten von allen Gefahren begegnen würden ... was, wenn sie das hier gemeint hat?«

»Was meinst du?«, knurrte der Panther. »Ich sehe weit und breit keine Gefahr ...«

»Die Versuchung«, erklärte Tigerherz. »Die Waffen der Takrambuti stellen eine gewaltige Macht dar. Sie zu benutzen, um Eisenkralle zu besiegen und die Ordnung im Dschungel wiederherzustellen, ist ein verlockender Gedanke ...«

»Nicht nur ein Gedanke«, versicherte Senjata. »Schon bald Wirklichkeit.«

»Das werde ich nicht zulassen«, erklärte Tigerherz entschieden. »Menganga hat auch gesagt, dass denjenigen, der nach der eisernen Klaue greift, Tod und Untergang erwarten wird, wisst Ihr noch? Was, wenn Ihr damit gemeint wart?«

»Geh mir aus dem Weg, Schüler!«

Der Befehl kam mit derartiger Eindringlichkeit, dass alles in Tigerherz ihm gehorchen wollte – aber er überwand sich dazu, es nicht zu tun. Auch wenn es ihn allen Mut kostete.

»Nein, Meister«, erklärte er mit fester Stimme.

»Wie du willst«, knurrte Senjata, fletschte die Zähne – und hätte Tigerherz wohl im nächsten Moment angesprungen, wäre in diesem Moment nicht ein weiterer Tiger im Eingang der Grabkammer aufgetaucht.

Tigerherz traute seinen Augen nicht.

Es war Kipas.

Und er hatte Biru im Maul.

26

Im Herz der Finsternis

»Mhm.«

Es sollte wohl ein knapper Gruß sein, den Kipas hervorstieß – wegen Biru, den er quer im Maul hatte, kam nicht mehr dabei heraus. Seine hämische Stimme erkannte Tigerherz dennoch gleich wieder – und er konnte nicht behaupten, dass er sie vermisst hatte ...

»Kipas!«

Damit er sprechen konnte, spuckte Kipas Biru kurzerhand auf den Boden. Erleichtert erkannte Tigerherz, dass sein kleiner

Freund noch lebte. Als Biru jedoch über den Fels davonwuseln wollte, sauste Kipas' Vorderpranke nieder und hielt ihn fest, sodass er nicht entfliehen konnte.

»Sehr scharfsinnig«, tönte er dazu. »Da sehen wir uns zum ersten Mal nach so langer Zeit wieder, und das ist alles, was dir einfällt?«

»Lass Biru los, sofort!«, verlangte Tigerherz – nein, er konnte wirklich nicht behaupten, dass er die hämische, herablassende Art von Kipas vermisst hatte.

Aber das allein war nicht der Grund für seine Wut. Kipas hatte sich damals sein Vertrauen erschlichen. Er hatte behauptet, sein Freund zu sein, und Tigerherz hatte ihm geglaubt – und das schmerzte noch immer ...

»Lasst euch nicht stören«, sagte Kipas höhnisch. »Ihr wart gerade so schön dabei, euch zu streiten. Und ihr wisst ja, wie es heißt – wenn zwei sich streiten ...«

»... wirst auf gar keinen Fall du es sein, der sich freut«, fiel Senjata ihm knurrend ins Wort. »Was willst du hier?«

»Dasselbe könnte ich euch fragen«, knurrte Kipas dagegen. »Ratet mal, wie überrascht ich war, als mir der Wind den Geruch dieses kleinen Scheusals hier in die Nase trug.«

»Lass Biru in Frieden«, warnte Tigerherz mit Blick auf den kleinen Gecko, der erfolglos versuchte, sich aus Kipas' Griff zu befreien. Die Blicke, die er Tigerherz dabei zuwarf, waren ängstlich und flehend. »Oder ich werde ...«

»Oder du wirst was?«, blaffte Kipas ihn an. »Willst du mir wirklich drohen, Sohn des großen Eisfell? Das wäre nicht besonders gut für deinen kleinen Freund.«

Um zu verdeutlichen, was er meinte, verstärkte er den Druck seiner Pranke. Birus ohnehin schon weit vorstehenden Augen wurden noch größer und runder.

»Schon gut!«, wehrte Tigerherz ab. »Ich hab's kapiert, also hör schon auf damit!«

»Was willst du hier?«, fragte Senjata noch einmal. Das Schicksal des kleinen Geckos schien ihn nur am Rande zu interessieren.

»Dasselbe, das ihr auch wollt, nehme ich an.«

»Hat Eisenkralle dich geschickt?«

»Wäre ich sonst hier?«, fragte Kipas dagegen. In seinem von gezackten Streifen umrahmten Gesicht zuckte es listig – und das hätte Tigerherz warnen müssen ...

»Also ist es wahr«, folgerte Senjata unbeeindruckt. »Eisenkralle will auch dich mit einer Klaue bewaffnen. Und danach womöglich sein ganzes Heer.«

»Womöglich«, gab Kipas zu.

»Aber daraus wird nichts«, gab der Oberste Kendar bekannt. Das Lodern in seinen Augen war nicht weniger geworden, im Gegenteil ... »Tigerherz und ich sind dir zuvorgekommen. Nicht ihr werdet es sein, die sich mit eisernen Klauen bewaffnen, sondern wir!«

»Und dann?«, fragte Tigerherz dazwischen. »Meister, seht Ihr denn nicht, wohin das führen wird?«

»Zur Freiheit«, war Senjata überzeugt.

»Nein, in den Untergang, genau wie bei den Takrambuti! Vielleicht dachten auch sie einst daran, für eine gerechte Sache einzutreten, aber am Ende haben sie sich nur gegenseitig vernichtet!«

»Guter Punkt«, gestand Kipas höhnisch zu. »Ich bin dafür, dass ihr das erstmal untereinander ausdiskutiert.«

»Damit du dann leichtes Spiel mit uns hast?«, fragte Tigerherz wütend. »Schlag dir das aus dem Kopf!«

»Und da ist er wieder, der gute alte Tigerherz, der Sohn von König Eisfell, der immer alles besser weiß.« Kipas schüttelte mitleidig das Haupt, während er den Rücken durchstreckte und mit dem Schwanz peitschte. Vorsicht war geboten. »Dabei müsstest du inzwischen erkannt haben, dass ihr nichts, aber auch gar nichts tun könnt, um mich aufzuhalten. Denn sonst wird es deinem kleinen Freund hier schlecht ergehen ...«

Tigerherz sah auf Biru, der sich im Griff des Tigers wand. So ungern er es zugab – Kipas hatte recht: Solange Biru sich in seiner Gewalt befand, konnten sie ihm nichts, aber auch gar nichts anhaben ...

»Und wenn schon«, knurrte Senjata, wobei es in seinen grünen Augen abermals gefährlich flackerte. Er hatte sich stolz aufgerichtet, und die Entschlossenheit in seiner Stimme ließ Tigerherz schaudern. »Opfer müssen gebracht werden. Biru wäre nicht der Erste, den Eisenkralles Machtgier das Leben kostet, und er wird auch nicht der Letzte sein.«

»Meister!« Tigerherz sah den Obersten Kendar erschrocken an – doch es konnte keinen Zweifel daran geben, dass dieser es bitterernst meinte. Birus Wohl schien ihm völlig gleichgültig zu sein. Was, beim Großen Drachen, war nur in ihn gefahren? Hatte Mengangas Prophezeiung sich bereits erfüllt? War der Anführer der Bayangai schon dem Irrsinn verfallen?

Tigerherz wollte das nicht glauben.

In all der Zeit, die er bei den Bayangai verbracht hatte, hatte er Senjata stets als einen strengen, aber weisen Anführer erlebt, der immer das Wohl jener im Blick hatte, die seines Schutzes bedurften. Er konnte sich doch nicht so geändert haben!

»Meint Ihr das wirklich ernst?« Selbst Kipas schien Zweifel zu haben. »Ihr würdet das Leben dieses kleinen Kerls opfern? Einfach so?«

»Wie ich schon sagte«, entgegnete der Schwarze Panther mit bebender Stimme. »Er wird weder der Erste noch der Letzte sein. Wir befinden uns im Krieg, und Krieg fordert nun einmal Opfer.«

»Wohl gesprochen.« Kipas grinste. »Mein Meister hätte es nicht besser sagen können.«

»Er hat recht«, stimmte Tigerherz zu. »Es ist, als würde Eisenkralle sprechen! Meister, was ist nur in Euch gefahren? Ich bitte Euch, kommt wieder zu Euch ...«

»Ich bin bei mir, Junge«, versicherte Senjata, »und das ist das Schlimme daran. In all den Jahren seit dem Tod deines Vaters habe ich mir etwas vorgemacht. Ich habe geglaubt, dass wir Eisenkralle irgendwann besiegen würden, wenn wir nur fest zusammenhielten und daran glaubten, dass sich die Prophezeiung von seinem Untergang erfüllen würde ...«

»Und? Was ist falsch daran?«

Senjata sah ihn an. Sein Gesicht war starr und unbewegt, eine schwarze Maske mit glühenden Augen. »Alles, mein Junge«, erwiderte er leise. »Einfach alles. All die Jahre, in denen wir uns mit falscher Hoffnung getrogen haben, haben Unschuldige das Leben gekostet. Denk nur an deine Mutter und den alten Ayah – sie alle könnten noch leben, wenn wir Eisenkralle nicht hätten gewähren lassen. Doch anstatt etwas gegen ihn zu unternehmen, haben wir immer nur gewartet – worauf? Eisenkralle wird nicht gehen, nur weil wir daran glauben oder ihn freundlich darum bitten – aber das hier«, er deutete auf die Waffen in den Händen der Skelette, »wird ihn vernichten!«

»Und uns gleich mit«, vervollständigte Tigerherz. »Seht Ihr denn nicht, wozu das alles bereits geführt hat? Das Orakel des Dschungels sagte, dass sich auf dem Berg entscheiden wird, ob das Leben den Sieg davonträgt oder ob eine neue Zeit der Dunkelheit über den Dschungel hereinbricht ...«

»Es wird das Leben sein, das siegt«, war Senjata überzeugt.

»Diese Waffen sind aber nicht das Leben, sondern der Tod. Denkt an die Takrambuti!«

Zum allerersten Mal hatte Tigerherz den Eindruck, dass seine Worte etwas in Senjatas Gesicht bewirkten. Seine Haltung entspannte sich ein wenig, das Flackern in seinen Augen ließ für einen Moment nach, wie bei jemandem, der aus einem Fiebertraum erwachte ... Kipas schien es ebenfalls zu bemerken, denn er stichelte munter weiter.

»Also schön, wenn es euch gleich ist, was mit dem kleinen Winzling passiert, kann ich ihn ebenso gut jetzt und auf der Stelle ...« Statt weiterzusprechen, riss er einfach den Schlund auf und beugte sich hinab, bereit, Biru mit einem einzigen Happen zu verschlingen.

»Geck-geck-gecko!«, rief der aufgebracht, etwas anderes schien ihm in seiner Panik nicht einzufallen, während er sich wie von Sinnen wand und wehrte – natürlich völlig vergeblich.

Kipas' schreckliche Reißzähne hätten ihn im nächsten Mo-

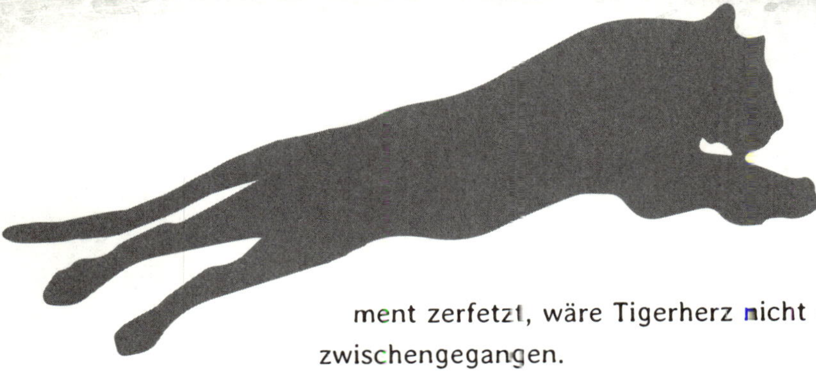

ment zerfetzt, wäre Tigerherz nicht dazwischengegangen.

»Neeein!«, brüllte er – und mit einem gewaltigen Sprung, den er sich selbst nie zugetraut hätte, stürzte er sich auf Kipas und schlug mit der Pranke zu.

Der Angriff kam so unerwartet und mit derartiger Wucht, dass Kipas nicht dazu kam, sich zu verteidigen. Seinem Instinkt folgend, zuckte er zurück, um dem Prankenhieb auszuweichen – und Biru war frei.

»Lauf!«, rief Tigerherz ihm zu – dann setzte er auch schon nach und griff Kipas ein zweites Mal an.

Kipas brauchte einen Moment, um sich von seinem Schrecken zu erholen – dass Tigerherz so wild und mit derartiger Entschlossenheit kämpfte, schien ihn zu überraschen. Beeindruckt wich er vor Tigerherz zurück, der vorstürmte und wild mit den Pranken schlug, wobei er ein schreckliches Kampfgebrüll ausstieß. Durch den kurzen Stollen trieb Tigerherz seinen Gegner hinaus auf die Brücke – erst dort schien sich Kipas seiner eigenen Stärke zu besinnen. Statt sich weiter zurückzuziehen, duckte er sich und legte die Ohren an, seine Augen wurden winzig klein – dann ging er zum Gegenangriff über.

Es war ein dramatischer Kampf.

Beide Tiger bäumten sich auf den Hinterläufen auf und begegneten einander, indem sie mit den Pranken aufeinander einschlugen. In seiner verzweifelten Wut war Tigerherz unvorsichtig und kassierte einen üblen Hieb, der blutige Striemen auf seinem weißen Brustfell hinterließ. Im Gegenzug brachte auch er Kipas eine blutende Wunde bei. Dies war keiner der Übungskämpfe, die sie auf der Insel der Bayangai ausgetragen hatten, und auch keine Balgerei, wie sie unter jungen Tigern üblich waren.

Es war ein Duell auf Leben und Tod.

Unter wildem Gebrüll fielen die beiden übereinander her und schenkten sich nichts, während tief unter ihnen die flüssige Lava brodelte und sengende Hitze aus dem Abgrund aufstieg. Nicht nur vor den Pranken des Gegners musste man auf der Hut sein – sondern auch davor, das Gleichgewicht zu verlieren und in das glühende Verderben zu stürzen.

»Rarrr!«

Kipas brüllte Tigerherz seine ganze Abscheu und seinen Hass entgegen, während er sich in einen neuen Angriff stürzte. Gleich zweimal hintereinander schlug er zu, und jeder Hieb war dazu angetan, einem weniger starken Tier als einem Tiger den Kopf von den Schultern zu reißen.

Der ersten Attacke entging Tigerherz geschickt, indem er zurücksetzte, doch der zweite Schlag erwischte ihn und brachte ihn gefährlich ins Wanken!

Tigerherz durchzuckte ein heftiger Schmerz, und er brüllte gequält auf, was Kipas hämisches Gelächter entlockte. Er klang beinahe schon wie Eisenkralle! Und Kipas wäre nicht dessen Schüler gewesen, hätte er Tigerherz' Schwäche nicht sofort gnadenlos ausgenutzt ...

Unter heiserem Gebrüll setzte er nach, diesmal geduckt und auf allen vieren. Wie eine Schlange katapultierte er sich nach vorn und versetzte Tigerherz einen Stoß mit dem Kopf, der diesen völlig aus der Balance brachte. Vergeblich versuchte Tigerherz, sich irgendwo festzuhalten – aber da war nichts als leere Luft, die vor Hitze flimmerte und in der Kipas' höhnisches Gelächter schwang.

»Ups«, rief er, »hast du das Gleichgewicht verloren?«

Tigerherz hätte gerne widersprochen, aber er war zu sehr damit beschäftigt, mit den Vorderläufen zu rudern und sich so irgendwie auf dem schmalen Felsen zu halten. Seine um sich schlagenden Pranken waren wohl auch der einzige Grund dafür, dass Kipas sich nicht auf ihn stürzte, um ihm den Rest zu geben – oder sah sein Gegner ihn bereits als erledigt an?

Tigerherz blickte in den gähnenden Abgrund, sah die glühende Lava brodeln ...

In einem verzweifelten Versuch, das Gleichgewicht zurückzuerlangen, wollte er sich wieder auf alle viere fallen lassen, aber es war zu spät. Seine Vorderbeine kamen nur noch seitlich auf der steinernen Brücke auf, und obwohl er die Krallen ausgefahren hatte und alles daransetzte, sich festzuklammern, gelang es ihm nicht. Seine Pranken rutschten ab!

Mit einem erstickten Schrei sackte Tigerherz in die Tiefe – und wäre verloren gewesen, hätte seine rechte Pranke nicht in letz-

ter Sekunde noch Halt gefunden, an einem winzigen Vorsprung brüchigen Gesteins.

Panisch versuchte er, auch noch die zweite Pranke ins Gestein zu schlagen, während seine Beine in der tödlichen Leere baumelten und sein Schwanz durch heiße Luft wischte. Das Brodeln der Lava lag ihm in den Ohren, die Hitze versengte sein weißes Rückenfell. Tigerherz hatte Angst. Das Herz schlug ihm bis zum Hals, er konnte keinen klaren Gedanken mehr fassen. Nur eines wusste er – dass er nicht in die Tiefe stürzen und verbrennen wollte ...

»Mutter, Vater«, entfuhr es ihm in seiner Not. »Bitte helft mir ...«

»Och, wie rührend.« Kipas tauchte über ihm auf und grinste hämisch herab. »Da hängt er nun und schreit nach seiner Mama! Ich wusste immer, dass du ein Muttersöhnchen bist und die Achtung nicht verdienst, die dir alle entgegenbringen.«

»Bitte, Kipas«, stieß Tigerherz hervor, der merkte, wie seine Krallen abrutschten. »Hilf mir ...«

»Ich?« Der andere schüttelte den Kopf. »Ausgerechnet ich soll dir helfen? Nachdem du alles zerstört hast, das mir etwas bedeutet hat? Du hast mir alles genommen, Tigerherz – meine Heimat, meine Freunde ... sogar meine eigene Schwester!«

»Das hast du ... selbst getan.«

»Natürlich.« Er nickte. »So wie du selbst dich in diesen Abgrund gestürzt hast – und deshalb musst du auch damit zurechtkommen. Ich jedenfalls werde dir nicht ...«

Weiter kam er nicht.

Etwas flog von der Seite heran und traf ihn mit derartiger Wucht, dass er einen weiten Satz zurück machte. Er konnte von Glück sagen, dass er auf der schmalen Brücke nicht stürzte. Im nächsten

Moment tauchte Senjatas dunkle Miene über Tigerherz auf. Sie war finster wie immer – doch das grausige Glühen war aus seinen Augen verschwunden.

»Greif zu!«, forderte er Tigerherz auf und streckte ihm beide Vorderläufe entgegen, während er sich mit den Hinterbeinen fest dagegenstemmte. Gleichzeitig fletschte er die Zähne, wissend, dass es wehtun würde.

Tigerherz überlegte nicht lange.

Nur einen Atemzug, ehe seine linke Kralle abgerutscht wäre, hob er sie und schlug sie in Senjatas' rechten Vorderlauf.

Der Schwarze Panther brüllte auf, aber er hielt still, sodass Tigerherz auch noch die andere Pranke in sein Fleisch schlagen konnte. Tigerherz beeilte sich, dennoch musste es den Obersten Kendar höllisch schmerzen. Für einen Moment hing Tigerherz frei in der Luft, dann holte er Schwung und katapultierte sich nach oben. Und indem er seine Krallen noch einmal in das Fleisch seines Retters grub und blutige Schnitte in Senjatas schwarzem Fell hinterließ, gelang es ihm, wieder hinaufzugelangen. Keuchend landete er auf der schmalen Felsenbrücke und konnte kaum fassen, dass er noch am Leben war. Zugleich verwirrt und voller Dankbarkeit wandte er sich zu Senjata um.

»Bitte verzeih«, sagte er, »ich ...«

»Nein«, fiel der Oberste Kendar ihm ins Wort, die Miene vor Schmerz verzerrt. »Ich bin es, der um Verzeihung bitten muss. Kannst du einem dummen alten Kater noch einmal vergeben? Ich war nicht mehr ich selbst, das Ziel, Eisenkralle zu töten, erschien mir lohnender als alles andere ...«

»Was hat Euch umgestimmt?«

Senjata schnaubte. »Als ich dich dort hängen sah, wurde mir klar, dass du recht hattest. Das Leben ist das höchste Gut des Dschungels – und ich hätte es beinahe verraten. Heute, Tigerherz, warst du der Meister und ich der Schüler.«

In einer demütigen Geste neigte das Oberhaupt der Bayangai das Haupt – und Tigerherz konnte nicht anders, als ihm alles zu vergeben. Zumal Senjata ihm das Leben gerettet hatte, und sie nun wieder Seite an Seite kämpften, gemeinsam gegen ...

Er schreckte hoch – vor lauter Glück über seine unverhoffte Rettung hatte er Kipas beinahe vergessen!

Gehetzt schaute er sich um – und entdeckte den anderen Tiger auf der gegenüberliegenden Seite der Brücke auf einer Klippe, die über den Abgrund ragte und im roten Schein der Lava leuchtete, als würde sie selbst glühen.

Doch im nächsten Moment wurde Tigerherz klar, dass es gar nicht Kipas war, der dort oben stand und mit vor Hass leuchtenden Augen auf sie starrte – dieser Tiger war größer und von sehniger Gestalt. Sein Fell hatte die Farbe von Eiter, und an seiner rechten Pranke hatte er eine Klaue mit drei langen Klingen.

»Sieh einer an«, tönte Eisenkralle von seinem hohen Stand herab. »Da bin ich wohl gerade noch rechtzeitig gekommen ...«

27

Das Blut des Drachen

»Eisenkralle.«

Wie beiläufig nahm Senjata das plötzliche Auftauchen ihres Erzfeindes zur Kenntnis – anders als Kipas, der davon überrascht zu sein schien. Er hatte sich auf die andere Seite der Brücke zurückgezogen und kauerte unterhalb der Klippe, auf der sein neuer Herr und Meister thronte. Den Kopf hatte Kipas zwischen die Schultern gezogen, den Schwanz zwischen die Beine geklemmt. Als ob er sich vor Strafe fürchtete, dachte Tigerherz grimmig.

»Wenn ich noch um einen Augenblick Geduld bitten darf«, sagte Eisenkralle großtuerisch zu Senjata. »Ich muss zuerst noch mit einem Verräter abrechnen.«

Damit richtete sich sein Blick geradewegs auf Kipas.

»Was tust du hier, Streifling?«, fragte er, und seine Stimme klang trotz der flirrenden Hitze eisig kalt.

»Ich ... ich weiß nicht«, erwiderte Kipas kleinlaut. Die Ohren hatte er angelegt und den Schwanz noch weiter eingezogen, fast wie bei einem Unwetter.

»Du weißt es nicht?« Eisenkralles narbige Miene verzog sich zu einem verächtlichen Grinsen. »Sollte es dir entfallen sein?«

»Ich ... ich ...« Kipas wand sich wie eine Schlange. Die Selbstsicherheit, die er vorhin noch zur Schau getragen hatte, war wie fortgeblasen, er schien nur noch aus Angst zu bestehen.

»Dann will ich deinem Gedächtnis auf die Sprünge helfen«, beschied Eisenkralle ihm. »Du bist hier, weil du mich hintergehen wolltest. Weil du dir ohne mein Wissen eine Klaue wie diese aneignen wolltest.«

Demonstrativ hielt er seine bewährte Pranke hoch, die schon so viele Tiere das Leben gekostet hatte – und Tigerherz begriff. Kipas hatte sie belogen! Er war gar nicht in Eisenkralles Auftrag hier, sondern auf eigene Faust, um sich selbst eine Klaue zu beschaffen und damit ebenso mächtig zu werden wie sein dunkler Meister ...

»Nein, mein König«, beteuerte Kipas hastig. »Das ist nicht wahr! So ist es nicht gewesen!«

»Nein? Da hat mein getreuer General Pedang mir aber etwas ganz anderes erzählt.«

»Pe...Pedang?«

Als wäre dies sein Stichwort, tauchte der Anführer von Eisenkralles Makaken-Armee neben seinem finsteren Herrscher auf. Seine großen Zähne waren dabei zu einem hämischen Grinsen entblößt.

»Du«, stieß Kipas hervor.

»General Pedang, stets zu Diensten«, bestätigte der Affe und verbeugte sich ebenso tief wie spöttisch. »Wenn auch nicht zu Euren, sondern zu denen des Königs.«

»Du ... hast mich verraten!«

»Bei allem gebührenden Respekt, junger Herr – der Verräter seid Ihr doch wohl selbst! Ihr wart es, der sich hinter dem Rücken unseres Herrschers mit einer eigenen Waffe versehen wollte – dabei hättet Ihr doch wissen müssen, dass meine uneingeschränkte Treue dem Herrscher des Dschungels gehört!«

Seine uneingeschränkte Treue!

Tigerherz hätte am liebsten laut gelacht. Er bezweifelte, dass jemand wie Pedang überhaupt wusste, was Treue war – Leute wie er folgten stets nur demjenigen, von dessen Sieg sie sich den größeren Vorteil versprachen. So war es auch damals nach dem Tod seines Vaters gewesen: Während alle anderen Tiere vor Eisenkralles Herrschaft geflohen waren und ihn mieden, hatten sich die Makaken dem neuen Herrn von Astana angeschlossen. Und daran hatte sich bis zum heutigen Tag nichts geändert.

Auch Kipas musste das jetzt erfahren ...

»Es war also nur eine Falle?«, dämmerte es ihm.

»Eine Prüfung«, verbesserte Eisenkralle. »Ich wollte herausfinden, wie weit ich dir vertrauen kann – dank Pedang weiß ich es nun.«

Das Grinsen des Affen wurde noch breiter. Fast sah es aus, als wollte sein Kopf in der Mitte auseinanderfallen.

»Du hättest meine rechte Pranke werden können«, fuhr Eisenkralle an Kipas gewandt fort, »Stellvertreter und vielleicht einst gar mein Erbe. Aber so ...«

»Bitte, mein König«, flehte Kipas. »Gebt mir noch eine Chance! Habt Ihr nicht gesehen, dass auch unsere Feinde hier eingedrungen sind.«

»Ich habe es bemerkt«, versicherte Eisenkralle mit einer Gelassenheit, die Tigerherz nicht gefiel.

»Dann wisst Ihr auch, dass Ihr mich braucht!«

»Tue ich das?« Eisenkralle schüttelte sich und gab ein würgendes Geräusch von sich. »Ich brauche niemanden, der mich bei der ersten sich bietenden Gelegenheit verrät«, erklärte er dann. »Außerdem«, fügte er mit einem Seitenblick zur anderen Seite der Brücke hinzu, wo Tigerherz und Senjata standen und alles gebannt verfolgten, »wird sich das leidige Problem bald erledigt haben. Geh mir also aus den Augen, Streifling – und kehre niemals wieder zurück!«

»Nein!«, jaulte Kipas erschrocken. »Bitte, Meister ...«

»Ich bin nicht dein Meister. Ich bin es nie gewesen.«

»Mein König«, verbesserte Kipas sich schnell, »Herrscher des Dschungels«, fügte er hinzu und klang dabei schon fast so unterwürfig wie Pedang und die Makaken. »Verstoßt mich nicht, ich bitte Euch ...«

»Die Entscheidung ist gefallen«, beschied Eisenkralle ihm unbarmherzig. »Du selbst hast sie getroffen.«

»Aber ...«

»Genug!« Eisenkralle richtete sich auf seinem Felsen auf, und der Blick, den er zu Kipas hinabwarf, war so vernichtend, dass dieser zu welken schien wie eine Stinkblume am Ende ihrer Blüte. Er sank in sich zusammen, wirkte plötzlich so schwach und kraftlos, dass Tigerherz beinahe Mitleid bekam – und das, obwohl dieser junge Tiger ihn vorhin noch in den feurigen Abgrund hatte stoßen wollen ...

Mit eingezogenem Schwanz kroch Kipas davon und erinnerte dabei mehr an ein Reptil als an eine Raubkatze. Tigerherz war froh, dass Kahaya nicht hier war – vermutlich hätte sie sich für ihren Bruder geschämt.

»Und nun zu euch«, meinte Eisenkralle, als wäre nichts geschehen, und wandte sich wieder Senjata und Tigerherz zu. »Was habt ihr beide hier zu suchen? Ich wüsste nicht, dass ich euch eingeladen hätte.«

»Und ich wüsste nicht, dass das Tote Land dir gehört«, knurrte Senjata.

»Ich bin der König, oder nicht?«

»Das bist du sicherlich nicht. Und außerdem endet das Reich von Astana an den Grenzen des Toten Landes«, konterte der Schwarze Panther. »Das ist schon immer so gewesen, und alle Könige der Vergangenheit haben es respektiert.«

»Alle – bis auf mich«, entgegnete Eisenkralle grinsend. »Du solltest inzwischen gemerkt haben, dass ich kein Herrscher wie andere bin, alter Knabe.«

»Ist mir nicht entgangen«, konterte Senjata. Der Oberste Kendar hatte längst Verteidigungshaltung eingenommen und war ein Stück auf die Brücke hinausgegangen. Tigerherz folgte ihm dichtauf. Seine Glieder taten ihm noch immer weh, und er fühlte sich alles andere als bereit für ein weiteres Duell. Trotzdem würde er seinen Meister nicht allein gegen Eisenkralle kämpfen lassen ...

»Und?«, fragte Eisenkralle. Seine Wut darüber, Eindringlinge im Berg des Feuers vorzufinden, schien sich in Grenzen zu halten. Aber vielleicht war auch das nur eine Täuschung. »Habt ihr gefunden, wonach ihr gesucht habt?«

»Allerdings«, knurrte Senjata. »Wir wissen jetzt, woher du deine Klaue hast.«

»Schön für euch – nur wird euch dieses Wissen nichts mehr nützen. Oder glaubt ihr im Ernst, dass ihr diesen Ort jemals wieder lebend verlassen werdet?«

»Vielleicht nicht«, räumte der Schwarze Panther grimmig ein. »Aber du auch nicht, Eisenkralle. Deine Herrschaft endet heute und hier – so wie es geweissagt wurde.«

»Ach ja, die Prophezeiung.« Eisenkralle riss das Maul auf und gähnte gelangweilt, wobei er ausgiebig seine fürchterlichen Reißzähne zeigte. »Was hat die alte Grünhaut nicht schon alles vorausgesehen – und längst nicht alles davon ist eingetroffen.«

»Ich spreche nicht von Menganga«, stellte der Oberste Kendar klar. »Sondern von Semangata, dem Orakel des Dschungels!«

»Noch so ein Lügenmärchen! Semangata ist eine Legende, nichts weiter!«

»Von wegen!«, platzte Tigerherz heraus. »Ich bin den Geistern der Elefanten begegnet. Sie haben zu mir gesprochen!«

»Ach ja?« Eisenkralle schien wenig beeindruckt. »Und was haben sie gesagt?«

»Dass es hier und heute enden wird«, erwiderte Senjata und trat bis in die Mitte der Brücke hinaus.

»Das wird es, alter Wichtigtuer – aber anders, als du es dir vorstellst.« Mit einem Satz sprang Eisenkralle von seinem Felsen herab und landete geschmeidig auf der Brücke, nur noch einen Sprung von Senjata entfernt.

Alles in Tigerherz drängte ihn dazu zurückzuweichen, nun, da er seinem Erzfeind gegenüberstand, seinen mörderischen Zähnen und einer tödlichen Klaue ... doch er blieb stehen.

Dieser Tiger, sagte er sich, hatte seine Eltern getötet. Er hatte den Thron seines Vaters geraubt und die Leben unzähliger unschuldiger Tiere auf dem Gewissen. Dafür musste er zur Verantwortung gezogen werden.

Hier und heute ...

»Ihr solltet euch sehen können«, tönte Eisenkralle höhnisch. »Der Meister und sein Schüler, beide von Angst zerfressen ...«

»Ich bin kein Schüler mehr«, stellte Tigerherz klar. »Ich habe alle Prüfungen der Bayangai bestanden.«

»Wie schön! Dann freu dich darüber, kleiner Dschungelprinz.« Der Schurke hob drohend seine Klaue. »Solange du es noch kannst.«

»Erst musst du an mir vorbei«, stellte Senjata klar.

»Und du glaubst, das würde mich beeindrucken? Du magst mal ein großer Krieger gewesen sein, Senjata, aber das ist lange her. Schon in der Nacht, als Eisfell starb, warst du der Unterlegene, und du wirst es auch heute sein. Und wenn ich dich erledigt habe, werde ich mir den kleinen Raja vorknöpfen und sein Ansinnen auf meinen Thron ein für alle Mal beenden.«

»Und dann?«, fragte Senjata weiter. »Was wirst du dann tun? Glaubst du, Tigerherz' Tod würde für dich folgenlos bleiben? Er ist ein Mitglied der Gemeinschaft der Bayangai – also werden die Schattenkrieger ihre Insel verlassen und gegen dich in den Kampf ziehen. Willst du sie alle besiegen? Du ganz allein?«

»Ich bin nicht allein, ich habe eine Armee«, konterte Eisenkralle – und in der Felswand hinter ihm erhob sich lautes Geschrei. Plötzlich wimmelte es dort von Makaken, die über die Felsen herabkletterten und ihrem Herrscher huldigten.

»Eine Armee von Makaken«, verbesserte Senjata geringschätzig.

»Das stimmt«, räumte der Schurke grinsend ein, »aber wenn jeder Einzelne von ihnen mit einer Klaue ausgestattet ist, wie ich sie trage, werden auch aus Makaken tödliche Bestien. Meine Armee wird unbesiegbar sein!«

Die Affen schrien noch lauter – Tigerherz und Senjata fühlten bodenloses Entsetzen.

»Also doch«, knurrte der Schwarze Panther.

»Das darf nicht geschehen!«, rief Tigerherz entsetzt. »Die Makaken zu bewaffnen würde unseren Untergang besiegeln, so wie einst den der Takrambuti!«

»Die Takrambuti?« Eisenkralle schnaubte verächtlich. »Was gehen mich die kahlen Affen an? Sie sind längst tot und vergessen.«

»Und das wirst du auch sein, wenn du ihren Pfad beschreitest«, versicherte Tigerherz.

»Was schlägst du denn stattdessen vor? Soll ich darauf verzichten, meine Armee mit Waffen auszurüsten, die mich unbesiegbar macht?« Der Tyrann lachte rau. »Wenn du glaubst, dass ich das tun werde, bist du ebenso verrückt und gutgläubig, wie es dein Vater einst gewesen ist.«

»Mein Vater war nicht verrückt!«, empörte sich Tigerherz.

»Aber gutgläubig war er«, versicherte Eisenkralle und fletschte das Gebiss zu einem Grinsen. »Er konnte bis zuletzt nicht glauben, dass ich ihn hintergangen hatte. Ausgerechnet ich, der ich doch wie ein Bruder für ihn war. Erst als das Leben aus ihm wich, hat der alte Narr begriffen, wer ich wirklich bin.«

Tigerherz biss die Zähne zusammen und knurrte. Zu hören, wie der Schurke über seinen Vater sprach, brachte sein Blut in Wallung. Am liebsten hätte er sich auf ihn gestürzt, doch zwischen ihnen war Senjata. Und der Schwarze Panther schien einen eigenen Plan zu verfolgen ...

»Lass es gut sein, Tigerherz«, raunte er ihm zu.

»Aber er ...«

»Ich weiß«, versicherte der Oberste Kendar. Über die Schulter schickte er Tigerherz einen beschwichtigenden Blick. »Zumindest in einer Hinsicht hatte ich recht – wir haben zu lange gewartet. Die Entscheidung muss fallen, hier und jetzt, ehe Eisenkralle seine Drohung wahrmacht und die Makaken bewaffnet. Er ist wahnsinnig genug, um es zu tun – und du weißt, was die Folge sein würde.«

Tigerherz nickte.

Tod und Untergang ...

»Gut, dann geh jetzt«, beschied ihm der Anführer der Bayangai. »Um Eisenkralle werde ich mich kümmern.«

»Aber Meister!«, wandte Tigerherz erschrocken ein. »Allein schafft Ihr das nicht! Er ist zu stark! Und er hat die Klaue ...«

»Dann werde ich ihn aufhalten, um Zeit zu gewinnen«, erwiderte der Schwarze Panther. »Du weißt, was zu tun ist.« Und indem er Tigerherz einen letzten entschlossenen Blick zuwarf, setzte er sich in Bewegung und stellte sich Eisenkralle.

»Senjata! Auf diese Begegnung habe ich lange gewartet!«

»Ebenso wie ich«, erwiderte der Oberste Kendar gelassen. Weder sein furchterregender Gegner noch die Klingen an seiner Pranke schienen ihn einzuschüchtern.

Sie standen jetzt dicht voreinander. Mit ausgestrecktem Vorderlauf konnte Eisenkralle seinen Gegner bereits erreichen. Entsprechend unruhig zuckte die Rechte mit der Klaue.

»Heute wirst du sterben«, kündigte er an.

»Wir alle sind Kinder des Großen Drachen. Unser Schicksal ruht auf seinen Schwingen.«

»Schön gesagt«, versicherte der Schurke – und griff an.

Der Zusammenprall war ebenso hart wie heftig.

Zweimal schlug Eisenkralle mit der Klaue zu und brachte Senjata blutende Wunden bei. Zwar versuchte der Schwarze Panther, den Angriffen auszuweichen, doch auf der schmalen Brücke hatte er dazu kaum eine Chance. Stattdessen wich er zurück und versuchte seinerseits, Eisenkralle zu erwischen. Doch seine Läufe waren kürzer und seine Pranken kleiner – und er hatte auch keine Klaue aus kaltem Metall. Anders als Eisenkralle, der sie gnadenlos einsetzte.

In der orangeroten Glut der Lava blitzten die Klingen feurig auf, dann stießen sie herab und stachen zu – und drangen tief in Senjatas Brust.

Der Oberste Kendar wollte heiseres Gebrüll ausstoßen, doch mehr als ein klägliches Jaulen brachte er nicht zustande. Keuchend wankte er – und als Eisenkralle ihm einen zweiten furchtbaren Hieb versetzte, verlor der Anführer der Bayangai endgültig das Gleichgewicht und stürzte kopfüber in die Tiefe.

28

Am Abgrund

»Neeeeeeein!«

Starr vor Entsetzen hatte Tigerherz mit angesehen, wie Senjata in den lodernden Abgrund stürzte. Und ihm war klar, dass dieser Moment alles veränderte.

Der Schwarze Panther, der nicht nur sein väterlicher Freund, sondern auch der Oberste Kendar der Bayangai gewesen war, war tot. Es lag nun an Tigerherz, das Schicksal des Dschungels in die Pranke zu nehmen.

Und wieder einmal hatte der Grund dafür eitergelbes Fell und vor Mordlust leuchtende Augen und trug eine mörderische Metallklaue an seiner Flanke …

Tigerherz konnte nicht klar denken. Sein Rückenfell hatte sich bis zur Schwanzspitze aufgestellt, seine Augen hatten sich zu Schlitzen verengt, und ein heiseres Fauchen drang aus seiner Kehle, während er am ganzen Körper bebte vor Trauer und Zorn.

Alles in ihm drängte ihn dazu, hinauszustürmen auf die Brücke und sich Eisenkralle entgegenzuwerfen, ihn endlich zu bestrafen für all das, was er getan hatte, und Senjatas Tod bitter zu rächen. Und wäre er noch jener junge Tiger gewesen, der einst aufgebrochen war, um ein Schattenkrieger zu werden, hätte er es vielleicht auch getan.

Doch auf der Insel der Bayangai war Tigerherz nicht nur in der Kunst des Kampfes unterwiesen worden, hatte nicht nur gelernt, ein gefürchteter Jäger und Krieger zu sein – sondern auch, sich zu beherrschen. Lauter noch als die Stimme, die in seinem Kopf nach Rache schrie, war die der Vernunft – und sie sagte ihm trotz allem Schmerz und aller Trauer, dass er der Wut nicht nachgeben durfte, nicht jetzt … denn genau das war es, was Eisenkralle von ihm erwartete.

Tigerherz sah ihn auf der Brücke stehen, mit von Stolz geschwellter Brust über die Untat, die er begangen hatte, und alles in ihm sehnte sich danach, ihm das hämische Grinsen aus dem Gesicht zu wischen …

Aber er tat es nicht.

Ich darf es nicht tun, sagte er zu sich selbst. Senjata hat im Kampf gegen Eisenkralle sein Leben verloren. Ich ehre sein Andenken, indem ich seinen letzten Willen respektiere und das tue, was er mir gesagt hat …

»Wo willst du hin?«, rief Eisenkralle ihm prompt hinterher. Sein heiseres Gebrüll übertönte das Brodeln aus der Tiefe. »Willst du deinen alten Meister nicht rächen?«

Tigerherz drehte sich um. »Doch, das würde ich gerne«, gab er zu. Es kostete ihn unsagbare Mühe, die Beherrschung zu wahren. »Aber es gibt Wichtigeres zu tun!«

»Wichtigeres?« Eisenkralle starrte ihn durchdringend an. »Was könnte wichtiger sein, als den Tod des Obersten Kendars zu ahnden? Ich war es, der ihn getötet hat – genau wie deinen Vater Eisfell, deine Mutter Cinta und den alten Ayah …«

Bei jedem dieser Namen zuckte Tigerherz zusammen wie unter einem Prankenhieb. Eisenkralle genoss es, ihn zu quälen. Aber wenn Tigerherz nicht widerstand, sich auf ihn zu stürzen, und im Kampf unterlag, würde alles verloren sein – und dieses Risiko durfte er nicht eingehen.

Bei den Bayangai hatte Tigerherz gelernt, was Verantwortung bedeutete: nicht stets an sich selbst zu denken und an die eigenen Bedürfnisse, sondern auch an die der anderen Bewohner des Dschungels, an das Gleichgewicht des Großen Drachen. Ein Schattenkrieger fürchtete sich nicht vor dem Kampf, aber er musste nichts beweisen – und deshalb wusste er, wann es klüger war, einer Auseinandersetzung aus dem Weg zu gehen …

»Rede, was du willst«, konterte Tigerherz deshalb, »du kriegst mich nicht dazu, gegen dich zu kämpfen!«

»Dann bist du ein Feigling, genau wie dein Vater!«, brüllte Eisenkralle aufgebracht und kam über die Brücke auf ihn zu.

»Wenn du dich mir nicht freiwillig stellen willst, werde ich eben zu dir kommen und dich holen!«

Vor Trauer und Wut konnte Tigerherz noch immer nicht klar denken. Aber er wusste, dass er vor allem Zeit gewinnen musste. Zeit, um nachzudenken und einen neuen Plan zu fassen ...

»Also gut!«, rief er deshalb mit vor Zorn bebender Stimme. »Du hast gewonnen! Ich werde gegen dich kämpfen, Eisenkralle ...«

»Hm«, machte der Schurke lauernd und verzog das Gesicht. »Du wärst nicht der Sohn deines Vaters, wenn jetzt nicht noch ein Aber folgen würde ...«

»... aber so wie ich bin, kannst du nicht gegen mich antreten«, fuhr Tigerherz prompt fort.

»So wie du bist? Was meinst du damit?«

»Ich meine damit, dass es kein ehrenvoller Sieg für dich wäre. Du hast eine eiserne Klaue, ich nicht.«

Der Tyrann schnaubte. »Wer sagt, dass ich ehrenhaft gewinnen will? Hast du nicht gesehen, was dem armen alten Senjata widerfahren ist?«

»Ich habe es gesehen«, versicherte Tigerherz, seinen Zorn nur mühsam beherrschend. »Aber ich bin nicht Senjata, sondern Raja, des Eisfells Sohn – und wenn du mich einfach nur in den Abgrund stößt, statt mich in einem fairen Kampf zu besiegen, wird dich das vor deinen Anhängern gar nicht gut aussehen lassen. Willst du mich endgültig besiegen? Willst du ein für alle Mal klarmachen, dass der Thron von Astana dir gehört? Dass du der Herrscher des Dschungels bist? Auf dass niemand es mehr wagt, sich dir in den Weg zu stellen?«

»Du weißt verdammt gut, dass ich das will!«

»Dann musst du vor den Augen deiner Meute mit mir kämpfen und mich besiegen«, folgerte Tigerherz. »Oder immer mehr werden kommen, die den Thron von dir fordern!«

»Frechmaul, wie kannst du es wagen?«, zischte Eisenkralle und ging schon in die Hocke zum Sprung – als sich hinter ihm kreischender Jubel erhob.

»Ein Hoch auf König Eisenkralle! Nieder mit Eisfells Sohn!«, schrie Pedang – und sein Ruf wurde aus Dutzenden von Kehlen beantwortet. Eisenkralle verzog die fellbesetzte Miene – jetzt wäre es ihm wohl lieber gewesen, er hätte seine Handlanger zu Hause gelassen ...

»Ein Hoch auf König Eisenkralle!«, schrie Pedang wieder. »Er wird Eisfells Sohn im Kampf besiegen!«

Die Makaken kreischten noch lauter, und Tigerherz war ihnen beinahe dankbar dafür – denn nun konnte Eisenkralle nicht mehr anders, als einzuwilligen, wenn er nicht vor seinen Untergebenen als Feigling dastehen wollte ...

»Also gut«, erklärte sich der Tyrann mit vor Wut bebender Stimme bereit »So sei es! Ich gebe dir Zeit bis morgen früh. Lass dir eine Klaue verpassen, wenn du kannst – aber ich warne dich, es ist mit großem Schmerz verbunden.« Er lachte ebenso böse wie höhnisch. »Bei Tagesanbruch begegnen wir uns auf der Brücke zum Kampf auf Leben und Tod.«

»So sei es«, bestätigte Tigerherz grimmig.

Damit war alles gesagt.

Eisenkralle wandte sich schnaubend um und zog sich auf seine Seite der Schlucht zurück, wo er ebenso wie die Makaken in den Höhlengängen verschwand. Auch Tigerherz machte kehrt und ging in die Grabkammer zurück, wo Tukang und Biru auf ihn warteten. Immerhin schien der kleine Gecko trotz Kipas' roher Behandlung unversehrt zu sein. Aber er sah einfach nur elend aus.

»Oh Tigerherz«, jammerte er, »was hast du getan?«

»Was ich tun musste«, erwiderte Tigerherz leise.

»Der arme Senjata? Wie sollen wir ohne ihn nur zurechtkommen, geck-gecko?«

»Wir werden uns an das erinnern, was er zuletzt gesagt hat.« Tigerherz beugte sich hinab und berührte mit der Schnauze sanft den Rücken seines kleinen Beraters. »Man darf die Hoffnung niemals aufgeben, Biru. Das habe ich bei den Bayangai gelernt.«

»Die Hoffnung? Worauf denn, geck-gecko?«

»Wenn du es wünschst, so werde ich dir eine Klaue anlegen«, sagte Tukang, der bislang schweigend dabeigestanden hatte. Enttäuschung schwang in seiner Stimme mit. »Aber ich muss dich warnen – Eisenkralle hatte recht, als er sagte, dass es mit großen Schmerzen verbunden ist …«

»Kann schon sein.« Tigerherz zuckte mit den Schultern. »Ich bin sowieso nicht wirklich interessiert.«

»Nein?«, fragte Biru und sah ihn aus großen Augen an.

»Natürlich nicht! Was ich zu Senjata gesagt habe, gilt nach wie vor.«

»Aber warum hast du dann …?«

»Um Zeit zu gewinnen«, erwiderte Tigerherz kurzerhand und wandte sich an Tukang. »Bis zum Morgengrauen müssen wir eine Lösung gefunden haben.«

»Eine Lösung wofür?«

»Das ist doch offensichtlich«, entgegnete Tigerherz. »Wir müssen die Waffen der Takrambuti zerstören – und zwar alle.«

»Darum geht es dir?« Tukang legte den Kopf schief und kraulte sich nachdenklich am Kinn. »Du willst die eisernen Klauen zerstören?«

»Oder sie werden uns zerstören«, bestätigte Tigerherz entschlossen. »Ich habe gesehen, was den Takrambuti widerfahren ist, und ich will nicht, dass es auch den Tieren des Dschungels zustößt.«

Tukang sah ihn lange an.

»Es muss wahr sein«, sagte er dann. »Kein anderer als der Sohn von König Eisfell würde solche Worte sprechen. Du und kein anderer bist der rechtmäßige Herrscher des Dschungels.«

»Na ja«, meinte Tigerherz ein wenig verlegen. »Wenn Eisenkralle mitkriegt, was wir vorhaben, wird er ziemlich sauer sein, und ich weiß nicht, ob ...« Er unterbrach sich und überließ es Tukang, sich den Rest dazu zu denken.

Er hatte oft darüber grübeln müssen, was Semangata ihm geweissagt hatte. Drei Opfer waren nötig, um den Dschungel zu retten, hatte es geheißen.

Vielleicht waren diese Opfer ja wirklich Senjata, Biru und er ...

»Ich bin auf deiner Seite, Sohn von König Eisfell«, versicherte der Feueraffe feierlich.

»Und ich auch, geck-gecko«, stimmte Biru zu. »Auch wenn ich keine Ahnung habe, wie wir das schaffen sollen.«

»Indem wir die Klauen in den Abgrund werfen«, erwiderte Tigerherz kurzerhand. Semangata hatte gesagt, dass er im entscheidenden Augenblick wissen würde, was zu tun sei – dieser Augenblick war gekommen ... »Tukang hat gesagt, dass es weich wird, wenn es in die Lava fällt.«

»Das ist wahr«, räumte der Affe ein. »Doch Eisenkralle wird sehen, was wir tun, und uns daran hindern. Wir werden nicht dazu kommen, unsere Arbeit zu Ende zu bringen.«

»Hast du einen besseren Vorschlag?«, wollte Tigerherz wissen.

»Seid ihr bereit, mir zu vertrauen?«, fragte Tukang dagegen.

»Inwiefern?«

»Als ihr zu mir kamt und dein Meister die Klingen für sich haben wollte, da habe ich dir vertraut«, entgegnete der greise Affe rätselhaft. »Jetzt bitte ich dich, mir zu vertrauen.«

»Hast du einen Plan?«, fragte Tigerherz.

Und Tukang nickte bedächtig.

(Höchst-)Gewicht: 5.000 kg
Schnelligkeit: 43 km/h
(Höchst-)Alter: 70
Gefährlichkeitsfaktor: 6
Cleverness: 6

Wissenschaftl. Name:
Elephas maximus

Asiatischer Elefant

Elefanten benutzen ihre Ohren zur Kühlung, indem sie damit wedeln. Der Asiatische Elefant hat deutlich kleinere Ohren als der Afrikanische Elefant, denn er kann sich im Schatten des Dschungels vor der Sonne schützen, während der Afrikanische Elefant auf den offenen Flächen der Savanne der Sonne ausgeliefert ist. Ein weiterer Unterschied ist, dass Afrikanische Elefanten tag- und nachtaktiv sind, während Asiatische Elefanten erst in der Dämmerung aktiv werden.

(Höchst-)Gewicht: 23 kg
Schnelligkeit: 22 km/h
(Höchst-)Alter: 10
Gefährlichkeitsfaktor: 3
Cleverness: 4

Wissenschaftl. Name:
Semnopithecus

Indischer Langure

Wie der Name schon sagt, ist der Indische Langure vor allem in Indien stark verbreitet. Hier zählt er zu den bekanntesten Affenarten des Landes und gilt dort sogar als heilig. Denn die meisten Inder sind Hindus, und im Hinduismus treten zahlreiche Götter in Tiergestalt auf. So auch Hanuman, der die Gestalt eines Affen hat.

(Höchst-)Gewicht: 90 kg
Schnelligkeit: 58 km/h
(Höchst-)Alter: 70 Jahre
Gefährlichkeitsfaktor: 8
Cleverness: 7

Wissenschaftl. Name:
Panthera pardus

Leopard

Der Leopard ist ein hervorragender Kletterer – keine andere Raubkatze sonst erreicht Höhen bis zu 15 Metern. Kein Wunder also, dass er auch seine Jagdstrategie der Vorliebe fürs Klettern angepasst hat. So liegt er tagsüber auf Ästen und wartet, bis ein Beutetier unter ihm auftaucht. Wenn er es erlegt hat, zieht er es anschließend auf den Baum hinauf und lagert es dort, bis er wieder hungrig ist.

(Höchst-)Gewicht: 12 kg
Schnelligkeit: 56 km/h
(Höchst-)Alter: 35
Gefährlichkeitsfaktor: 3
Cleverness: 4

Wissenschaftl. Name:
Symphalangus syndactylus

Siamang

Das auffälligste Merkmal des Siamangs ist der Kehlsack, der sich an seinem Hals befindet. Wenn er aufgeblasen ist, erreicht er die Größe eines Fußballs und dient als Resonanzkörper für die Laute und Gesänge, die der Affe ausstößt. So kann der Siamang eine Vielzahl von Frequenzen produzieren – dadurch gehört er zu den stimmgewaltigsten Affen seiner Art.

Die Spielanleitung findest du auf Seite 270.

TIGERHERZ

TIGERHERZ

TIGERHERZ

TIGERHERZ

29

Das Gleichgewicht der Kräfte

Die Zeit bis zum nächsten Morgen verstrich langsam.

Um zu verhindern, dass Eisenkralle und seine Handlanger heimlich über die Brücke schlichen und sie überfielen, wechselten Tigerherz, Biru und Tukang sich damit ab, Wache zu halten. Mal war es Tigerherz, der im schmalen Stolleneingang stand, dann Biru und schließlich Tukang. Eigentlich war Tigerherz sich sicher gewesen, dass er vor Aufregung kein Auge würde zutun können. Doch erschöpft von der Trauer um Senjata und benebelt von den heißen Dämpfen war er schließlich doch eingeschlafen.

Und er hatte geträumt.

Von seinen Eltern und von jener Nacht, in der er zur Welt gekommen war. Er sah Eisenkralle, wie er in den Thronsaal eindrang, und die Schlange Bahaya, die sich hinterhältig an seinen Vater heranschlich und ihn mit ihrem Gift lähmte, sodass Eisenkralle leichtes Spiel hatte.*

Er erlebte die schreckliche Stunde wieder, da er sich von seiner Mutter hatte trennen müssen, damals, als Eisenkralle ihnen auf der Spur gewesen war.

Er sah den alten Ayah im Tempel der Takrambuti, wo Eisenkralle ihm mit der metallenen Klaue den Todesstoß versetzte.*

Und wieder und wieder sah er Serjata in die bodenlose, vor Hitze flirrende Tiefe stürzen und in der flüssigen Glut versinken, während Eisenkralle lachte.

Eisenkralle.

Eisenkralle.

Und immer wieder Eisenkralle ...

Wie ein Echo hallte der Name in seinem Kopf nach und verfolgte ihn. Es gab kein Entrinnen, Tigerherz wusste es – und so erwachte er am Morgen mit der Gewissheit, dass die Entscheidung im Kampf um das Schicksal des Dschungels bevorstand.

Da es in der alten Grabkammer weder Wasser noch Futter gab, fühlte sich Tigerherz schwach und entkräftet. Die heiße Luft, die von der Lava aufstieg, hatte seine Augen und Nase ausgetrocknet, seine Kehle brannte wie Feuer. Dennoch kam ihm kein Laut der Klage über die Lippen. Zum einen, weil er bei den Bayangai

---

* nachzulesen in TIGERHERZ Band 1 »Der Prinz des Dschungels«

* siehe TIGERHERZ Band 2 »Die Insel der Schatten«

gelernt hatte, Dinge wie diese zu ertragen; zum anderen, weil er seinen Gefährten, denen es sicher nicht besser erging, ein gutes Beispiel geben wollte.

Er weckte Biru, der sofort hellwach war und aufgeregt umherwuselte – dann war auch schon heiseres Gebrüll zu vernehmen, das durch die Grotte des Feuers drang.

Eisenkralle ...

»Tigerherz!«, tönte es schaurig. »Die Nacht ist vorüber! Nun wird sich zeigen, wer von uns beiden der wahre Herrscher von Astana ist!«

Tigerherz, Biru und Tukang tauschten Blicke. Besonders den Feueraffen sah Tigerherz lange und durchdringend an. Von ihm würde alles abhängen – und wenn Tigerherz ehrlich zu sich selbst war, musste er sich eingestehen, dass er Tukang noch immer nicht ganz vertraute. Immerhin war er es gewesen, der Eisenkralle mit der Klaue versorgt und damit Unglück über den ganzen Dschungel gebracht hatte ...

Aber darin lag auch eine Chance.

Denn eben weil Tukang in der Vergangenheit Schuld auf sich geladen hatte, wollte er jetzt alles wiedergutmachen, und Tigerherz hatte keine andere Wahl, als seinem Plan zu vertrauen. Schlug er fehl, würde alles verloren sein.

Eisenkralle würde triumphieren – und Tod und Verderben würden über die Tiere des Dschungels hereinbrechen, genau wie damals über die Takrambuti ...

»Also gut«, sagte Tigerherz leise, bemüht, sich seine Aufregung nicht anmerken zu lassen. »Jeder von uns weiß, was er zu tun hat – viel Glück, Freunde.«

»Glück auch dir, geck-gecko!«

»Möge der Geist des Großen Drachen uns leiten«, fügte Tukang hinzu. Damit war alles gesagt.

Mit einem letzten Blick auf Biru, der ihn aus seinen hervorspringenden Augen ansah, wandte sich Tigerherz um und schlich hinaus. Auch der Gecko begann in diesem Augenblick loszuwuseln – mit einem eigenen Auftrag ...

Was Tigerherz empfand, als er durch den Felsengang in die offene Höhle trat, war schwer zu beschreiben. Gewiss war er innerlich angespannt, aber er hatte keine Angst. Er erinnerte sich noch gut daran, wie er Eisenkralle das erste Mal gegenübergetreten war – seither hatte sich manches geändert. Während Eisenkralle noch immer derselbe verräterische Schurke war, war aus Raja, dem Prinzen des Dschungels, ein junger Krieger geworden, mutig und stark genug, es mit jedem Gegner aufzunehmen ...

Es sei denn, dieser trug eine metallene Klaue ...

Eisenkralle wartete in der Mitte der Brücke. Er stand hoch aufgerichtet, was wohl signalisieren sollte, dass er sich nicht vor seinem Gegner fürchtete, doch sein Schwanz peitschte zugleich hin und her, und seine Zähne waren gefletscht. Ohne Zögern trat auch Tigerherz auf die Brücke hinaus. Sein Herzschlag beschleunigte sich, und er merkte, wie die Furcht in ihm emporkriechen wollte.

Aber er beherrschte sie ...

»Was soll das?«, fragte Eisenkralle, mit dem Kinn auf Tigerherz' Vorderläufe deutend. »Wo ist deine Klaue?«

»Ich habe keine«, erwiderte Tigerherz gelassen.

»Ich verstehe.« Der Schurke schnaubte verächtlich. »Du hast

die Schmerzen gescheut, die damit verbunden sind. Typisch für dich – dein Vater hätte es wohl genauso gemacht.«

»Wenn du meinst.« Tigerherz verzog keine Miene. Er war Eisenkralle keine Erklärung schuldig. Sollte der doch denken, was er wollte. Hauptsache, der Plan ging auf ...

»Dann gebe ich zur Kenntnis, dass es deine freie Entscheidung war, auf eine Waffe zu verzichten!«, rief Eisenkralle so laut, dass es in dem Gewölbe widerhallte – die Worte waren nicht für Tigerherz bestimmt, sondern für die Makaken, die wieder die gegenüberliegenden Felsen besetzt hatten und dort zu Dutzenden kauerten. Schließlich wollte Eisenkralle vor ihnen als Sieger dastehen ...

»Ich, Eisenkralle, König des Dschungels und Herrscher von Astana, wollte dir die Gnade eines fairen Kampfes gewähren«, fuhr er fort. »Du jedoch hast sie ausgeschlagen!«

»Das habe ich«, versicherte Tigerherz gelassen – worauf die Makaken und allen voran der vorlaute Pedang in kreischendes Gelächter ausbrachen. Tigerherz nahm es gelassen – auch das hatte er bei den Bayangai gelernt. Statt Zeit und Kraft darauf zu verschwenden, sich über den Spott der Makaken zu ärgern, dachte er an Biru.

Denn während er auf der Brücke stand und das höhnische Kreischen der Makaken über sich ergehen ließ, war Biru dabei, an der Unterseite der Brücke auf die andere Seite zu klettern. Was einem Tiger, so stark und mutig er auch sein mochte, unmöglich war, brachte ein Gecko ohne weiteres zustande – schließlich hatte er an jeder Pfote feine Lamellen, mit denen er an der Decke spazieren konnte, ohne hinunterzufallen.

Ob Biru schon drüben angekommen war? Dann musste er als Nächstes an den Makaken vorbei – und das konnte er nur, wenn Tigerherz diese ablenkte …

Er streckte sich ebenfalls, bis er beinahe so hochmütig aussah wie Eisenkralle, und stolzierte über die Brücke auf diesen zu. Dass unter ihm flüssige Lava brodelte und die Luft so heiß war, dass sie flimmerte, versuchte er dabei möglichst zu vergessen. Er konzentrierte sich auf das Hier und Jetzt, genauso, wie seine Meisterin es ihm beigebracht hatte.

Er hätte viel darum gegeben, Kahaya jetzt an seiner Seite zu haben. Andererseits war es gut, dass sie nicht hier war – denn niemand wusste, wie diese Sache ausgehen würde …

»Da bist du ja.« Eisenkralle senkte sein Haupt, seine Augen verengten sich. Es war nur noch eine Frage von Augenblicken, wann er angreifen würde.

Tigerherz' Blick war wie gebannt auf die Metallklaue geheftet, die wie ein Fächer aussah und gleich aus drei Klingen bestand. Ein Hieb damit, und es würde vorbei sein …

»Endlich«, knurrte Eisenkralle versonnen und beinahe freundlich. »Du kannst dir nicht vorstellen, wie lange ich auf diesen Moment gewartet habe.«

»Seit meiner Geburt«, gab Tigerherz zur Antwort.

»Oh nein.« Der Schurke schüttelte den Kopf. »In Wahrheit schon sehr viel länger – seit dem Tag, da Eisfell in mein Leben trat und mein eigener Vater König Feuerfell ihm und nicht mir die Herrschaft des Dschungels übertrug. Seither habe ich jeden Tag gekämpft, um das zurückzugewinnen, was eigentlich immer mir gehört hat – und ich habe große Opfer gebracht«, fügte er nachdenklich hinzu, auf die Klaue an seiner verstümmelten Pranke starrend.

»Ich habe dir schon einmal gesagt, dass es mir leidtut«, versicherte Tigerherz. »Aber ich trage keine Schuld an dem, was geschehen ist – und ganz gleich, wieviel Unrecht dir widerfahren sein mag, es gibt dir nicht das Recht, wahllos andere Tiere zu töten und Angst und Schrecken zu verbreiten.«

»Hört, hört.« Eisenkralle schnaubte. »Als ob dein Vater sprechen würde.«

»Mein Vater war ein Tiger von Ehre, nicht von ungefähr erinnern sich alle mit Ehrfurcht an ihn – an dich hingegen wird sich niemand erinnern, Eisenkralle.«

»Von wegen!« In den gelben Augen des Schurken funkelte es gefährlich. »Alle werden sich erinnern! Denn ich, Eisenkralle, werde tun, was noch kein Herrscher des Dschungels vor mir getan hat: Ich werde die Makaken bewaffnen, und mit ihnen als meine Armee werde ich den gesamten Dschungel unterwerfen! Mein Reich wird nicht an den Grenzen von Astana enden so wie das deines Vaters, sondern es wird weitergehen! Auch die Berge und die Sümpfe werden dazugehören und irgendwann auch das Gebiet der Elefanten!«

»Du bist wahnsinnig«, entfuhr es Tigerherz. Es war nur eine Feststellung, er hatte Eisenkralle damit nicht provozieren wollen – der Tyrann reagierte dennoch mit einem Wutausbruch.

»Wahnsinnig?«, brüllte er, dass seine Stimme sich überschlug und Blitze aus seinen Augen zu schlagen schienen. »Du wagst es, mich so zu nennen?«

»Weil es die Wahrheit ist«, konterte Tigerherz trotzig, der bereits

Verteidigungshaltung eingenommen hatte – und Eisenkralle ließ ihn nicht länger warten.

»Für diese Frechheit, Sohn von Eisfell«, brüllte er, »bezahlst du mit deinem Leben!«

Damit federte er zurück und wollte sich auf Tigerherz katapultieren, um ihm mit der Mörderklaue die Kehle zu zerfetzen, und vermutlich hätte Tigerherz ihm nicht das Geringste entgegenzusetzen gehabt. Doch in diesem Moment fuhr ein Rumpeln durch den Berg und ließ die Brücke erbeben.

»Was ist das?«

Eisenkralle hielt jäh in seinem Angriff inne.

Ein weiterer Stoß erfolgte, die Brücke schien zu wanken. Eisenkralle fuhr herum und sah nach seinen Makaken, die einander ebenfalls ratlos anblickten. Und als die nächste Erschütterung kam, die diesmal nicht nur die Brücke, sondern den ganzen Berg zu erfassen schien, brachen sie schlagartig in Geschrei und helle Panik aus.

Unter wildem Gekreische huschten sie auf den Felsen hin und her. Nicht nur Pedang versuchte vergeblich, ihnen Einhalt zu gebieten – auch Eisenkralles Gebrüll verhallte ungehört. Was galt der Zorn eines Tigers, wenn der Große Drache seine mächtige Stimme erhob?

Wieder rumpelte es.

Über dem Eingang zur Grabkammer lösten sich mehrere Felsbrocken und prasselten herab. Einige schlugen auf den Fels der Brücke, andere fielen in die Tiefe und verschwanden in der Lava, die glühend aufspritzte.

Eisenkralle fuhr herum – und plötzlich schien ihm klar zu werden, wer hinter alldem stecken musste. »Tukang!«, brüllte er mit vor Schreck weit aufgerissenen Augen. »Was tust du ...?«

Er bekam keine Antwort – Tigerherz hingegen wusste nur zu genau, was der Feueraffe getan hatte. Er hatte den Hebel gezogen, der sich neben dem Eingang der Grabkammer befand und Tigerherz schon tags zuvor aufgefallen war.

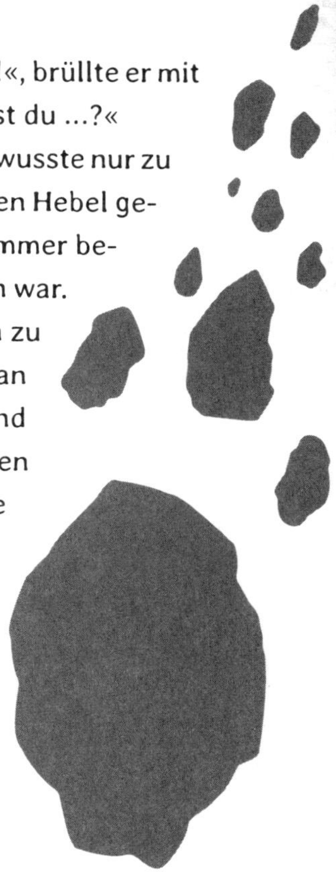

Schon da war Tukang kurz davor gewesen, ihn zu ziehen. Dass er es nicht getan hatte, hatte nur an Tigerherz gelegen, der Senjata widersprochen und klargemacht hatte, dass er sich nicht der Waffen der Takrambuti bemächtigen wollte. Das hatte Tukang damit gemeint, als er sagte, dass er Tigerherz vertraut hätte – nun jedoch gab es kein Halten mehr ...

Der Wächter des Berges hatte den Hebel gezogen, kaum dass Tigerherz die Grabkammer verlassen hatte – und das Verhängnis nahm seinen Lauf. Noch mehr Gestein löste sich und ging nieder, und mit einem hässlichen Knacken entstanden Risse im Fels. Die Felsbrocken, die herausbrachen, wurden größer.

»Nein!«, schrie Eisenkralle entsetzt. »Was tut er ...?«

»Die Takrambuti, die jenes Grab errichteten, haben auch eine Vorrichtung gebaut, um es zu zerstören«, erwiderte Tigerherz triumphierend. »Ihre Toten werden in den Tiefen des Berges eingeschlossen – und ihre Waffen mit ihnen!«

»Nein«, widersprach Eisenkralle kopfschüttelnd – noch nie zuvor hatte Tigerherz ihn so fassungslos erlebt. »Neeein ...!«

In diesem Moment löste sich ein gewaltiger Felsbrocken und brach herab. Mit furchtbarer Wucht traf er auf die Brücke und durchschlug sie, dann stürzte er in die Tiefe und tauchte in das flüssige Gestein. Eine feurige Fontäne spritzte auf, die das kochende Blut des Drachen bis zur Brücke hinaufschleuderte. Ein grässliches Grollen ertönte aus der Tiefe – und im nächsten Augenblick begann die glühende Lava emporzusteigen!

Ein ganzes Zeitalter lang hatte der Große Drache im Inneren des Berges geschlafen.

Nun war er erwacht.

30

Auf Leben und Tod

Eisenkralle zögerte nicht.

Als ihm klar wurde, dass es für ihn um Leib und Leben ging, fuhr er herum und jagte die schmale Brücke hinab zur anderen Seite der Schlucht – und da die Brücke durchbrochen und der Rückweg zur Grabkammer abgeschnitten war, konnte Tigerherz nicht anders, als ihm zu folgen.

Es war ein Wettlauf gegen die Zeit.

Schon war die Felsenbrücke von Sprüngen durchzogen, jeden

Augenblick würde sie einstürzen! Immer mehr Felsbrocken lösten sich und stürzten krachend in die Tiefe, immer höher schoss die Glut, und immer weiter stieg die Lava empor. Schon bald würde sie den Rand des Pfuhls erreichen – und damit auch die Grabkammer der Takrambuti mit den Waffen darin!

Die Brücke erzitterte, Tigerherz verlor fast das Gleichgewicht! Er stieß ein Fauchen aus, und indem er all sein Geschick aufwandte, gelang es ihm, sich zu halten. Pfeilschnell schoss er Eisenkralle hinterher und erreichte die andere Seite – wo sein Erzfeind ihn bereits erwartete.

»Was hast du getan?«, brüllte Eisenkralle ihm entgegen.

»Was ich tun musste«, erwiderte Tigerherz trotzig. »Was ich schon längst hätte tun sollen. Die Waffen der Takrambuti haben genug Unheil angerichtet. Jetzt ist endgültig Schluss damit!«

Eisenkralle schrie wütend auf. Den ersten Schrecken schien er überwunden zu haben – jetzt wollte er nur noch eines.

Rache ...

Mit einem Sprung wollte er sich auf Tigerherz stürzen, doch der war darauf gefasst und wich aus. Eisenkralle sprang gegen den Felsen, federte die Wucht seines Angriffs ab und warf sich herum, um sofort zu einer neuen Attacke auszuholen. Die Pranke mit der Metallklaue hatte er zum tödlichen Streich erhoben.

»Stirb, Eisfells Sohn!«, brüllte er und griff Tigerherz abermals an, der mit dem Rücken zur Felswand stand und diesmal nicht ausweichen konnte.

Als die Klinge heranzuckte, gelang es ihm immerhin, sich zu ducken – er merkte, wie das mörderische Metall ihn um Haaresbreite verfehlte und auf das Gestein traf, wo es helle Funken schlug. Eisenkralle schrie gequält auf, offenbar bereitete ihm der Aufprall Schmerzen. Doch sofort holte er zu einem weiteren Hieb aus. Indem er sich abermals herumwarf, schlug er mit der Klaue zu. Tigerherz versuchte erneut, unter dem Hieb hinweg zu tauchen, aber es gelang ihm nicht. Heiß und schmerzhaft schnitt das Metall in seine Haut, Blut rann an seiner Schulter herab und färbte sein weißes Fell grässlich rot.

»Wie gefällt dir das?«, fragte Eisenkralle. Seine Augen hatten sich geweitet. Tigerherz konnte nicht sagen, ob es nur die Glut der Lava war, die sich darin spiegelte, oder ob es der nackte Wahnsinn war, der aus ihnen leuchtete.

»Du bist irre«, beschied ihm Tigerherz, wissend, dass er ihn dadurch nur noch wütender machen würde. »Völlig durchgedreht – aber ich schätze, das bist du immer schon gewesen. Deshalb wollte dein Vater Feuerfell dir auch nicht die Herrschaft über den Dschungel anvertrauen ...«

»Lüge! Alles Lüge!«, keifte Eisenkralle. Geifer troff von seinen Zähnen, er war außer sich vor Zorn. Rachsüchtig, grausam und von unersättlicher Gier war der selbsternannte Herrscher von Astana schon immer gewesen. Nun jedoch, da seine Pläne in glühender Lava zu versinken drohten, hatte er auch noch sein letztes bisschen Verstand verloren und gebärdete sich wie von Sinnen. Tigerherz hatte ihn als erbarmungslosen Jäger und todbringenden Kämpfer kennengelernt – doch was nun mit ihm vor sich ging, stellte alles in den Schatten.

Eisenkralle verwandelte sich – nicht nur innerlich, sondern auch nach außen. Seine leuchtenden Augen versanken in ihren Höhlen, als ob sie sich in seinen Schädel brennen würden, seine

Gesichtszüge wurden zur hassverzerrten Fratze. Sein Rückenfell sträubte sich, sein Schwanz zuckte umher wie eine Schlange. Es war, als würde das Monstrum, das der Tyrann von Astana schon immer gewesen war, nun auch äußerlich von ihm Besitz ergreifen, und Tigerherz war klar, dass er im Kampf unterliegen würde. Trotz allem, was er auf der Insel der Bayangai gelernt hatte – dem entfesselten Hass des Tigers, der schon seinen Vater und seine Mutter getötet hatte, konnte er nichts entgegensetzen.

Und da war die Klaue ...

Erneut zuckte sie heran, und da Tigerherz noch immer keine Möglichkeit hatte auszuweichen, traf sie ihn ein zweites Mal. Wieder fühlte er brennenden Schmerz, doch statt ihm nachzugeben, fuhr er seinerseits die Krallen aus und schlug damit zu – und erwischte Eisenkralle an der Schnauze.

Eine blutige Wunde zog sich quer über Eisenkralles narbige Züge, der Schmerz ließ ihn für einen Moment zurückweichen – das genügte Tigerherz, um sich mit einer Drehung zur Seite zu befreien. Als die Metallklaue kurz darauf das nächste Mal zuschlug, traf sie wieder nichts als harten Stein.

In der Höhle war Chaos ausgebrochen.

Die Makaken kreischten wie von Sinnen. Vermutlich war auch ihnen aufgegangen, dass der Plan ihres Herrschers gescheitert war, dennoch wagten nur wenige die Flucht, vermutlich aus Angst vor Eisenkralles Zorn. Die meisten, unter ihnen auch Pedang, zogen es vor, lauthals schreiend an der steilen Höhlenwand umherzuspringen. Tigerherz konnte nur hoffen, dass Biru die Verwirrung genutzt hatte, um nach draußen zu entkommen. Wenigstens einer von ihnen sollte überleben und von den Geschehnissen berichten, die sich im Berg des Feuers zugetragen hatten ...

Wieder warf Eisenkralle sich herum. Seine Augen leuchteten noch immer, und mit all dem Blut im Gesicht sah er noch irrsinniger aus als zuvor.

Tigerherz war seiner letzten Attacke zwar ausgewichen. Doch nun stand er mit dem Rücken zum tödlichen Abgrund, aus dem sengende Hitze aufstieg und immer wieder gefährliche Feuersäulen in die Höhe schossen. Der Berg war aus seiner Ruhe erwacht, der Drache in seinem Schlaf gestört worden – und sein Zorn war fürchterlich ...

Tigerherz sah Eisenkralle herankommen. Er rief sich ins Gedächtnis, was die Bayangai ihn gelehrt hatten, und suchte das Gleichgewicht, während er gleichzeitig Verteidigungshaltung einnahm, den Angriff seines fürchterlichen Gegners erwartend ...

Und er kam! Unter heiserem Fauchen setzte Eisenkralle heran. Mit der Pranke versuchte Tigerherz ihn abzuwehren, bekam dabei jedoch einmal mehr die Klingen zu spüren. Schmerz, so glühend heiß wie die Lava selbst, durchzuckte ihn – doch schon griff Eisenkralle erneut an. Auf den Hinterbeinen stehend, schlug der Schurke auf ihn ein. Tigerherz widerstand der Versuchung, sich ebenfalls aufzubäumen – er wusste, dass er dadurch seine ungeschützte Bauchseite preisgegeben hätte, und vermutlich war es genau das, was Eisenkralle wollte. Stattdessen hielt er den Kopf unten und nahm die Schnittwunden hin, die sein Gegner ihm diesmal am Rücken zufügte, und schlug stattdessen mit den eigenen Pranken nach Eisenkralles Beinen.

Der Tyrann jaulte unköniglich, als Tigerherz' Krallen Fell und

Haut durchdrangen und in sein Fleisch stachen. Trotzdem gab er nicht nach und wich nicht zurück, sondern blieb an Ort und Stelle, um sich mit dem ganzen Gewicht seines großen, sehnigen Körpers auf Tigerherz zu stürzen.

Tigerherz hatte das Gefühl, von einem Felsen niedergedrückt zu werden. Vergeblich versuchte er, sich von seinem Gegner zu befreien – Eisenkralle drückte ihn zu Boden, und Tigerherz merkte, wie der weit aufgerissene Kiefer ihm gefährlich nahe kam. Er sah den Geifer, der von den Zähnen troff, roch Eisenkralles scheußlichen Atem, während er gleichzeitig versuchte, ihn mit aller Kraft von sich fernzuhalten ...

Vergeblich.

Zwar brachte Tigerherz ihm weitere Wunden bei, doch darum scherte sich der Schurke in seiner Raserei nicht mehr. Nur noch ein einziges Ziel schien er vor Augen zu haben, nämlich Tigerherz zu töten.

Dieser merkte, wie seine Kräfte nachließen.

Unnachgiebig drückte Eisenkralle ihn nieder und versuchte, mit dem Kiefer an seine Kehle zu kommen, um ihm einen letzten, tödlichen Biss zu versetzen. Tigerherz wusste nicht, ob der Lärm in seinem Kopf vom Rauschen seines eigenen Blutes rührte, ob es das Brodeln der Lava war, das Kreischen der Makaken oder Eisenkralles triumphierendes Gelächter.

Etwas anderes ging ihm in diesem Moment dafür umso deutlicher auf – dass es wohl so ziemlich das Letzte war, was er auf dieser Welt hören würde.

Seltsamerweise hatte er keine Angst.

Im Gegenteil, seine Gedanken verließen den Berg des Feuers

und gingen zu jenen, die er liebte ... zu seinen Eltern, Senjata und dem alten Ayah, die ihr Leben für ihn geopfert hatten ... zu seinen Waffenbrüdern und -schwestern auf der Insel der Bayangai ... zu Biru, Luku und Makan, die die besten Freunde waren, die er sich nur hatte wünschen können ... und zu Kahaya.

Und obwohl Eisenkralles hassverzerrte Miene über ihm war und dieser alles daransetzte, ihn zu töten, empfand Tigerherz in diesem Moment weder Furcht noch Bitterkeit, sondern nur Zuneigung all jenen gegenüber, die für ihn da gewesen waren. Um sie zu beschützen und zu verhindern, dass seine schreckliche Vision wahr wurde, war er aufgebrochen.

Und dieses Ziel hatte er erreicht ...

»Warum schreist du nicht?«, fuhr Eisenkralle ihn an. »Warum winselst du nicht um dein Leben?«

»Weil ich keine Angst habe«, stieß Tigerherz zwischen gefletschten Zähnen hervor. »Ich bin Raja Tigerherz, der Sohn von König Eisfell und Königin Cinta!«

»Und gleich wirst du tot sein!«, versetzte der Schurke höhnisch. Er riss den Rachen auf, um seine Zähne in Tigerherz' Kehle zu schlagen, und es wäre ihm wohl gelungen – hätte sich in diesem Moment nicht etwas auf ihn gestürzt.

Oder vielmehr jemand ...

Wie ein Geist flog ein feuerfarbener Schemen heran, den Tigerherz nur aus dem Augenwinkel wahrnahm. Doch er traf Eisenkralle mit derartiger Wucht, dass er ihn glatt umriss.

Tigerherz war frei!

Mit einem scharfen Atemzug schoss er in die Höhe, starrte verblüfft auf das Knäuel von gestreiftem Fell, das sich fauchend vor ihm balgte – und sich dabei auf den Abgrund zubewegte! Und erst, als die beiden Gegner, die sich buchstäblich ineinander verbissen hatten, für einen kurzen Moment innehielten, erkannte Tigerherz, wer da so unvermittelt aus dem Nichts aufgetaucht war und ihn gerettet hatte.

Kipas!

»Was willst du hier, Streifling?«, knurrte Eisenkralle. Sein rechtes Auge war so geschwollen, dass er damit kaum noch etwas sehen konnte.

»Dir beweisen, dass ich doch etwas wert bin«, erwiderte Kipas, der gleich aus mehreren Wunden blutete. »Und dass ich dich auch ohne Klinge besiegen kann!«

»Dann versuch's doch«, forderte der andere gehässig – und Kipas ließ sich nicht lange bitten.

Mit einem heiseren Schrei warf er sich vor und versenkte seine Reißzähne in Eisenkralles Schulter, worauf dieser zurückwich. Auf die Klingen, mit denen er wie wild um sich schlug, achtete Kipas gar nicht – und das wurde ihm zum Verhängnis. Eisenkralle, der vor Schmerz und Wut wie von Sinnen brüllte, fügte Kipas eine blutende Wunde an der Schulter zu. Nun war es der jüngere Tiger, der schmerzvoll aufschrie. In einem Ausbruch roher Kraft schleuderte Eisenkralle ihn von sich und wollte sich auf ihn stürzen – doch diesmal war Tigerherz zur Stelle.

Mit einem Satz sprang er zwischen Eisenkralle und Kipas, der gerade erst wieder auf die Beine kam, blutend und mit zusammengebissenen Zähnen. Beide senkten sie die Köpfe und brüllten Eisenkralle an, der sich seinerseits mit heiserem Gebrüll revanchierte.

»Sieh an!«, tönte er. »Ist euer Hass auf mich tatsächlich noch stärker als eure Feindschaft? Wie schade – dabei habe ich alles getan, um euch gegeneinander aufzuhetzen, wirklich alles ...« Er lachte böse.

Tigerherz und Kipas warteten nicht erst ab, bis er sie mit der eisernen Klaue angriff – indem sie sich gemeinsam auf ihn stürzten, kamen sie ihm zuvor.

Beide hüteten sich davor, ihren Gegner anzuspringen – Eisenkralle die ungeschützte Bauchseite zu zeigen, selbst für einen winzigen Augenblick, wäre ein tödlicher Fehler gewesen. Stattdessen blieben beide dicht über den Boden geduckt und attackierten ihn von beiden Seiten. Tigerherz hatte sich dabei für die rechte Seite entschieden – die Seite mit der eisernen Klaue. Schon im nächsten Moment bekam er ihren Zorn zu spüren. Blitzschnell duckte er sich, sodass die Klingen ihn haarscharf verfehlten, und schlug seinerseits zu, um Eisenkralle abzulenken – während Kipas vorsprang und zubiss.

Seine Zähne bohrten sich tief in Eisenkralles linken Vorderlauf. Vor Schmerz lauthals brüllend machte der Schurke einen Schritt zurück. Bemüht, sich Luft zu verschaffen, fuchtelte er ziellos mit der Eisenklaue, sodass sich Tigerherz hüten musste, nicht davon getroffen zu werden – doch gleichzeitig ergab sich auch die Möglichkeit zum

Vorstoß. Als Eisenkralle die Vorderläufe nach oben riss, um sich auf den Hinterläufen aufzubäumen, war seine Deckung offen – und Tigerherz schlug seinerseits zu.

Mit der Pranke traf er Eisenkralles Brust und brachte ihm eine blutende Wunde bei. Mit einem Aufschrei, der eine Mischung aus Wut und Überraschung verriet, wich der Tyrann zurück – und kam dabei dem Abgrund gefährlich nahe.

Tigerherz sah noch, wie Eisenkralles rechter Hinterlauf ins Leere trat – dann ging alles blitzschnell!

Der falsche König rutschte mit dem anderen Hinterlauf ab. Er kippte nach hinten, und sosehr er auch versuchte, sich irgendwo festzuklammern – in der vor Hitze flirrenden Luft fanden seine Pranken keinen Halt. Er schrie entsetzlich – und war im nächsten Moment hinter der Abbruchkante verschwunden.

31

Eine Prophezeiung erfüllt sich

»Kipas!«

Tigerherz eilte zu dem jungen Tiger, der am Rand des Abgrunds niedergesunken war, aus den zahlreichen Wunden blutend, die Eisenkralle ihm zugefügt hatte.

»Du ... du hast mir das Leben gerettet«, stieß Tigerherz ungläubig hervor.

Kipas schlug ein Auge auf. »Denk nur nicht ... für dich getan«, knurrte er. »Nur beweisen, dass ...«

Seine Worte gingen in ein Fauchen über, als der Schmerz zu groß wurde. Im selben Moment wurde der Berg von einem weiteren Beben erschüttert. Kipas versuchte sich aufzurichten, aber es gelang ihm nicht. Kraftlos brach er zusammen.

»Ich werde dich stützen«, versicherte Tigerherz.

»Nein.« Kipas fauchte feindselig. »Lass mich einfach liegen!«

Wieder ein Beben. Die Brücke – oder das, was noch von ihr übrig war – erzitterte. Immer wilder kochte die Lava hoch, bald würde sie die ganze Höhle verschlingen.

»Sei nicht dumm«, forderte Tigerherz. Er versuchte, seine Schnauze unter Kipas' linke Schulter zu schieben und ihm auf diese Weise doch aufzuhelfen. »Los doch, beweg dich ...«

Ob er so überzeugend war oder Kipas schlicht nicht mehr die Kraft hatte zu widersprechen – er gab nach und raffte sich auf die Beine. Ein Stöhnen entfuhr ihm dabei – die Wunden, die Eisenkralle ihm zugefügt hatte, waren tief.

»Ich bringe dich nach draußen«, kündigte Tigerherz an und wollte ihn zu dem Stollen führen, der aus dem Inneren des Berges ins Freie führte ... als es geschah!

Hinter der Abbruchkante wuchs ein düsterer Schatten empor – Eisenkralle! Der Tyrann des Dschungels war nicht tot, wie Tigerherz angenommen hatte. Offenbar war es ihm gelungen, sich im Fallen an der Felswand festzukrallen und wieder daran hochzuklettern. Jetzt war er wieder da – und sah fürchterlich aus!

Eisenkralle blutete aus zahlreichen Wunden, sein Fell war von der Hitze versengt und an einigen Stellen rußgeschwärzt. In seinem verbliebenen Auge jedoch brannte noch immer jenes irrsinnige Feuer, das Tigerherz schon zuvor so erschreckt hatte. In seiner Raserei wusste Eisenkralle vermutlich nicht einmal, was genau er eigentlich tat. Wahllos schlug er mit der Mörderklaue zu – und erwischte Kipas.

»Nein!«, schrie Tigerherz entsetzt – und griff seinerseits Eisenkralle an, mit der ganzen Stärke eines Kriegers der Bayangai. Als der Schurke wieder mit der Klaue zuschlagen wollte, parierte Tigerherz seinen Hieb, und beide bäumten sich auf und standen einander an der Abbruchkante gegenüber, fürchterlich brüllend und von der roten Glut der Lava beleuchtet. Tigerherz schlug zu.

Seine Pranke traf Eisenkralle im Gesicht. Einen Herzschlag lang wollte Tigerherz nachsetzen, wollte seinem Instinkt folgen und seinem Todfeind an die Kehle gehen – dass er es nicht tat, rettete ihm das Leben. Denn Eisenkralle fiel abermals hintenüber, und hätte Tigerherz sich in seinen Gegner verbissen, wäre er mit in den Tod gerissen worden.

So gelang es ihm, auf den Hinterläufen stehend an der Abbruchkante zu verharren, während Eisenkralle unter entsetztem Geschrei zum zweiten Mal in den Abgrund stürzte, der ihn schon zuvor verschlungen hatte, und mit ihm all die Schrecken, die er verbreitet hatte.

Und diesmal kehrte er nicht wieder.

Tigerherz fiel auf alle viere zurück und eilte zu Kipas, der sich vor Schmerzen am Boden wand. Die Klaue hatte ihn im Rücken getroffen und ihm tiefe Schnittwunden zugefügt.

»Ei...Eisenkralle?«, stieß er hervor.

Tigerherz schüttelte nur den Kopf. Er empfand weder Triumph noch Genugtuung über den Tod des Feindes – auch das hatten die Bayangai ihn gelehrt. »Wird es gehen?«, fragte er besorgt.

Kipas unternahm einen weiteren Versuch sich aufzurichten, und Tigerherz half ihm dabei nach Kräften – doch es ging einfach nicht. Der Schmerz war zu groß, stöhnend sank Kipas wieder zusammen.

»Keinen Zweck«, keuchte er. »Kannst du ... Gefallen tun?«

»Jeden«, versicherte Tigerherz.

»Sag Kahaya, dass ... dass ...« Kipas biss die Zähne zusammen, als der Schmerz zu mächtig wurde – und verlor das Bewusstsein.

Tigerherz nickte nur. Er wusste genau, was Kipas hatte sagen wollen, und er würde es Kahaya ausrichten – dass ihr Bruder am Ende erkannt hatte, was gut und richtig war.

Trauer überkam ihn. Kipas atmete nur noch schwach, es war nur noch eine Frage der Zeit, bis ...

In diesem Moment durchlief ein weiterer Erdstoß den Berg, und ein entsetzliches Rumpeln war zu vernehmen. Erschrocken fuhr Tigerherz hoch, nur um zu sehen, wie sich gewaltige Tropfsteine von der Höhlendecke lösten und in die Tiefe stürzten. Unter schrecklichem Brausen und Tosen schlugen sie in die Lava ein, die die Kante inzwischen fast erreicht hatte.

Tukang!, schoss es Tigerherz durch den Kopf.

Er hatte den Freund fast vergessen!

Tigerherz schnellte herum, sah den Feueraffen im Eingang der Grabkammer stehen, die jeden Augenblick von flüssiger Glut überschwemmt werden würde!

»Tukang!«, schrie Tigerherz und war drauf und dran, über die brüchigen Überreste der Brücke zurückzueilen – doch der Feueraffe hob die Arme und gebot ihm Einhalt.

»Nein!«, rief er ihm entgegen.

»Aber du musst fort von hier, oder ...«

Tukang schüttelte nur den Kopf.

»Ich bleibe«, erklärte er mit Nachdruck, so als hätte er immer gewusst, dass es so kommen würde.

Dadurch, dass er Eisenkralle die Klaue der Takrambuti verschafft hatte, hatte er das Gleichgewicht der Kräfte im Dschungel empfindlich gestört – nun tat er alles dafür, es wiederherzustellen. Und als hätte er es so gewollt, brachen in diesem Moment die Überreste der Brücke zusammen. Ihre Trümmer versanken in der Lava, sodass weitere Glut aufspritzte – Tigerherz versuchte auszuweichen, doch ein winziger Spritzer traf ihn, versengte Fell und Haut und schmerzte furchtbar.

Er musste hier raus – und zwar sofort!

»Leb wohl, Tukang«, murmelte er mit einem letzten Blick auf den Freund, auf dessen Zügen ein beruhigendes Lächeln lag. Offenbar hatte er seinen Frieden gefunden. »Möge der Große Drache dich beschützen.«

Dann wandte Tigerherz sich ab, den Orakelspruch Semangatas im Ohr, demzufolge drei Leben geopfert werden mussten, um die Ordnung im Dschungel wiederherzustellen.

Drei Opfer ...

Senjata.

Eisenkralle.

Und Tukang.

Von einem vierten Opfer, dachte Tigerherz trotzig, war nie die Rede gewesen! Mochte Kipas sagen, was er wollte – er, Tigerherz, hatte noch längst nicht aufgegeben!

Und ohne dass sein Freund, der so lange Zeit sein Feind gewesen war, es mitbekam, schob Tigerherz sich unter ihn. Indem er sich eng an den felsigen Boden kauerte und wie eine Schlange unter Kipas' Körper kroch, gelang es ihm, sich den Bewusstlosen auf den Rücken zu laden. Die Last war beträchtlich, aber Tigerherz schaffte es, sie hochzustemmen. Und mit dem reglosen Körper des Freundes beladen, wankte Tigerherz dem Ausgang entgegen, während hinter ihm die Höhle in Chaos und Zerstörung versank.

Noch mehr Tropfsteine brachen von der Decke, und schließlich lösten sich ganze Felsen, die in die Lava einschlugen und ihre Zerstörungskraft vollends entfesselten. Feurige Fontänen schossen in die Höhe, und endlich erreichte das flüssige Gestein den Rand des Abbruchs und überflutete das Innere des Berges – und mit ihm auch alles, was von den Takrambuti geblieben war.

32

In letzter Not

Tigerherz wankte mehr, als dass er ging.

Nicht nur Kipas' Gewicht drückte ihn nieder. Schwermut befiel ihn, während er sich mühsam durch den Felsengang nach draußen schleppte.

Eile war geboten. Der Boden unter seinen Pfoten bebte, immer wieder lösten sich Gesteinsbrocken von der Decke und prasselten auf ihn herab, während hinter ihm ein schreckliches Gurgeln und Brausen zu hören war.

Die Hitze war so mörderisch, dass er die Luft kaum noch atmen konnte – dennoch schleppte er sich weiter, Stück für Stück, den reglosen Kipas auf dem Rücken.

Er wusste nicht, ob es draußen Tag war oder Nacht, hatte jedes Zeitgefühl verloren. Die Trauer um die Freunde, die er verloren hatte, folgte ihm bei jedem Schritt, während er gleichzeitig hoffte, dass zumindest Biru es noch nach draußen geschafft hatte.

Und dass Kipas wieder gesund werden würde ...

Mehrmals brach Tigerherz unter dem Gewicht zusammen, und unwillkürlich fragte er sich, warum er das eigentlich tat. Gewiss, Kipas hatte ihm das Leben gerettet, aber eigentlich nicht, weil er ihm hatte helfen wollen, sondern weil er sich an Eisenkralle rächen wollte ... Trotzdem verdankte Tigerherz ihm sein Leben – und noch einen Grund gab es, warum er Kipas nicht im Inneren des Berges zurücklassen wollte: Kahaya.

Tigerherz hatte deutlich gespürt, wie traurig es sie gemacht hatte, von ihrem Bruder getrennt zu sein. Kipas endgültig zu verlieren hätte ihr das Herz gebrochen, und das wollte Tigerherz keinesfalls zulassen.

Der Gedanke an Kahaya verlieh ihm neue, zusätzliche Kraft, und er schleppte sich weiter, während immer mehr Gestein auf ihn herabprasselte und sich Risse in den Felswänden bildeten. Obwohl er kaum noch Luft bekam, obwohl jeder Knochen in seinem Körper schmerzte und er wusste, dass ihm die glühende Lava auf den Fersen war, biss Tigerherz die Zähne zusammen und hielt durch. Und als vor ihm helles Licht zu sehen war, schöpfte er neue Hoffnung.

Seine letzten Kräfte einsetzend, schleppte er sich zum Ausgang der Höhle. Helles Tageslicht hieß ihn willkommen und mit ihm auch frische Atemluft, die er gierig in sich einsog. Auch Kipas auf seinem Rücken keuchte leise, was Tigerherz als gutes Zeichen wertete. Zum Aufatmen blieb jedoch keine Zeit – denn der Rauch, der aus der Höhle drang, machte klar, dass das flüssige Gestein sie fast eingeholt hatte.

Indem er mit Kipas auf einen Felsvorsprung kletterte, brachte sich Tigerherz aus der unmittelbaren Gefahrenzone – kurz darauf quoll bereits leuchtende Glut aus der schmalen Öffnung und kroch zähflüssig talwärts.

Die wenigen verkrüppelten Bäume, die den Hang bewuchsen, gingen in Flammen auf, als die flüssige Glut sie berührte, Felsen und Geröll wurden mitgerissen. Die kleineren Brocken schmolzen, als sie mit dem Blut des Drachen in Verbindung kamen, die großen schwammen auf dem glühenden Strom wie herabgefallene Blätter auf einem Fluss.

Das brachte Tigerherz auf eine Idee!

Von dem Vorsprung aus, auf den er sich und Kipas gerettet hatte, hielt er nach einem geeigneten Brocken Ausschau – und als er den richtigen Augenblick für gekommen hielt, sprang er. Breitbeinig landete er auf dem flachen Gestein, das tatsächlich die Form eines riesigen Baumblatts hatte und auf dem Glutstrom zu Tal schwamm. Tigerherz ließ Kipas von seinem Rücken gleiten und hielt ihn mit den Vorderpfoten fest, damit er nicht herunterfallen konnte. So ging es hinab ins Tal.

Sehen konnte Tigerherz so gut wie nichts wegen der Hitze und dem Qualm, der sie umgab. Er brannte schrecklich in seinen Augen und ließ die Luft so sehr flimmern, dass man kaum etwas erkennen konnte. Doch immer weiter ging es hinab, über die Bahnen aus schwarzem Gestein, über die sich die Glut ergoss und die, wie Tigerherz nun klar wurde, selbst nichts anderes waren als erkaltete und wieder erstarrte Lava. Aus Wut über die Takrambuti hatte der Große Drache damals sein Feuerblut über die Hänge des Berges ergossen – heute war sein Zorn abermals entfacht worden.

33

Unverhoffte Begegnung

Je weiter es hinabging, desto mehr hatte der Fluss aus Lava sich verzweigt, und desto zäher war er geflossen, da das Gestein sich wieder abkühlte. Als das Land endlich flacher wurde, blieb der Felsbrocken, auf den Tigerherz und Kipas sich gerettet hatten, inmitten von rauchender Glut und schwarzer Schlacke liegen. Sie hatten den Fuß des Berges erreicht.

Tigerherz blickte zurück. Er sah die orangerot leuchtende Ader, die sich über den Hang ergoss, und die dunkle Rauchwolke, die über dem Gipfel des Berges aufstieg. All das erinnerte ihn an die Höhle des Feuers, an die Vision, die er gehabt hatte. Gleichzeitig spürte er, wie der Boden bebte.

Der Zorn des Großen Drachen hatte sich offenbar noch immer nicht gelegt. Es war noch nicht vorbei ...

»Kipas.« Tigerherz stieß den Gefährten an, der noch immer nicht bei Bewusstsein war.

»Hm ...?«

Erleichtert nahm Tigerherz zur Kenntnis, dass der andere sich noch regte. »Du musst aufwachen«, drängte er. »Wir müssen fort von hier ...«

Kipas schlug ein Auge auf. Blutunterlaufen und müde blickte es Tigerherz an.

»Du«, knurrte er nur. Es klang fast wie ein Vorwurf.

Wieder bebte die Erde, die Luft roch nach Feuer. Seine Instinkte warnten Tigerherz und sagten ihm, dass der Fluss aus Lava erst der Anfang gewesen war und noch größeres Unheil bevorstand ... »Jetzt«, drängte er.

Kipas hob den Kopf und sah sich mühsam um. »Wie ...?«

»Ich habe dich getragen.«

Kipas betrachtete ihn mit einer Mischung aus Verachtung und Verblüffung. »Warum?«, fragte er nur.

»Vielleicht, weil du mir das Leben gerettet hast?«

»Zufall.« Kipas schnaubte.

»Na klar.« Tigerherz nickte grimmig, während aus Richtung des Berges ein tiefes Grollen drang. »Jetzt sollten wir zusehen, dass wir von hier fortkommen«, meinte er. »Wird es gehen?«

Kipas verkniff sich eine bissige Erwiderung. Stattdessen tat er tatsächlich, was von ihm verlangt wurde, und versuchte, sich mit den Vorderläufen hochzustemmen – vermutlich spürte auch er, dass etwas in der Luft lag, Tod und Zerstörung ...

Verwundet und geschwächt wie er war, wäre er gleich wieder zusammengebrochen, hätte Tigerherz nicht seine Schnauze unter Kipas' Schulter geschoben und ihn gestützt.

»Nicht«, zischte der – doch ihm war wohl klar, dass er die Hilfe seines unfreiwilligen Gefährten brauchte, wenn er nicht hier zurückbleiben wollte.

Gemeinsam humpelten sie los, verließen den Felsbrocken über dessen flache Seite und schlugen den Weg zum Bambuswald ein, während sich hinter ihnen der Rauch über dem Berg verdichtete und den Himmel mehr und mehr verfinsterte.

Tigerherz' Ziel war die Senke, in der sie noch vor wenigen Tagen gelagert und sich noch ein letztes Mal gut ausgeruht hatten – dort hatten Biru und er sich treffen wollen, falls ihnen die Flucht gelänge.

Das Vorankommen war beschwerlich. Tigerherz war erschöpft und musste Kipas stützen, dazu kam, dass der Boden von Geröll übersät war.

Und immerzu bebte die Erde, während sich der Rauch über dem Berg noch weiter verdichtete, bis man zuletzt fast glauben konnte, die Nacht bräche herein.

Als sie das Felsenrund endlich erreichten, hielt Tigerherz es vor Anspannung und Sorge nicht mehr aus. »Biru!«, rief er. »Bist du da ...?«

Er bekam keine Antwort.

»Biru?«, fragte Tigerherz noch einmal. Er wartete, bis Kipas sich stöhnend niedergelassen hatte, dann sah er sich zwischen den Felsen um. »Biru, wo bist du?«

Wieder bekam er keine Antwort, und Tigerherz wurde unruhig. Natürlich musste das nichts bedeuten, vielleicht war der Gecko, dessen Beine ja sehr viel kürzer waren, auch einfach noch unterwegs. Allerdings waren Tigerherz und der verletzte Kipas ziemlich langsam vorangekommen, also ...

»Dir liegt wirklich etwas an dem kleinen Quälgeist, nicht wahr?«, fragte Kipas.

»Natürlich. Er ist mein Freund.«

Kipas schnaubte, aber es lag keine Verachtung darin. Vielmehr blankes Unverständnis. »Du hattest schon immer eine seltsame Art, dir deine Freunde auszusuchen – ein vorlauter Maki, ein gefräßiger Bär, ein altkluger Gecko ...«

»... und ein niederträchtiger Tiger, der mich gestern noch umbringen wollte«, ergänzte Tigerherz. »Ist es das, was du meinst?«

Kipas sah ihn an. Was er dachte, war nicht festzustellen. »Ja«, bestätigte er dann, »genau das meine ich.«

Tigerherz fletschte die Zähne. Die Sorge um Biru ließ ihn nicht los. Der Gedanke, dass sein kleiner Freund womöglich irgendwo am Berg zurückgeblieben war und Hilfe brauchte, brachte ihn halb um den Verstand. Er legte den Kopf in den Nacken und versuchte, Witterung aufzunehmen, was infolge der von Brandgeruch durchzogenen Luft jedoch kaum möglich war.

Obwohl – war da nicht eben etwas gewesen?

Ein flüchtiger Eindruck von etwas, das ihm vertraut vorkam?

»Biru?«, fragte er noch einmal.

»Hier«, drang es ebenso leise wie kläglich zurück.

Tigerherz fuhr herum. Seine Ohren stellten sich instinktiv auf. »Biru?« Er wagte kaum zu hoffen.

»Ich bin hier, geck-gecko.«

Unter einem der Felsen kam eine kleine Gestalt hervorgekrochen. Ihre türkisblaue Schuppenhaut war von einer dicken Staubschicht bedeckt – aber ohne Frage war es Biru ...

»Biru!«, rief Tigerherz erleichtert aus. »Da bist du ja!«

»Ja, da bin ich«, gab der Berater verdrießlich zurück.

»Aber ... was ist denn mit dir?« Tigerherz legte den Kopf schief. Er konnte deutlich sehen, dass mit seinem kleinen Freund etwas nicht stimmte. »Du hast es geschafft! Wir haben es geschafft ...«

»Nein«, widersprach Biru leise, »haben wir nicht.«

Und in diesem Moment hatte es den Anschein, als würden die Felsen ringsum zum Leben erwachen, und unter Schichten von Stein und Staub kamen graue, fellbesetzte Gestalten hervor.

Makaken!

Und nicht nur ein paar Dutzend von ihnen, sondern Hunderte – Eisenkralles gesamte Armee! Die einen mussten hier gelagert haben, die anderen hatten sich aus der Höhle hierher geflüchtet und Biru dazu benutzt, Tigerherz eine Falle zu stellen ...

Armer Biru, dachte Tigerherz bedauernd. Zuerst im Maul von Kipas, nun in der Gewalt der Makaken ...

»Wie heißt es doch so schön? Man darf den Tag nicht vor dem Abend loben«, verkündete eine hämische Stimme, und auf einem der Felsen erschien eine Gestalt mit birnenförmigem Körper, dürren Gliedern und einem langen, dämlich dreinblickenden Gesicht, über dem die Haare wild zu Berge standen.

»Pedang«, knurrte Kipas wütend. Er wollte sich aufrichten, aber

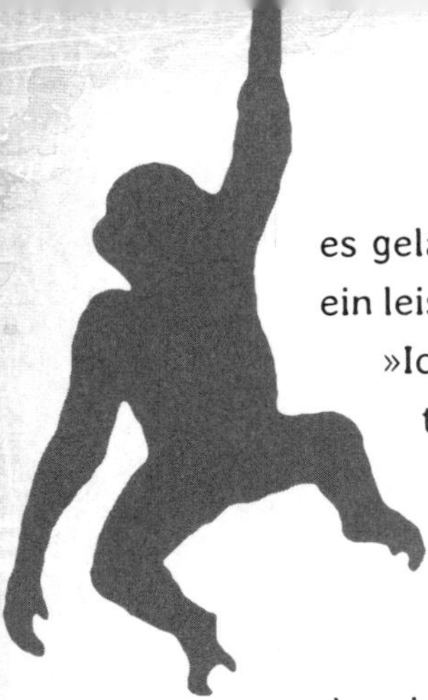

es gelang ihm nicht. Alles, was er zustande brachte, war ein leises Fauchen, für das der Affe ihn auslachte.

»Ich wüsste nicht, was du noch etwas zu lachen hättest, Pedang«, knurrte Tigerherz. »Falls du es noch nicht mitbekommen haben solltest – Eisenkralle ist tot! Er ist in die Glut des Drachen gestürzt und wird nicht zurückkehren.«

»Ich weiß«, versicherte der Makake zähneknirschend. Seine Artgenossen, die von allen Seiten näher kamen und die Tiger einkreisten, stießen böse Schreie aus.

»Dein Spiel ist zu Ende«, fuhr Tigerherz mit fester Stimme fort. »Du bist die längste Zeit ein General gewesen. Ergib dich, und ich verspreche dir, dass dir in Astana ein fairer Prozess gemacht wird, genau wie deinen Leuten!«

»Was?« Pedang reckte das hässliche Haupt vor, so als hätte er nicht richtig gehört. »Habt ihr das mitbekommen? Der Tiger will, dass wir uns ergeben! Dabei ist er ganz allein – wir jedoch sind viele. Sehr viele ...«

Gehetzt schaute Tigerherz sich um. Auch wenn er es nicht gerne zugab – Pedang hatte recht.

Die Überzahl der Makaken war erdrückend. Viele von ihnen hatten nach spitzen Steinen gegriffen, wie sie es manchmal auch taten, um Kokosnüsse oder Muscheln aufzuschlagen. Tigerherz hingegen war verwundet und geschwächt und Kipas nicht einmal in der Lage aufzustehen. Wenn es zum Kampf kam, würde Tigerherz einige Angreifer abwehren können, aber sicher nicht alle. Früher oder später würden sie ihn überwältigen. Denn Makaken mochten zwar keine Jäger sein, dazu fehlte es ihnen an Mut

und Geschick; doch wenn sich ein wehrloses Opfer fand, schreckten sie nicht davor zurück, in Scharen darüber herzufallen ...

Tigerherz stieß erneut ein Knurren aus.

Jetzt war ihm klar, warum Biru so betreten dreingeblickt hatte. Der Kampf war noch nicht vorbei ...

In diesem Moment bebte erneut die Erde.

Unwillkürlich blickte Tigerherz zurück, sah noch mehr Rauch aus dem Gipfel des Berges quellen. Sie mussten fort ...

»Wir sollten unsere Meinungsverschiedenheit auf später verlegen«, meinte er. »Der Zorn des Großen Drachen ist noch immer nicht besänftigt.«

»Ich weiß«, versicherte Pedang grinsend.

»Was führst du im Schilde?«, fragte Tigerherz. »Eisenkralle ist tot, was willst du also noch? Rache?«

»Rache? Ich?« Pedang lachte kreischend, und seine Artgenossen fielen in das hysterische Gelächter ein. »Also sowas Komisches habe ich wirklich noch nie gehört.«

»Das ist ganz und gar nicht witzig«, stellte Tigerherz klar, während der Boden unter ihren Pfoten weiter rumorte.

»Nein? Ich finde schon«, versicherte der Makake prustend. »Denn du hast noch immer nicht verstanden.«

»Wovon sprichst du? Was hast du vor?«

»Liegt das denn nicht auf der Pfote? König Eisenkralle ist tot, und auch Tigerherz, des Eisfells Sohn, wird am Fuß des Feuerberges ein trauriges Ende finden – wer also soll den Thron von Astana besteigen?«

»Sag du es mir«, knurrte Tigerherz, dem das Rätselraten auf die Nerven ging.

»Warum sollen immer nur Tiger über den Dschungel herrschen? Warum sollten nicht einmal andere Tiere die Macht in ihren Pfoten halten? Warum nicht wir Makaken?«

Tigerherz verstand.

Darauf also hatte Pedang es abgesehen.

Solange Eisenkralle König gewesen war, hatte er sich ihm unterworfen und alles getan, was dieser von ihm wollte. Nun jedoch, da der Tyrann tot war, sah er seine eigene Zeit gekommen ...

»Du willst selbst König werden?«, fragte Tigerherz.

»Glaubst du, das könnte ich nicht? Ich bin es gewohnt, über ein Volk zu gebieten!« Wieder kreischten die Makaken, johlten vor Begeisterung. Die Vorstellung, selbst den König des Dschungels zu stellen, hatte sie Eisenkralle schnell vergessen lassen ...

»Das glaube ich dir«, versicherte Tigerherz. »Aber König zu sein bedeutet mehr als das. Du musst dich für deine Untertanen verantwortlich fühlen. Du musst die Gesetze des Drachen achten und das Gleichgewicht des Dschungels erhalten ...«

»Von wegen – das hat Eisenkralle auch nicht getan.«

»Und es ist ihm schlecht bekommen«, versicherte Tigerherz. »Ich warne dich, Pedang. Berausche dich nicht an der Macht, wie Eisenkralle es getan hat!«

»Warum nicht? Weil du den Thron für dich selbst möchtest?«

»Darum geht es nicht.« Tigerherz schüttelte den Kopf. »Ich wurde geboren, um eines Tages König zu sein, von Kindheit an wurde ich dazu erzogen – und trotzdem würde ich lieber darauf verzichten.«

Pedang blies verächtlich durch die Nase.

Natürlich glaubte er ihm kein Wort.

»Einst habe ich gedacht wie du«, versicherte Tigerherz, »aber seither habe ich viel dazugelernt. König zu sein, bedeutet nicht, das erste unter den Geschöpfen des Großen Drachen zu sein, sondern das letzte. Nur wer bereit ist, anderen zu dienen und sein Leben für die Gemeinschaft einzusetzen, ist der Krone würdig.«

Tigerherz merkte, wie Biru ihn ansah.

Der kleine Gecko sagte nichts, aber der Stolz, der aus seinen halbrunden Augen sprach, war unübersehbar.

»Bah«, machte Pedang und verzog das Gesicht, dass seine Leute abermals vor Lachen kreischten. »Was für eine schmalzige Ansprache – vielleicht leihe ich mir etwas davon, wenn ich meine Antrittsrede halte. Aber jetzt reicht's, genug geredet, findet ihr nicht? Soldaten!«, wandte er sich daraufhin an seine Leute. »Macht die Tiger fertig, und dann auf nach Astana! Die Zeit der Makaken ist angebrochen! Ein Hoch auf Pedang den Ersten, König des Dschungels!«

»Pedang der Erste! König des Dschungels!«, scholl es reihum wider.

Tigerherz wich zu Kipas zurück, der die Krallen ausgefahren und die Ohren angelegt hatte – zu mehr war er jedoch nicht in der Lage. Biru flitzte an Tigerherz' linkem Vorderlauf empor und kroch auf seinen Rücken – während die Makaken vorrückten.

Wohin Tigerherz auch sah, erblickte er gefletschte Zähne und Augen, die vor Blutdurst leuchteten. In seinem Wahn, König zu werden, schien Pedang seine Leute allesamt angesteckt zu haben.

Tigerherz ging in Verteidigungsstellung, seine Augen verengten sich zu Schlitzen, während er sich überlegte, welchen Gegner er zuerst packen sollte ...

»Zum Angriff!«, gellte Pedangs heiserer Befehl. »Tötet sie ... lieber nicht! Lasst sie laufen, aber ganz schnell! Alles war doch bloß ein Scherz ...«

Nicht nur Tigerherz, Biru und Kipas – auch die Makaken horchten ungläubig auf und schauten Pedang fragend an. Und jäh ging ihnen auf, warum ihr Anführer, der eben noch hatte König werden wollen, seine Meinung so plötzlich geändert hatte.

Eine Pranke lag an seiner Kehle – und Tigerherz traute seinen Augen nicht, als er sah, wem sie gehörte.

»Kahaya«, entfuhr es ihm.

Und als wäre das noch nicht Überraschung genug, tauchten an Kahayas Seite noch zwei weitere Gestalten auf, die Tigerherz nur zu gut kannte: Luku und Makan.

»Gut, dass wir dich endlich gefunden haben«, brummte der Bär. »Ich habe nämlich Hunger.«

34

Der Zorn des Drachen

Tigerherz war wie vom Donner gerührt.

Er konnte kaum glauben, dass seine Freunde wirklich vor ihm standen, und das genau im richtigen Augenblick ...

»Da staunst du, was?«, fragte Luku und grinste übers ganze runde Gesicht.

Tigerherz wusste nicht, was er erwidern sollte. Er nickte nur, während Biru vor Freude auf und ab wuselte und mit »Geck-geck-gecko«-Rufen gar nicht mehr aufhörte.

Auch Tigerherz war froh und erleichtert, seine Freunde wiederzusehen – vor allem Kahaya. Es hatte eine Zeit gegeben, dort im düsteren Inneren des Berges, da hatte er geglaubt, dass sie einander niemals wieder begegnen würden, und dieser Gedanke hatte ihn furchtbar traurig gemacht. Jetzt stand sie vor ihm, und sein Verstand hatte noch immer Mühe, das zu begreifen.

»Wie kann das sein?«, stieß er hervor.

»Wir hatten einen Traum«, platzte Luku heraus. »Und zwar alle denselben – ist das nicht komisch?«

»Manchmal«, fügte Kahaya hinzu, »spricht der Große Drache zu uns, während wir schlafen – und wir tun gut daran, ihm zuzuhören«, fügte sie hinzu, während sie weiter Pedang in Schach hielt. Unter ihrer Pranke war er zu einem kleinen Häufchen Elend verkommen. Von seinen Plänen, sich zum Herrscher des Dschungels aufzuschwingen, war nichts geblieben. Zumal seine Artgenossen sich angesichts weiterer Gegner von ihm abgewandt hatten. Die eine Hälfte ergriff kreischend die Flucht, die andere zog es vor, in ihrem Fell plötzlich nach Läusen zu suchen oder im kargen Boden nach Nüssen oder Insekten zu wühlen. Doch zumindest ging keine Gefahr mehr von ihnen aus, und das war am wichtigsten.

»Aber ... dein Bein«, wandte Tigerherz ein.

»Ich hatte Hilfe«, entgegnete Kahaya lächelnd. Luku, Makan und sie waren nicht allein gekommen. Auch Tigerherz' ehemalige Mitschüler Tanga, die Goldkatze, und Titik, der Nebelparder, waren dabei. Außerdem ein offenbar gutmütiges, trotzdem aber ziemlich angefressen dreinblickendes Nashorn. »Badak hat mich getragen, wenn die Schmerzen zu groß wurden«, fügte sie erklärend hinzu.

»Aber jetzt will ich wieder nach Hause«, erklärte Badak mit unwilligem Schnauben. »Es ist heiß hier, und die Luft stinkt.«

»Und ich habe Hunger«, brachte Makan in Erinnerung.

»Wie kannst du jetzt schon wieder ans Futtern denken?«, rügte Luku ihn. »Bist du nicht auch glücklich, dass wir Tigerherz gefunden haben?«

»Doch – aber Glücklichsein macht hungrig.«

»Danke«, sagte Tigerherz. »Euch allen.«

»Wir hätten dich niemals allein gehen lassen dürfen«, entgegnete Kahaya. »Das war ein Fehler.«

»Ein großer Fehler«, fügte Luku hinzu.

»Ich bin froh, dass wir nicht zu spät gekommen sind, um ihn wiedergutzumachen«, sagte Kahaya, und ihre Blicke trafen sich. Sie überließ es Makan und Badak, Pedang weiter im Auge zu behalten, während sie selbst von dem Felsen stieg und auf Tigerherz zutrat. Flüchtig berührten sie einander.

»War es sehr schlimm?«, fragte sie leise.

Tigerherz blieb eine Antwort schuldig. Irgendwann würde er ihr erzählen, was sich im dunklen Herzen des Berges zugetragen hatte, aber nicht jetzt.

»Wo ist Senjata?«

»Er hat es nicht geschafft.«

»Und – Eisenkralle?«

»Ist tot, in den Tiefen des Berges begraben – und mit ihm auch das Geheimnis der eisernen Klauen«, erklärte Tigerherz. »Meine Vision wird sich nicht erfüllen.«

»Das ist gut.« Sie lächelte und sah ihn an, voller Zuneigung und Stolz. »Du hast den Dschungel gerettet.«

»Ich weiß nicht recht.« Tigerherz sah in Richtung des rauchenden Berges. »Der Zorn des Drachen wurde erneut geweckt. Wir sollten gehen.«

Kahaya nickte und huschte zu ihrem Bruder. Seltsamerweise war sie kaum überrascht, ihn anzutreffen – vielleicht, sagte sich Tigerherz, hatte sie ja auch von ihm geträumt ...

»Kipas war großartig«, behauptete Tigerherz. »Er hat mir das Leben gerettet, als alle Hoffnung bereits verloren war.«

»Ist das wahr?« Sie sah ihren Bruder fragend an, der ihren Blick erwiderte, jedoch nichts antwortete. Sie beugte sich hinab und nahm flüchtig seine Wunden in Augenschein. »Badak wird dich tragen«, kündigte sie dann an.

»Schon wieder?«, schnaubte das Nashorn. »Na schön, von mir aus – Hauptsache, wir kommen zügig von hier weg.«

»U...und ich?«, ließ sich erstmals Pedang wieder vernehmen.

»An deiner Stelle würde ich mich ganz still verhalten, du halbe Portion«, beschied Badak ihm und senkte drohend das behornte Haupt. »Oder willst du unbedingt aufgespießt werden?«

»Äh – lieber nicht«, erklärte Pedang und setzte sein breitestes Grinsen auf, das unschuldig wirken sollte, in Wahrheit aber nur unverschämt aussah.

»Du wirst dich in Astana vor dem Gericht des Dschungels verantworten«, kündigte Tigerherz an.

»Wirklich?« Pedang machte große Augen. »Aber ein solches Gericht gibt es nicht – allein der König entscheidet.«

»Damit ist es vorbei«, versprach Tigerherz. »Denn auch der neue König wird nicht über dem Gesetz ste...«

In diesem Moment geschah es.

Ein entsetzlicher Knall ließ die heiße Luft über dem Toten Land erzittern, und eine schwere Erschütterung durchlief den Boden. Einen Lidschlag später spie der Berg Feuer.

Von einem Augenblick zum anderen schossen gewaltige Fontänen in den dunklen, fast schwarzen Himmel. Flüssige Glut und Gesteinsbrocken wurden in die Höhe geschleudert. Und wie bei einem Wasserloch, das zur Zeit des Monsuns überläuft, trat orangerot glühende Lava über den Rand des Berges und rann an seinen schwarzen Hängen herab.

Tigerherz, seine Freunde und selbst die verbliebenen Makaken waren wie versteinert. Alle starrten auf das grässliche Schauspiel. Als eine zweite Erschütterung folgte und noch mehr Glut und Steine in den Himmel schossen, ergriffen sie die Flucht.

»Zum Bambuswald! Schnell!«, brüllte Tigerherz.

Die Makaken waren die ersten, die schreiend davonstürzten, Pedang setzte ihnen hinterher, gefolgt von Tanga und Titik, die ihn nicht aus den Augen ließen. Auch Luku und Makan eilten davon, so schnell sie konnten – der Maki, indem er riesige Sprünge machte, der Bär, indem er seine kurzen Beine in die Pfoten nahm und schneller rannte als je zuvor in seinem Leben, Hunger hin oder her.

Badak blieb noch lange genug, um den schwerverletzten Kipas auf seinen Rücken steigen zu lassen, dann galoppierte auch das Nashorn davon. Tigerherz und Kahaya waren die Letzten, die das Rund der Steine verließen – und Biru, den Tigerherz mit dem Maul aufnahm und auf seinen Rücken warf.

Trotz Tigerherz' Erschöpfung und Kahayas eben erst wieder verheilten Vorderlaufs liefen sie, so schnell sie konnten. Ihre Instinkte hießen sie, möglichst rasch eine große Distanz zwischen sich und den feuerspeienden Berg zu bringen – doch wie sich zeigte, reichte der Zorn des Drachen weit.

Die glühenden Gesteinsbrocken, die zusammen mit der Lava ausgeworfen worden waren, zogen orangerote Bahnen am Himmel, denen dunkle Rauchfahnen folgten – und schon im nächsten Moment gingen sie nieder!

Tigerherz hörte das schrille Pfeifen in der Luft, dann schlugen die ersten Brocken auch schon ein. Es krachte und knirschte fürchterlich, Gesteinssplitter und Glut stoben nach allen Seiten.

»Schneller! Lauft, so schnell ihr könnt!«, rief Tigerherz seinen Freunden zu.

Rauch und Staub stiegen auf und legten sich über das Land. Tigerherz und die Seinen konnten kaum noch etwas sehen, während sie immer weiterrannten, durch den Hagel aus Stein und Feuer. Wieder ein Pfeifen – Tigerherz schlug instinktiv einen Haken, und das keinen Augenblick zu früh. Dort, wo er eigentlich hatte hinlaufen wollen, schlug ein glühender Gesteinsbrocken ein und zerbarst in einem Funkenregen.

Gehetzt blickte Tigerherz zurück – der Berg des Feuers war durch den Rauch kaum noch zu erkennen, nur das Gespinst aus feurigen Adern, das sich an seinen Hängen herabwälzte, leuchtete drohend durch die schwarzen Schleier. Die Lava überflutete das Tote Land und zerstörte alles, was sich ihr in den Weg stellte – so wie schon einmal, vor langer Zeit ...

Furcht hatte von Tigerherz und seinen Freunden Besitz ergriffen, die Furcht vor der Zerstörungskraft des Drachen. Alles, was sie tun konnten, war weiterzulaufen, immer weiter – und zu hoffen, dass keines der Geschosse, die noch immer aus dem dunklen Himmel prasselten, sie treffen würde.

Tigerherz wusste nicht, wie lange sie so rannten.

Makan war der Erste, der müde wurde, aber auch Lukus Kräfte ließen nach. Kahaya setzte den kleinen Maki auf ihren Rücken, und so hasteten sie weiter, dem Bambuswald entgegen, dessen grünes Dickicht Schutz und Rettung versprach.

Doch als sie ihn endlich erreichten, war die Ernüchterung groß.

Der Feuerregen hatte auch hier schon gewütet. Teile des Waldes standen in Flammen – dennoch gab es keinen anderen Weg.

»Weiter! Weiter!«, ermutigte Tigerherz seine Gefährten, und sie flohen in das Unterholz, zwischen dem dichte Rauchschwaden hingen. Der Qualm brannte in ihren Lungen und ließ sie keuchen.

Tigerherz merkte, wie seine Kräfte schwanden.

Wir müssen weiter, sagte er sich, immer weiter ...

Doch schon nach kurzer Zeit wusste er nicht mehr, in welche Richtung sie laufen mussten. Wohin er auch blickte, überall war Qualm und Feuer, und seine Tigersinne waren nutzlos inmitten von Rauch und Brand. Als sie eine Lichtung erreichten, auf der sie schon zuvor gewesen waren, wurde es zur schrecklichen Gewissheit: Sie hatten sich verirrt, waren im Kreis gelaufen und der drohenden Gefahr nicht entkommen ...

Tigerherz sah zu Kahaya, aber auch sie wusste keinen Rat, ebenso wenig wie die anderen. Der Himmel war schwarz, überall war Rauch, und ihre Sinne waren betäubt vom Brandgeruch.

»Was tun wir jetzt, geck-gecko?«, fragte Biru, während sie sich auf der Lichtung aneinanderdrängten.

Tigerherz seufzte. Zu gerne hätte er geantwortet, dass er einen Ausweg wusste, dass er die Richtung kannte und schon alles gut werden würde – aber das wäre eine Lüge gewesen.

»Sind ... wir verloren?« Luku sah mit großen, vom Qualm geröteten Augen zu ihm auf.

Tigerherz schluckte hart.

Keuchend holte er Luft und wollte etwas erwidern, wollte eingestehen, dass sie vergeblich an ihn geglaubt hatten und er dieses Mal keinen Ausweg wusste – als sich der Bambus rings um die Lichtung plötzlich teilte, und sich aus dem Rauch die Umrisse riesiger Gestalten schälten.

Es waren Elefanten, drei an der Zahl, und ihre Anführerin, eine riesige Kuh mit mächtigen, nach oben gewölbten Stoßzähnen, trat direkt auf die Freunde zu.

»Tigerherz?« Ihre riesigen Augen sahen weise auf ihn herab.

»Ja?«

»Mein Name ist Gergasi«, sagte der Elefant und neigte das mächtige Haupt zum Gruß. »Semangata, das Orakel des Dschungels, hat uns geschickt. Wir sind hier, um euch nach Hause zu bringen.«

35

Der König des Dschungels

Ein Mond war vergangen.

Ein ganzer Mond, seit Tigerherz und Senjata die Insel der Bayangai verlassen hatten und zu ihrer Reise ins Unbekannte aufgebrochen waren, um das Geheimnis der metallenen Klauen zu ergründen. Ein ganzes Mal hatte der bleiche Bruder der Sonne seinen Zyklus durchlaufen, hatte abgenommen und war zu einer schmalen Sichel geworden, um nun erneut voll und rund am Himmel zu stehen, umgeben von einem Meer aus funkelnden

Sternen. Und in dieser Nacht bestieg ein neuer König den Thron von Astana.

Die Elefanten hatten Tigerherz und seine Freunde gerettet; nicht nur hatten sie sie aus der Gefahrenzone gebracht und vor Rauch und Feuer bewahrt, sie hatten sie quer durch den Dschungel bis ins Revier der Bayangai begleitet. Dann hatten sie sich verabschiedet und waren in ihr eigenes Reich zurückgekehrt, das sich jenseits der Sümpfe und des Flusses befand. Tigerherz und die Seinen jedoch waren nach Hause zurückgekehrt und hatten berichtet, was sich am Berg des Feuers zugetragen hatte. Die Nachricht vom Tode Eisenkralles und dem Ende seiner Gewaltherrschaft war ihnen bereits vorausgeeilt – die Makaken waren die Ersten gewesen, die sie verkündet hatten, danach hatte sie sich wie ein Lauffeuer im Dschungel verbreitet.

Es war, als würde der Wald aufatmen, so als würde jede Kreatur vom kleinsten Insekt bis zum mächtigen Rhinozeros von einer drückenden Last befreit. Ein dunkler Schatten schien sich zu heben, die Hoffnung auf eine Zukunft in Frieden und Gleichgewicht kehrte in den Dschungel zurück – und nun sollte sie auch in Astana wieder einziehen.

Tigerherz hatte nicht darauf bestanden, zum König gekrönt zu werden. Seine Ausbildung zum Schattenkrieger und erst recht seine Erfahrungen im Berg des Feuers hatten ihn erkennen lassen, dass große Macht auch große Verantwortung bedeutete und dass diese Verantwortung schwer lasten konnte. Doch als die Bayangai übereinstimmend forderten, dass nach dem Tod des Tyrannen König Eisfells rechtmäßiger Erbe der Thron von Astana besteigen solle, hatte Tigerherz seine Bestimmung angenommen.

Er war darauf vorbereitet worden, sein ganzes Leben lang. Zuerst, wenn auch nur kurz, durch seinen Vater Eisfell, der ihn in dieser Welt begrüßt hatte. Später dann durch seine Mutter, die ihn die ersten Jahre seines Lebens hindurch begleitet und ihm klargemacht hatte, wer er war und was von ihm erwartet wurde; durch Luku und Makan, die ihm beigebracht hatten, den Dschungel nicht nur mit den Augen eines Tigers zu sehen; und durch Biru, der ihm in all der Zeit als Berater treu zur Seite gestanden hatte; durch den alten Ayah, der stets an ihn geglaubt und ihn gelehrt hatte, dass alle Tiere des Dschungels füreinander einstehen müssen; durch Senjata, der ihm vertraut und dessen Beispiel ihm vor Augen geführt hatte, dass auch Alter und Weisheit nicht davor schützten, Fehler zu begehen.

Und schließlich durch Kahaya, die nicht nur seine Meisterin gewesen war und ihn alles gelehrt hatte, was ein Krieger der Bayangai wissen musste, sondern die darüber hinaus auch seine treue Gefährtin geworden war, seine vertraute Freundin – und noch sehr viel mehr ...

Er warf ihr einen langen Blick zu, und von unterhalb des Thronpodests im alten Königssaal von Astana sah sie zu ihm herauf. Die Zuneigung in ihren Augen sprach ihm Mut zu, Zuversicht für all das, was vor ihm lag ...

»Und so frage ich dich nun, Raja Tigerherz, Sohn von König Eisfell und Königin Cinta, Träger des Weißfells und Erbe des Throns von Astana«, rief Biru, der ganz oben hinauf auf den steinernen Thron geklettert war, damit alle ihn sehen konnten. »Bist du bereit und willens, dich der Herausforderung zu stellen und die Krone des Dschungels zu tragen?«

»Das bin ich«, antwortete Tigerherz mit einem kurzen Knurren, wie das Protokoll es vorsah.

»Bist du weiter bereit, die Verantwortung zu übernehmen, die als Herrscher des Dschungels und als Inhaber des Throns von Astana auf dir lastet?«, fragte der Gecko mit gewichtiger Miene weiter. »Wirst du alle Tiere gleichbehandeln und dich bemühen, den Wald durch ihre Augen zu sehen?«

»Das werde ich«, versprach Tigerherz und richtete sich langsam dabei auf.

»Und gelobst du außerdem, das Gesetz des Großen Drachen zu achten und das Gleichgewicht der Natur zu wahren?«

»Auch das«, versicherte Tigerherz. Zwar war der Berg des Feuers inzwischen verstummt und der Drache wieder in seinen Schlaf zurückgesunken, aber Tigerherz war sich sicher, dass er seinen Zorn niemals wieder heraufbeschwören wollte.

»So besteige den Thron von Astana, Tigerherz, König des Dschungels!«, forderte Biru ihn auf – und Tigerherz tat wie ihm geheißen.

Für ihn war es nur ein kleiner Schritt, für den Dschungel jedoch ein Sprung in eine neue Zukunft. Und so setzte er sich auf den uralten Steinthron, der schon so vielen Königen vor ihm als Herrschersitz gedient hatte. Dann warf er den Kopf in den Nacken und brüllte so laut und majestätisch, wie er es nur vermochte. Der Thronsaal erbebte, und die Versammelten blickten ehrfürchtig zu ihm auf – und kaum war sein Schrei verstummt, beantworteten sie ihn aus ihren eigenen Kehlen, was den Palast von Astana mit all seinen von Wurzeln und Moos überwucherten Türmen und Kuppeln in seinen Grundfesten erzittern ließ.

Fast jede Tierart hatte einen Abgesandten geschickt, der der Zeremonie beiwohnen sollte: Da waren Raubkatzen, sowohl Krieger der Bayangai als auch andere; Abgeordnete der Affenstämme wie Languren und Siamangs, aber auch die reumütigen Makaken hatten einen Vertreter geschickt; die Muntjaks waren ebenso vertreten wie die Gürteltiere und Kleinkantschils, von den Bären und Tapiren ganz zu schweigen; sogar ein Nashorn hatte sich durch den engen Zugang des Thronsaals gezwängt.

Und zwischen den Abgeordneten, die ihn durch ihr Gebrüll, ihr Kreischen, Knurren und Blöken in seinem neuen Amt bestätigten, erblickte Tigerherz seine Freunde: Luku und Makan, die in vorderster Reihe standen und vor Stolz über ihren Freund fast zu bersten schienen; Tanga und Titik und noch andere einstige Schüler der Bayangai; dazu Vertreter der Verlorenen. Er hatte versprochen, das Tal, in dem wehrlose und alte Tiere Zuflucht suchten, von nun an unter königlichen Schutz zu stellen und so das Erbe des alten Ayah fortzusetzen – das war das wenigste, was er für seine Freunde dort tun konnte.

Und er hatte vor, noch viel mehr zu bewirken ...

»Ich danke euch für euer Vertrauen, meine Freunde«, sagte Tigerherz, nachdem sich der Beifall gelegt hatte. »Aber ich verdiene es nicht – nicht ich allein.«

»Was meinst du damit, geck-gecko?«, fragte Biru, der jetzt auf der alten Armlehne des Throns kauerte.

»Damit meine ich, dass ich Hilfe brauchen werde, um das Amt, das ihr mir übertragen habt, auch auszufüllen – dich, Biru, berufe ich deshalb zu meinem königlichen Berater. Schon mein ganzes Leben lang stehst du mir zur Seite, und auch meinem Vater warst du immer treu ergeben. Würdest du mir die Ehre erweisen, auch mein Berater zu sein?«

Biru erwiderte nichts, dazu war er gar nicht in der Lage – stattdessen verdrückte der kleine Gecko ein Tränchen, ehe er sich stolz in die Brust warf. »Geck-geck-gerne!«, platzte er schließlich heraus, und alle bekundeten ihre Zustimmung.

»Außerdem brauche ich Minister, die mir zur Pranke gehen«, fuhr Tigerherz fort. »Aus diesem Grund berufe ich Luku und Makan in meine Dienste – natürlich nur, wenn sie es wollen.«

»I…ist das dein Ernst?«, rief Luku. Seine Augen wurden so groß, dass sie fast sein ganzes Gesicht einnahmen. »I…ich meine, Euer Majestät …«

»Mein voller Ernst«, bestätigte Tigerherz.

»Gibt's im Palast auch was zu futtern?«, fragte Makan.

Tigerherz grinste breit. »So viel du magst.«

»Dann ist es in Ordnung«, zeigte der Bär sich einverstanden.

Tigerherz erhob noch mehr Tiere in den Stand königlicher Helfer – einen Nashornvogel ernannte er zu seinem Boten, Tanga und Titik zu seinen persönlichen Leibwächtern und das Nashorn Badak zur Palastwache. Dann kam die Reihe an Kipas …

»Kipas«, wandte sich Tigerherz an ihn. »Wenn du nicht gewesen wärst, stünde ich jetzt nicht hier. Nur deinem tapferen Einsatz ist es zu verdanken, dass Eisenkralle besiegt und die Gefahr eines schrecklichen Krieges abgewendet werden konnte.«

Es gab Beifall, und Kipas, der unweit des Throns stand, trat vor.

»Danke«, sagte er und hielt das Haupt dabei leicht gesenkt. »Ich könnte jetzt sagen, dass ich es genauso beabsichtigt hatte, aber das stimmt nicht. Alles, was ich wollte, war Rache – zuerst an dir und dann an Eisenkralle. Dass ich dadurch geholfen habe, ihn zu besiegen, ist mehr ein Zufall gewesen. Und auch wenn ich dich gerettet habe – du hast auch mich gerettet. Du hast mich aus dem Berg geschleppt, als ich schwer verwundet war und das Bewusstsein verloren hatte, und Badak hat mich durch den Feuerregen getragen ...«

»Dann haben wir uns wohl gegenseitig viel zu verdanken«, meinte Tigerherz.

»Sieht so aus.« Kipas nickte – und als er die Zähne zu einem Lächeln entblößte, wirkte es nicht falsch oder hinterhältig, wie es früher so oft der Fall gewesen war, sondern dankbar und freundlich. Die meisten Verletzungen, die er davongetragen hatte, waren inzwischen verheilt – lediglich der Schnitt der Klaue verursachte ihm noch immer Schmerzen. Bald jedoch würde er schon wieder ganz der Alte sein.

Und Tigerherz hatte Pläne für diese Zeit ...

»Ich habe mit den Bayangai gesprochen«, sagte er. »Nach Senjatas Tod werden sie einen neuen Obersten Kendar wählen, und dieser hat das Recht, zum Antritt seines Amtes eine Amnestie zu erlassen. Was würdest du davon halten, wenn deine

Verbannung aufgehoben würde und du wieder auf die Insel der Bayangai zurückkehren könntest?«

Kipas sah ihn aus großen Augen an.

Damit schien er nicht gerechnet zu haben ...

»Ich?«, fragte er ungläubig. »Zurück zu den Bayangai?« Sein Blick ging unwillkürlich zu den Vertretern der Gemeinschaft. Keiner von ihnen brach in Jubel aus, aber es widersprach auch niemand.

»Du hast es dir verdient«, war Tigerherz überzeugt.

»Wessen Idee war das? Deine?«

»Nicht allein«, räumte Tigerherz ein und sah auf die andere Seite des Throns, wo Kahaya stand. »Deine Schwester hatte auch etwas damit zu tun.«

Kipas lächelte abermals und nickte ihr zu. Die beiden hatten die zurückliegenden Tage genutzt, um sich auszusprechen. Sicher gab es noch manche Wunde, die nur die Zeit heilen konnte. Aber ein Anfang war gemacht, und das war gut so.

»Nun?«, fragte Tigerherz. »Wie lautet deine Entscheidung?«

Kipas sah zu Boden und überlegte. Es schien ihm schwerzufallen, einen Entschluss zu fassen, doch schließlich sah er wieder auf und straffte seinen Rücken. »Euch allen danke ich für das großzügige Angebot«, erwiderte er dann. »Ich hatte viel Zeit zum Nachdenken und weiß, dass ich viel falsch gemacht habe – dass ihr mir dennoch vergeben wollt, bedeutet mir viel. Aber ich werde nicht auf die Insel der Bayangai zurückkehren.«

»Nein?«, fragte Tigerherz.

»Es wäre nicht gut«, war Kipas überzeugt, »denn was ich getan habe, liegt erst kurze Zeit zurück. Stattdessen werde ich das Reich von Astana verlassen und hinausziehen, um mir mein eigenes Revier zu suchen. Mein Leben lang habe ich geglaubt zu wissen, was ich will, aber eigentlich hatte ich keine Ahnung – nun möchte ich es herausfinden.«

»Dann geh, unsere guten Wünsche begleiten dich«, erwiderte Tigerherz. Er verspürte Enttäuschung, aber er konnte Kipas auch gut verstehen. »Aber vergiss nicht, dass du uns jederzeit willkommen bist, Freund.«

Bei dem letzten Wort stutzte Kipas. Aber weder grinste er hämisch noch widersprach er. »Danke«, sagte er stattdessen nur.

»Sediakan tentera«, verabschiedete sich Tigerherz mit dem Wahlspruch der Bayangai.

Kipas zögerte nur einen Augenblick. »Sediakan tentera«, erwiderte er. Dann wandte er sich um und verließ den Thronsaal.

Seine Schwester wollte ihm nach draußen folgen, aber Tigerherz ließ sie nicht. »Kahaya?«

Sie wandte sich ihm zu. »Ja?«

»Auch deine Hilfe wird im Palast des neuen Königs benötigt.«

»Meine Hilfe?« Mit einer Mischung aus Verwirrung und Verwunderung sah sie ihn an. »Aber was braucht Ihr denn noch, Majestät? Ihr habt die besten Leibwächter, den besten Berater und die besten Minister, die Ihr Euch wünschen könnt ...«

»Das alles habe ich«, räumte Tigerherz ein, »jedoch eines fehlt mir noch – eine Königin.«

»Ei...eine Königin ...?«

»Immer bist du bei mir gewesen«, bestätigte Tigerherz. »Als meine Meisterin hast du mich unterrichtet, als meine Gefährtin mir im Kampf beigestanden – und als Freundin bist du mir zur Hilfe gekommen, als ich nicht mehr damit rechnen konnte. Erwartest du im Ernst, dass ich allein auf diesem Thron sitze? Jetzt, da ich deine Hilfe am meisten brauche?«

Kahaya stand wie vom Donner gerührt. Sie regte sich nicht, doch die Freude in ihren Augen war nicht zu übersehen.

Mit einem Satz sprang Tigerherz vom Thron und schritt zu ihr, und indem sie ihre Hälse aneinanderschmiegten, besiegelten sie das Bündnis zwischen Tiger und Tigerin. Und der Jubel, der sich im Palast von Astana erhob, war so laut, dass er bis an die Grenzen des Reiches zu hören war.

Ein Hoch auf König Tigerherz und Königin Kahaya!

Möge der Große Drache ihnen gewogen sein.

Epilog

Tigerherz und Kahaya herrschten weise.

Unter ihrer Regentschaft kehrten die Ordnung und das Gleichgewicht in den Dschungel zurück, und selbst die alten Tiere konnten sich nicht an eine vergleichbare Zeit des Friedens und der Harmonie erinnern.

Jene, die während der Herrschaft von Eisenkralle mit ihm gemeinsame Sache gemacht hatten, wurden begnadigt – bis auf den machthungrigen Pedang und den verräterischen Blauvogel Mata, die vom Gericht des Dschungels aus dem Reich verbannt wurden. Wie später gerüchteweise zu hören war, endete Matas Geschwätzigkeit im Magen eines hungrigen Leoparden. Von Pedang hat man nie wieder gehört.

Kahaya aber gebar drei Tigerjunge, zwei Dschungelprinzen und eine Prinzessin, denen Tigerherz und sie die Namen Senjata, Ayah und Cinta gaben. Die Zeit des Drachen mit ihren Regenfällen und Stürmen kam und ging viele Male, und unter der Aufsicht Birus wuchsen die drei zu stolzen jungen Tigern heran, während ihre Eltern von Astana aus den Dschungel regierten und die Krieger der Bayangai über den Frieden wachten.

An die dunkle Zeit, die Eisenkralle über das Land gebracht hatte und die beinahe zum Untergang aller Tiere des Dschungels geführt hätte, dachte schon bald niemand mehr. Alle Kreaturen des Waldes, vom mächtigen Elefanten bis zum kleinsten Insekt, lebten in Harmonie und Einklang mit der Natur.

Bis eines Tages weiße Gebirge am Horizont auftauchten, die auf den Wellen zu schwimmen schienen.

An diesem Tag kehrten die Takrambuti in den Dschungel zurück.

Aber das ist eine andere Geschichte.

ENDE

Trumpf – Spielanleitung

für 2 bis 4 Spieler

Bei diesem Spiel geht es ums Trumpfen.

Beim Trumpfen werden die Karten erst einmal gemischt und dann unter allen Spielern gleichmäßig aufgeteilt. Jeder Spieler nimmt die Karten so in die Hand, dass er nur die oberste Karte sehen kann. Der jüngste Spieler beginnt und liest einen Wert seiner Wahl vor, zum Beispiel das Gewicht des Tiers.
Anschließend lesen die Gegenspieler das Gewicht des Tiers auf ihrer obersten Karte vor. Derjenige, dessen Karte den höchsten Wert hat, erhält die Karten der Gegenspieler und legt die Karten unter den Stapel seiner Karten. Dann darf der Gewinner den nächsten Wert vorlesen, zum Beispiel den Gefährlichkeitsfaktor. Wieder erhält derjenige die Karten, der den höchsten Wert hat.
Haben zwei Karten den gleichen Wert, sucht der Spieler, der an der Reihe ist, eine andere Kategorie aus und nennt deren Wert.
Der Spieler, der am Ende alle Karten besitzt, hat gewonnen.

Viel Spaß!

Der Palast von Astana